U0133940

退役军人事务部思想政治和权益维护司指导

若有战，召必回

——退役军人抗"疫"纪实

《若有战，召必回》编写组　编

人民出版社

前　言

　　战争年代，他们保家卫国；和平年代，他们守卫家园。疫情来临，他们纷纷写下请战书，主动到最危险的地方，战疫情、助群众、保安全。他们有一个共同的名字——退役军人。

　　新冠肺炎疫情，是新中国成立以来我们所的传播速度最快、感染范围最广、防控难度最大的一次重大突发公共卫生事件。这是一次危机，更是一次大考。以习近平同志为核心的党中央高度重视。习近平总书记亲自指挥，部署，多次发表重要讲话，作出重要指示批示，为打赢疫情阻击战指明了前进方向。

　　在党中央的坚强领导和统一部署下，全国各地退役军人积极响应号召，抓紧抓实抓细各项陆控工作，以军人的敏锐洞察力，找准战位，精准出击。他们或请战"疫"线执勤守卡，或走家串户宣传防控知识，或组织参加防控突击队、党员先锋队，或主动捐赠并动员捐款捐物，在疫情防控阻击战"疫"中用实际行动践行了"若有战，召必回，战必胜"的铮铮誓言。

——众志成城抗击疫情

　　面对新型冠状病毒感染的肺炎疫情，退役军人事务系统深入贯彻落实习近平总书记重要批示，坚决落实党中央、国务院各项决策部署，牢记"疫情就是命令，防控就是责任"，有力有效抗击疫情。广大退役军人积极主动投身战"疫"，以实际行动有力诠释着"退役不褪色、退伍不退志"的本色和担当。

退役军人事务部把打赢疫情防控阻击战作为当前的重大政治任务，迅速制定下发《关于贯彻落实习近平总书记重要批示精神坚决打赢疫情防控阻击战的通知》，对退役军人事务系统疫情防控作出部署安排。各地、各级退役军人事务部门强化责任担当，及时作出部署，认真落实联防联控有关举措。各省市退役军人事务厅（局），有序组织开展各项防控工作。

在本篇，我们共收录了 35 篇文章，主要介绍退役军人事务部、省市县管理部门在疫情当前的主要部署安排。安徽省退役军人事务厅全力构筑立体疫情防控举措，次第部署得到了全省 16 个市 105 个县退役军人事务部门积极响应；广西壮族自治区退役军人事务厅下发关于迅速投身疫情防控阻击战的通知，退役军人医院织起"心灵防疫网"；福建省退役军人事务部门第一时间动员全系统党员干部和广大退役军人，积极参与疫情防控阻击战，展现新时代新福建退役军人事务工作者的责任与担当……

这些退役军人，为努力形成共克时艰的良好氛围作出了表率，汇集成为祖国疫情防控的一道风景线。

——最美"逆行"驰援武汉

闻令而动，向战而行。在这场全民抗"疫"战斗中，全国广大退役军人菲言厚行，坚决到党和人民最需要、最危险的地方去，以实际行动投入到战疫情当中，成为疫情防控中的一支"硬核力量"。

在本篇，我们共收录了 15 篇文章，主要讲述各地退役军人奔赴疫情最前线的动人故事。他们是"逆行"的白衣天使，他们是"雷神山"背后的力量，他们是医疗队的后勤保障队。

面对这场没有硝烟的战斗，退役军人们"退伍不退志、退役不褪色"，身体力行地以各种方式冲锋在一线，诠释着新时代退役军人的优良传统与革命本色。他们组成一批批抗"疫"志愿者，主动请缨，默默奋战在抗"疫"一线，他们用自己的实际行动和担当作为凝聚起澎湃的抗"疫"力量。

他们不顾风险，记录下了武汉这座城市的非凡历程！与全国人民一起，众志成城，守望相助，为赢得这场斗争的全面胜利顽强地拼搏着。

——守护家园奋战一线

一日当兵，终生为国。疫情就是命令！

疫情当前，广大退役军人"离军不离党、退伍不褪志"，尽管不能冲到疫情第一线，但时刻严守纪律、兢兢业业、坚于值守，在幕后默默为抗击疫情做贡献。

在本篇，我们共收录了36篇文章，主要讲述退役军人在各地以各种形式参与疫情防控一线的事迹。

他们活跃在村居、社区各个"战场"，积极请战，投身抗击疫情的第一线，参与社区疫情防控知识的宣传、村居卡口执勤、公共区域消毒等工作，全力维护人民群众的身体健康与社会和谐稳定。

他们全力投入疫情联防联控中，不分昼夜，轮流值守辖区内各疫情防控检查点，对外来人员进行体温检测和登记，劝阻外来车辆禁止进入小区和村庄；对所在小区和村庄内垃圾桶、楼道等进行严格消毒；通过发放宣传材料、悬挂宣传横幅，不断提高群众重视度，动员群众减少外出、减少聚会，防止疫情在小区和村庄扩散、蔓延。

——爱心捐赠情暖人间

病毒无情，人间有爱。新冠肺炎疫情发生以来，广大退役军人积极支持疫情防控工作，无偿捐赠防疫资金和物资，用自己的温度为这次战疫工作护航，用实际行动诠释着军人的初心和使命，再现新时代退役军人风采。

本篇共收录了22篇文章，主要讲述部分退役军人捐献物资，为战胜疫情奉献爱心的事迹。

　　陆军工程大学院士钱七虎，捐款 650 万；全国优秀复员退伍军人罗永田，捐款 20 万元；九旬残疾退役军人史君高，向村里递上了带着体温的 1000 元捐款……

目　录

最美"逆行"　驰援武汉

守护家园　奋战一线

爱心捐赠 情暖人间

众志成城　抗击疫情

我国是一个有着 14 亿多人口的大国，防范化解重大疫情和重大突发公共卫生风险，始终是我们须臾不可放松的大事。

新冠肺炎疫情发生以来，在党中央坚强领导下，全国各族人民众志成城、团结奋战，中央和国家机关各部门各单位也立即行动起来，全力投入疫情防控阻击战。

作为"退役军人之家"的退役军人事务部也积极投身到这场抗"疫"行动中，将打赢疫情防控阻击战作为重大政治任务，迅速制定下发《关于贯彻落实习近平总书记重要批示精神坚决打赢疫情防控阻击战的通知》，并成立部疫情防控工作领导小组，实体化承担起指导地方系统抗"疫"行动、开展部内疫情防控等工作。

各地退役军人事务部门深入贯彻落实习近平总书记重要批示精神，坚决落实党中央、国务院和退役军人事务部疫情防控工作领导小组各项决策部署，强化责任担当、上下联动响应，动员广大退役军人积极投身抗"疫"一线。

广大退役军人不忘初心，牢记使命，以实际行动诠释着"退役不褪色、退伍不退志"的本色，涌现出许许多多可歌可泣的感人事迹。

在本篇中，可以看到山西省荣军医院医护人员在湖北一线战"疫"的日记，他们与江西省荣军医院、浙江省荣军医院派出的"战士"集结，是退役军人事务部在系统范围内迅速组成的首支援鄂医疗队成员；可以看到云南省退役军人事务厅在坚决打赢疫情防控阻击战中如何让老兵协同作战；可以看到福建省驻村军转干部的战"疫"答卷，他们在防控压力持续增大、防护意识不强、医疗条件有限的农村，坚守住农村防疫阵地；还可以看到广西壮族自治区退役军人事务厅组织心理卫生专业人员积极开展对心理危机的干预，最大限度地减少一线医务人员、广大人民群众、一线党员干部的心理创伤；还可以看到济南市退役军人系统工作人员通过创作歌曲等方式为"白衣天使"加油……

没有一个冬天不可逾越，没有一个春天不会来临。当前，虽然打赢疫情防控人民战争、总体战、阻击战还需要付出艰苦努力，但疫情防控工作也取得阶段性成效，全国疫情形势出现积极向好的趋势。在这个特殊的春天，一个特殊的群体不断用实际行动践行着"若有战，召必回"的庄严承诺。他们，有一个共同的名字——退役军人！

宁夏回族自治区退役军人事务厅致全区退役军人事务系统和广大退役军人的倡议书

全区退役军人事务系统和广大退役军人：

当前，新型冠状病毒感染的肺炎疫情防控形势严峻，严重威胁人民群众生命安全和身体健康。党中央、国务院高度重视疫情防控工作，习近平总书记多次作出重要指示批示，要求各地各部门全力做好防控工作。自治区党委和政府对全区新型冠状病毒感染的肺炎疫情防控工作作出具体部署，启动突发公共卫生事件一级响应。自治区退役军人事务厅号召全区退役军人事务系统和广大退役军人立即行动起来，为打赢疫情防控阻击战发挥应有作用、积极贡献力量。

一、坚定信心，永葆本色。疫情就是命令，防控就是责任。全区退役军人事务系统和广大退役军人要认真学习贯彻习近平总书记关于新型冠状病毒感染肺炎的重要指示精神和中央政治局常委会会议精神，坚决落实自治区党委、政府关于疫情防控"四个决不""五个凡是"和"十条措施"，切实增强"四个意识"、坚定"四个自信"、做到"两个维护"，把疫情防控作为当前最重要的工作、最实际的考验，牢记初心使命、坚定信心决心，积极主动参与、加强联防联动，切实打好疫情防控全民阻击战。

二、立足岗位、勇于担当。全区各级退役军人事务部门要加强值班值守，严格报告制度，落实属地责任，做到守土有责、守土负责、守土尽责。各级退役军人服务机构要主动配合开展疫情防控，做好宣传引导工作。各级军休服务机构要严格遵守防控要求，压实工作责任，落实"零报告"制度，精准有效做好军休人员疫情防控工作。广大退役军人和退役军人事务工作者要根据当地党委、政府安排，主动参加基层疫情联防联控、群防群治工作；要积极奉献爱心，参与志愿服务，为疫情防控提供力所能及的帮助和支持，以实际行动诠释退役不褪色、退伍不退志。

三、从我做起，加强预防。全区广大退役军人和退役军人事务工作者要认真学习防疫知识，注意个人和家庭卫生，养成良好生活习惯，少聚会、戴口罩，多通风、避风寒，多饮水、勤洗手，多运动、强体质。咳嗽、饭前便后、接触或处理动物排泄物后，要用流水洗手，或者使用含酒精成分的免洗洗手液。尽量避免在未加防护的情况下接触野生或养殖动物，乘坐交通工具、在人员密集场所要自觉佩戴口罩。

四、服从大局，主动配合。全系统干部职工和广大退役军人要积极关注疫情动态，主动做好舆情引导工作，带头做到不信谣、不传谣、不造谣。来自武汉等地的返乡退役军人和退役军人事务工作者，要主动到本地防疫部门备案登记，自觉接受防疫管理；如出现呼吸道感染、发热咳嗽、肌肉乏力等症状，请即自我隔离，并尽快到发热门诊检查就医，积极配合医务人员对您进行探视和医学观察。

万众一心，没有翻不过的山；心手相牵，没有跨不过的坎。我们坚信，在党中央的坚强领导和自治区党委、政府统筹调度下，只要坚定信心、同舟共济，只要万众一心、众志成城，就一定能够打赢疫情防控阻击战！

资料来源：宁夏回族自治区退役军人事务厅

召之即来　来之能战

——安徽省退役军人坚决打赢防控阻击战纪实

"我是党员！党和国家培养了我16年。现在国家有难，我有责任也有义务无条件站出来！"这是安徽省退役军人谢继民在疫情暴发期间，主动要求到一线参战的初心。疫情就是命令，防控就是责任。疫情暴发以来，安徽省有很多像谢继民这样的退役军人站出来，为抗击疫情发挥自己最大的力量。

如何让退役军人在抗击疫情中发挥合力？安徽省退役军人事务厅推出构筑立体疫情防控举措：

1月26日，安徽省退役军人事务厅成立疫情防控工作领导小组并发出《关于积极应对新型冠状病毒肺炎疫情的倡议》；

1月28日，该小组印发《关于认真做好疫情防控工作的通知》；

2月3日，该小组召开专题会议，对全省退役军人事务系统做好疫情防控工作进行再动员再部署；

……

一系列部署得到了全省16个市105个县退役军人事务部门积极响应，将省厅倡议和部署要求层层传递落实到基层，上下联动、联防联控、群防群治……安徽省退役军人"召之即来、来之能战"，服从疫情防控工作安排，主动参加基层疫情工作，涌现出一批勇敢担当、阻击疫情的"英雄人物"。

他们是"最美守夜人"

"作为一名退役军人，当祖国需要时，若有战召必回。"退役军人罗刚坚定地说。1月31日晚上，安徽省宿州市气温低至零度以下，退役军人罗刚、张磊仍坚守在埇桥区胜利小区门口，在临时搭建的简易"守护站"，为小区进出的居民进行登记和测量体温。

"自1月30日起，全区开始对重点小区进行24小时值守，退役军人主动请缨，到最危险的岗位上去。"宿州市埇桥区退役军人事务局曹博介绍说。

最美城市守夜人

自疫情阻击战打响以来，埇桥区退役军人事务局按照部署，积极采取行动。第一时间就向全区退役军人发出倡议，号召全区退役军人自觉投入这场没有硝烟的保家卫国战役中。与此同时，全体干部职工奔赴各自包保的街道和社区，日夜奋战在战"疫"第一线。100多个像罗刚一样的退役军人在城市小区值守，大家亲切地称他们为"最美守夜人"。

他们是"疫情防控志愿者服务突击队员"

"现在疫情防控村里缺人手，我是一名退役军人，这个时候我不站出来难道要普通老百姓站出来！我做的都是力所能及的事情，只要村里安全了，多跑跑腿熬熬夜也是值得的!"安徽省六安市叶集区孙岗乡永丰村退役老兵彭泽余坚守在抗击疫情的一线。

彭泽余主动要求加入志愿者服务队,每天挨家挨户进行新冠肺炎疫情防控知识的宣传,与村干部一起开展劝返点执勤工

退役军人在复工一线当好指导员

作。他还自费购买口罩、消毒液等防护物品免费送给村民,反复叮嘱村民们特殊时期要做到不聚会、不串门。

"面对新冠肺炎疫情,六安市广大退役军人挺身而出,纷纷成立疫情防控志愿者服务突击队,以实际行动展示了退役军人退伍不褪色的军人本色。"据六安市退役军人事务局局长江勇介绍,全市共有9000余名退役军人奋战在抗疫第一线,他们在危急时刻用实际行动彰显了忠诚担当。而这一数字,仍在不断增长……

他们是复工复产的"指导员"

"我要给你们管委会负责濉溪县鸿源煤化工疫情防控的同志点赞,你们的人比负责厂里消毒的工作人员到厂还早……"安徽省濉溪县鸿源煤化有限公司后勤工人老李在电话中赞叹地说。

老李要点赞的是濉溪县派驻复工企业疫情防控指导员、退役军人李岩。在疫情阻击歼灭和经济社会发展并重的关键时期,像李岩这样的退役军人有很多,他们刚从助力社会各界抗疫的前线归来,就迅速投入复工复产、春耕春种等各条战线;他们坚定信心,同舟共济,为助力彻底打赢疫情防控阻击战,实现经济社会平稳有序发展贡献力量。

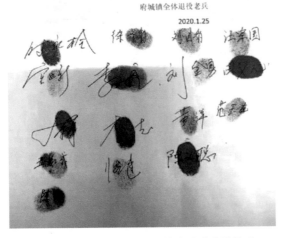

凤阳府城镇退役老兵联名向镇党委递交请战书

在春耕春种的关键时节，在安徽省池州市等地，退役军人在协助村社阻击疫情的同时，也抓紧带领农户做好春耕春种、恢复农业生产，确保不误节令、不误生产。"安徽最美退役军人"任红伟等一批返乡创业老兵，充分利用自己在无花果果树、黑山羊等特色种、养殖项目经验，在疫情期间通过朋友圈、远程课堂，向乡邻开展在线培训、在线指导、在线答疑，确保农业生产科学有序，为全年农业稳产增收打下了好的基础。

他们是"退伍不褪色的英雄"

军魂永在，兵心依旧；疫情不除，绝不收兵。在抗击疫情期间，安徽省各级退役军人事务部门负责同志全天候一线指挥，广大退役军人信守"若有战，召必回"的铮铮誓言，彰显了退役军人退伍不褪色的英雄本色。

在抗击疫情这场没有硝烟的战争中，正是一个个敢担当、有作为的退伍军人，正是无数同心协力的中国人，汇聚成了打赢这场疫情防控阻击战的中国力量。

资料来源：安徽省退役军人事务厅；整理：萧夏、戈广宇

重庆：发挥双拥工作优势
筑牢战"疫"安全屏障

新冠肺炎疫情发生以来，重庆市各级双拥部门深入贯彻落实党中央、国务院、中央军委的决策部署，认真落实重庆市委、市政府和全国双拥办有关工作要求，把疫情防控作为当前最重要的工作来抓，充分发挥双拥工作在疫情防控工作中的积极作用，凝聚起广大军民团结一心、共抗疫情的强大合力，在打赢疫情防控阻击战中谱写出一曲曲动人的双拥新篇章。

脱下军装仍是兵，越是艰难越向前

在重医附一院心血管内科的办公室里，放着副主任医师高凌云亲手写的三封请战书，请求前往疫情最严重的武汉支援。47 岁的退役军人高凌云有一个遗憾，2003 年"非典"，当时孩子不满 1 岁，她没有前往一线。17 年后，孩子已经长大了，面对新冠肺炎疫情，高凌云觉得自己不能再错过一次报国的机会。

第一封请战书落款日期是 1 月 24 日除夕。那天晚上，朋友圈被陆军军医大学支援湖北医疗队的消息占满，高凌云有了上前线的想法。1 月 27 日上午，她又递交了第二封请战书。随后，重医附一院陆续派出两批医疗队员，但高凌云都没有接到"出发"命令，她不甘心就此放弃。

2 月 12 日上午，高凌云递交了第三封请战书，当晚她接到了第二天出发的命令，"最大的感觉是激动，这么久的愿望终于实现了。"2 月 13 日下午 3 点，高凌云作为重庆支援湖北第八批医疗队队员登上了飞往武汉的航

退役军人投入社区疫情防控一线

班，奔赴抗"疫"一线。

这是重庆市退役军人纷纷请战，积极请求奔赴抗"疫"一线的生动剪影。"依托于平时构建的'党委领导、政府主导、部门协调、社会参与、军地互动'的双拥工作机制，疫情发生后，市双拥办先后两次发出通知，动员退役军人发挥双拥优势，积极投入疫情防控工作，得到了积极响应。"重庆市双拥办主任、市退役军人事务局副局长宁光贤介绍说，退役军人脱下军装仍是兵，关键时刻，他们响应号召主动请战，踊跃奔赴战役前线，凝聚起了军民团结一心战胜疫情的强大合力。

"我有双层'防护服'，一层是党员，一层是军人。"面对小区居民的关心，正在排查外地返渝人员的谢彬蓉这样回答。今年49岁的谢彬蓉，曾在部队服役20年。新冠肺炎疫情发生后，她第一时间申请加入社区党员志愿者突击队，积极投入到社区疫情防控工作中。

与谢彬蓉一样，在武隆区凤山街道的退役军人彭小兵，连日来24小时保持待命状态，每天行程不少于12公里，忍着腰痛坚持走访摸排，被群众亲切地称为"硬核"兵支书。而渝北区玉峰山镇的退役军人詹成伟，每天奔走在农村和社区之间，搭建起"零中间商、零接触"志愿者平台，解决城市居民"买菜难"和乡镇居民"卖菜难"问题，被称为"乡村蔬菜配送小队"的网红队长……

据统计，疫情发生以来，重庆市6万多名退役军人奔赴抗"疫"一线，积极争当冲锋陷阵"示范员"、宣传教育"讲解员"、排查管控"网格员"、交通要道"守门员"、群众舆论"引导员"、后勤保障"服务员"，筑起了一道道抗击疫情的铜墙铁壁。

疫情面前不退役，防疫复工两不误

一手抓疫情防控，一手抓复工复产。当前，疫情防控仍处于关键期，重庆市退役军人事务系统积极动员退役军人、拥军企业一手抓疫情防控特别是遏制疫情扩散，一手抓春耕生产和企业复工复产，坚持两手抓、两手硬。

连日来，大足区退役军人服务中心主任王方作为企业监督员，先后走访了多家对口联系企业，及时宣传疫情防控期间支持企业发展的政策举措，全面了解企业生产经营状况和当前复产复工情况，做好"一对一"服务，帮助企业协调解决复工复产问题。

为加快推进复工复产进度，铜梁区退役军人事务局动员10名党员突击队员从道路交通卡点撤回后，全程参与到助力企业复工复产中，详细了解企业复工复产筹备情况、复工人员轨迹及防疫措施，协助企业完成复工审批、防疫物资储备等工作，并指导企业实行"网格化"管理。

"尽心尽力做好服务，切实解决'办事难、办事慢，多头跑、来回跑'等问题，让外出务工人员顺利返岗。"垫江县鹤游镇退役军人服务站组织各村（社区）服务站人员为退役军人提供"便民、主动、贴心"服务，协助相关部门开展《离垫临时通行证》一站式办理服务，让退役军人外出返岗业务办理"最多跑一次"。截至发稿前，为外出退役军人服务近500人次。

在助力农业生产方面，黔江、云阳、丰都等区县组织退役军人帮助产业大户、缺乏劳动力农户义务开展土地耕整、育苗、栽种等农业生产工作，帮助当地复耕复产。

退役军人备战春耕忙栽种

目前，全市有 12 万多名退役军人奋战在郑万高铁、渝遂高速复线、重庆轨道交通十号线二期工程等重点工程现场和农业生产一线，成为复工复产的重要力量。

"在做好疫情防控的前提下，退役军人响应号召，积极行动，为有序推动复工复产和春耕生产献智出力，努力做到防疫、生产两不误。"据重庆市双拥办负责人介绍，近年来全市 1028 个乡镇（街道）、1.1 万余个城乡社区，已经建立起了退役军人服务站，"上下一条线、纵横成网络"的双拥工作组织网络在精准防控疫情和有序推动复工方面，发挥了关键作用。

前方打胜仗　后方支"前"忙

"没想到国家能把我们每一个人的每一件事情都能帮忙解决到，真是太暖心了！"奋战在武汉火神山医院抗"疫"一线军医张建平的妻子胡雅丽激动地说。受疫情影响，胡雅丽在九龙坡区所开的商铺已经入不敷出，经市、区双拥办协调，为她减免了部分租金，解了燃眉之急。

"你在前方打胜仗，我在后方搞保障。"据介绍，疫情发生后，市双拥办组织开展了"组织一次走访、建立一个联系卡、发送一封慰问信、赠送一个拥军包、办理一批拥军实事、解决一批现实困难"活动，积极帮助解决随军家属就业、军人子女教育、照顾老人小孩、家属生产经营等困难问题，并在评选推荐市级双拥模范单位和个人中向参加抗"疫"的单位和个人倾斜，把真情关爱送到疫情防控一线军队人员的心坎上。目前，已走访慰问 396 名军队一线医护人员家庭，帮助协调解决家庭实际困难问题 36 个。

民拥军情深意浓，军爱民鱼水情深。"开州区自主择业军转干部群体捐款 21400 元""梁平退役老兵蒲良培捐款 10000 元""涪陵退役军人杨在兴捐赠口罩 2.5 万个"……一笔笔捐款，一批批物资，见证着亲如一家的军民鱼水情谊。

据统计，抗击新冠疫情以来，全市双拥模范、拥军企业、退役军人等累计捐款 560 多万元，捐赠酒精消毒液 4500 公斤、消毒粉 1000 公斤、口罩 65000 个，向湖北省荣军医院、武汉优抚医院各捐赠负压救护车 1 台和一批生活急需用品。

重庆市双拥办负责人表示，将在前期为军人军属特别是一线军队医护人员办实事、解难事、做好事的基础上，进一步增强做好双拥工作责任感和使命感，健全完善工作机

九龙坡区退役军人捐赠 3000 个医用口罩

制，丰富拓展工作内容，努力提升新时代双拥工作水平，为打赢疫情防控的人民战争总体战阻击战，实现强国梦强军梦作出新的更大贡献。

资料来源：重庆市退役军人事务局

津门战疫　天津市退役军人展现"最美"风采

新冠肺炎疫情发生以来，天津市退役军人事务局党组高度重视，认真贯彻落实习近平总书记的重要指示精神，按照市委、市政府部署要求，加强思想政治引领，全力完成抗疫任务。全市最美退役军人在各行各业发挥着先锋模范作用，在人民最需要的关键时刻积极响应，挺身而出，义无反顾地投入到值班值守、防疫消毒、人员排查、捐款捐物等工作中，用实际行动发扬"退伍不褪色、退役不退志"的老兵精神，激励全市广大退役军人在这场疫情防控阻击战中发挥作用，冲锋在前。

全国模范退役军人，天津最美退役军人周茂坤

周茂坤，全国模范退役军人，天津最美退役军人，天津市纪委监委综合服务中心主任。20 年的军旅生涯，10 年的纪检监察工作，培养了他高度的政治意识和快速的应急反应能力，这成为他带领中心打好战"疫"的基础。疫情发生后，市纪委监委综合服务中心能够始终保持安全高效运转，保证"零传人、零感染"，确保审查调查工作有序进行的关键，就是因为视岗位如"战位"的一线"守关人"周茂坤，在疫情防控阻击战中，严格落实各项部署要求和防控措施，超前一步谋"打赢"。

疫情就是命令，防控就是责任。对周茂坤而言，打赢中心的战"疫"，是他不容有失的政治责任。为了这份责任，从大年三十至今，他每时每刻都瞪大眼睛，"比起那些向疫区逆行的人，我这点事儿没什么，都是应该做的。疫情还没解除，防控的总体战、阻击战还在继续，工作丝毫不能懈怠。时间就是生命，坚持就是胜利，我们一起加油，同时间赛跑，听党指挥、战之必胜！"周茂坤坚定地说。

孔金珠，全国最美退役军人，天津最美退役军人，天津麒麟信息技术有限公司总经理。他说道："天津麒麟响应号召，防疫生产两不误。疫情暴发以来，社会各界均受到

全国模范退役军人，天津最美退役军人孔金珠

了不同程度的损失和影响，国产操作系统企业天津麒麟，积极主动应对突如其来的疫情，积极发挥自身的技术、平台和服务能力，努力创新，以坚实的科技手段实现了远程办公，保证各类项目有序推进实施。"

疫情防控期间，麒麟公司通过自主研发的麒麟云平台及 VPN 技术实现全部员工远程办公，员工在家抗击疫情期间，也能进行技术研发和工作协调，保证日常工作顺利进行，并通过基于麒麟系统的随锐视频会议系统，实现多方多地实时开展视频会议，保证公司员工交流的实时畅通。

在开发国产操作系统的征程中，天津麒麟已整装待发，稳步向前，也祝祖国早日战胜疫情！

全国模范退役军人，天津最美退役军人伍竹迪

伍竹迪，新中国第一代女飞行员，全国模范退役军人，天津最美退役军人。当伍奶奶看到捐款倡议书后，第一时间拨通了所在支部书记的电话表示捐赠 10000 元，她说道："共产党员就是要全心全意为人民服务，昔日党培养了我，如今国家有难，我责无旁贷。"

赵清泰，全国模范退役军人，天津最美退役军人，南开大学党委学生工作部副部长、武装部部长。疫情期间，制订下达了南开大学军事理论课线上直播教学计划，确保线上直播教学组织实施进展顺利；组织开展网上兵役登记和预征宣传等宣传动员工作；加大宣传力度，引导广大师生科学认识疫情，加强防护举措，不信谣、不传谣；积极响应机关党委关于党员领导干部下沉一线、奋战一线的号召，参加学校疫情防控应急保障分队，上岗执勤，服从安排，发挥新时代老兵退役不褪

全国模范退役军人，天津最美退役军人赵清泰

全国模范退役军人，天津最美退役军人王维栋

色、战疫勇向前的先锋模范作用。

　　王维栋，全国模范退役军人，天津最美退役军人，天津北辰北门医院
院长。古稀之年仍不忘报效国家、回馈社会，通过北辰区红十字会定向为武
汉火神山医院捐款 5 万元。并亲自组织中医专家研制中药方剂，无偿为多家
单位提供汤药 5000 余副。充分展现出一名退役军人的社会担当和爱国情怀，
为坚决打赢疫情防控阻击战贡献自己的力量。

全国退役军人工作模范单位、和平区新兴街朝阳里社区退役军人服务站站长苗苗

苗苗作为天津市和平区朝阳里社区退役军人服务站站长，坚决贯彻习近平总书记重要指示精神，认真落实上级部署要求，忠诚履职、忘我奉献，严格落实疫情防控各项措施，始终坚守奋斗在疫情防控最前线。

资料来源：天津市退役军人事务局

广西壮族自治区退役军人医院
编织"心灵防疫网"

"自疫情暴发以来，我们几乎每天都在上班，线上和线下同步接诊。"广西壮族自治区退役军人医院心理科黄燕说。

黄燕还有一个身份，就是疫情心理援助队主力队员。这场突如其来的重大传染病疫情，不仅影响了广大群众的生活和身体健康，也导致担心、焦虑、恐慌等情绪接踵而来。

火速成立"心理救援预备医疗队"

为进一步加强疫情防控期间心理健康，疏导疫情所致的心理困顿、焦虑，2月2日，根据广西壮族自治区退役军人事务厅关于迅速投身疫情防控阻击战的通知精神及北海市卫生健康委号召，广西退役军人医院临危受命，快速响应，组建一支"心理救援预备医疗队"。

疫情心理援助队在行动

"我是广西退役军人

医院的医务工作者，我积极响应医院的号召，自愿报名参加广西退役军人医院抗击疫情心理救援医疗队，奔赴一线，发挥自己的专业特长开展心理卫生服务，义无反顾，不计报酬，积极参加这场没有硝烟的战争。"大家纷纷在请战书上签名并按上红手印。全院有 80 余名职工报名参加，15 名队员迅速集结，院长利永聪担任队长，并兼任市疫情心理卫生服务工作队组长，为当地滞留湖北籍游客提供心理健康宣教和危机干预服务。

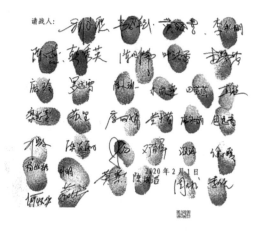

"线上＋线下"的心理健康服务

"我们的工作除了常规坐诊以外，还要在银滩一号国际会议中心酒店驻点，也会前往隔离的社区开展服务。"黄燕透露。

除了提供上门服务，救援队还开通热线电话、线上心理咨询平台，线上线下相结合，在疫情期间免费为普通市民、一线工作者、确诊患者、疑似患者和密切接触者等各类人群提供心理援助。

疫情心理援助队在行动

黄燕介绍，一些求助的市民有焦虑、失眠等症状，心理云 CT 评估系统很好地解决了评估这个环节的问题。广西壮族自治区退役军人医院在心理 CT 评估系统基础上开发出心理云 CT 评估平台，平台项目包括情绪、睡眠、压力、面对问题的应对方式等方面评估服务，可对个人的心理状态进行多角度、多层次的分析和描述，并形成供临床参考的测评结果分析报告。

结合心理云 CT 评估系统，抗击疫情心理救援医疗队开通新冠肺炎疫情在线心理咨询平台，对自己心理状况有疑虑的患者在进行完心理云 CT 评估系统服务后可以将分析报告通过在线心理援助咨询平台提供给心理救援队医疗组，然后可以完成后续的心理援助活动。

不畏艰险，不辱使命

新冠肺炎疫情在线心理咨询平台设立抗疫一线医务人员专属服务通道，"面向最前线的医务工作者、警察、社区的普通工作者。"谈到疫情期间的感受，黄燕深有感触地说。

一位长期坚守在一线的医务人员找黄燕倾诉，说最近情绪不好，一直腰痛，怀疑跟情绪和工作有关。黄燕为她进行了测评之后，了解到她已经出现失眠、腰痛等躯体症状，现场为这个医生进行了放松治疗。一名警务工作者找到黄燕，在谈到自己压力的时候，两眼泛着泪光。在一个被隔离的社区，10 名社区工作人员全部出现睡眠障碍等躯体症状，黄燕也尽力帮助他们减少不良情绪。

广西壮族自治区退役军人医院办公室主任廖均龙告诉记者，截至目前，该院已经累计派出队员 9 批次，服务居家隔离、滞留武汉籍旅客、抗疫一

疫情心理援助队在行动

线医护人员等 234 人次。庄严的宣誓词说出了他们的心声："我将时刻做好准备，坚决服从指挥，不忘初心，牢记使命，顾全大局，扎实工作，发扬敬佑生命、救死扶伤、甘于奉献的精神，不畏艰险，不辱使命，坚持打赢疫情防控阻击战。"

本文为采访稿，作者采访了广西退役军人医院部分领导和同事；撰稿：萧夏

战"疫"面前，新疆退役军人为大爱高歌

　　这场疫情阻击战一直持续着，医生、军人、警察、抢险救援者、社区工作者、政府部门工作者，还有那些老兵和志愿者们，他们迎着危险而上，成为最美"逆行者"。

　　在这个春天，祖国的山川河流都被他们的热情召唤，祖国的每一片土地都有他们庇护的身影，祖国的上空到处都飘扬着不屈服的勇气。

　　在这个春天，全国人民居家防疫，也是一种坚守和助力。疫情尚未散

爱最美

去，防控还在继续，我们能做的，就是宅在家中，不给奋战在一线的"战友"添乱。但我们可以用歌声、视频和文字，为一线的"逆行者"们加油！

这三位退役军人，连夜筹备，谱曲写词，用充满正能量的原创艺术作品——《爱最美》《相信爱》《站起来你就是山》，为抗"疫"一线的"逆行者"们呐喊鼓劲，为所有中华儿女祈祷祝福！

退伍军人杨杰，新疆伊犁新源县人，1997 年毕业于伊犁州教育学院音乐系，1998 年特招入伍在武警某部队政治部演出队担任音乐创作，2006 年从部队退役。杨杰说："作为一个音乐创作人，是部队教育了我，培养了我。这些歌曲的创作初衷是告诉我们的同胞，在疫情突发的当下，大家一定要稳住内心，要相信我们的党、我们的政府，相信全国人民，相信爱。因为爱是能化解一切困难的力量，是人世间最好的药材，希望我们原创系列歌曲《爱最美》《相信爱》，能给全国人民以信心、以鼓舞、以温暖……爱汇聚力量，爱让我们众志成城，最终我们会战胜这场疫情！"

退役军人李德清，四川省南部县人，1992 年 12 月入伍，2017 年退役。李德清说："这两首歌是我们几个战友一起完成的，面对这场疫情我们想做一些力所能及的事。作为一名退役军人，不能忘记军人初心，还有一颗爱民的兵心，由于专业的限制，我们不能去一线抗疫，但我们要用自己的歌声为'逆行者'们助力，感谢他们的大爱奉献，你们辛苦了。"

　　退伍军人丁江新，新疆石河子人，1982年9月入伍，1985年11月退伍。丁江新说："作为一名新疆的退伍老兵和音乐人，我看到来自全国各地的医护人员都在武汉一线抗击疫情、治病救人，也看到无数的爱心人士助力武汉、捐款捐物，我被深深地感动了。为鼓舞更多的人抗击疫情，也为给奋战在疫情一线的'逆行者'鼓劲，我写下了抗击疫情的歌曲《站起来你就是山》。我虽然退伍了，但我一直以军人的标准要求自己，一日为兵，终生为兵。如果有来生，我还要去当兵。我用歌声鼓舞士气，只要我们同心协力，众志成城，一定能早日战胜疫情。"

资料来源：新疆维吾尔自治区退役军人事务厅

践行初心使命　勇于担当作为

——山东全省退役军人积极参加新冠肺炎疫情防控

新冠肺炎疫情发生以来，山东全省退役军人事务系统坚决贯彻党中央、国务院决策部署，第一时间传达落实省委、省政府疫情防控工作要求，省厅成立疫情防控工作领导小组、印发疫情防控工作通知，全省退役军人服务保障体系迅速响应、快速行动，积极发挥全面覆盖、上下贯通的优势，累计向退役军人发出倡议书1.9万余次，全面动员起广大退役军人，以冲锋的姿态、战斗的精神投身到疫情防控战斗中来。

截至2020年2月底，全省成立由退役军人组成或参与的志愿队、突击队、救援队等公益组织5600余支，日均坚守在疫情防控一线的退役军人约达26.3万人，退役军人党员、军创企业家等优秀退役军人群体发挥先锋模范和骨干带头作用，退役军人、军创企业和相关社会公益组织的捐款、捐物累计超过亿元，持续有力提供重要支援保障，构筑起退役军人组成的战"疫"长城，为维护社会和谐稳定大局作出了贡献。

非常时期，闻令而动冲锋一线

号令响起，动如风发。全省退役军人系统干部职工和广大退役军人，"逆行"返岗、主动请战，纷纷到单位报到、到社区报到、到一线报到，参加社区值班、主动捐款捐物、开展志愿服务，全力支援一线，以实际行动践行"若有战，召必回"的铮铮誓言。防控工作启动当天，济南市市中区退役军人局就迅速组织60名退役军人联络员和退役军人组成志愿者队伍，分4批轮流前往济南南高速收费站执勤，至今仍坚定守卫着省城"南大门"。济宁市安置在机关事业单位和国企的退役军人全部自愿请战，争相参与到联防联控、紧急支援、参

与生产等各项急难险重任务中。东营市利津县退役军人梁春德，接到单位通知，顾不上照顾临产的妻子，担负外地车辆登记、检测任务5天后，才看到刚出生的孩子。在抗击疫情的各个岗位、不同战线上，退役军人们不畏风险、冲锋在前，全省累计有4900余批次、6万余人深入村（社区）一线，成为各地各阶段抗击疫情的排头兵和生力军。

勇挑重担，挺身而出为国奉献

抗击疫情中，众多退役军人秉承"一方有难、八方支援"，发扬部队"一不怕苦、二不怕死""首战用我、用我必胜"的战斗精神。2月14日，聊城特战救援队按照国家红十字总会要求，抽调16名退役军人组成防疫消杀突击队，顶风冒雪、连夜疾驰800公里抵达湖北省配合消杀防疫。队员们

加班加点、连续作战，每天工作 10 小时以上，累计负重喷洒消杀剂 20 余吨，先后完成武汉方舱医院、汉南机场、政府工作场所、260 多家酒店和居民楼等近 100 万平方米的消杀任务，从未叫一声苦、喊一声累。临沭县中心卫生院退役军人卫源，在征得院领导同意后，与战友宋明译自驾车辆前往武汉协和医院开展志愿服务，每天奔波在各个医疗器材装卸点搬运物资，汗水湿透衣背、手上磨起血泡，口罩里面的汗水喘气都能吸到嘴里。面对严峻的考验，他们连续奋战，誓言"疫情不退，我们不回"。截至目前，全省先后 10 余批次、50 余名退役军人赶赴疫情最严重的湖北省及武汉市，深入最危险的地方承担最险重的任务，个个都是勇士。

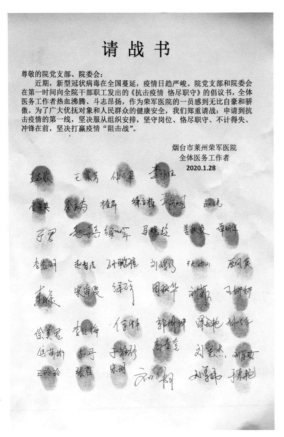

急难险重，党员骨干立身为旗

各级退役军人部门坚决贯彻落实习近平总书记"让党旗在防控疫情斗争第一线高高飘扬"的重要指示，积极引导组织全系统党员干部和退役军人党员叫响"急难险重疫情在哪里，党员就战斗在哪里"。烟台市发动5600名公益岗退役军人和1247名由退役军人担任的村居两委负责人，成为抗疫一线的中流砥柱。菏泽市单县郭村镇服务站组织22名退役军人，向所在镇党委递交"请战书"、按下红手印，主动投入重点人员监管、高速口排查等疫情防控一线。抗击疫情中，退役军人党员"聚是一团火、散是满天星"。莒县寨里河镇春报沟村第一书记退役军人惠兵太，当排查到村中有两户武汉人员返乡时，第一个入户做思想工作，力劝6名人员在家隔离观察，最大限度控制了疫情传播危险，消除了周边群众的恐慌。台儿庄城西村兵支书孟祥森，2月8日起，连续40多天带领着村干部轮流值守在外来人员监测点，吃住都在帐篷里，每日不少于3次开展联防联控入户督查，严防死守不打折扣，努力当好全村群众抵挡疫情的"守护神"。邹城市后八里沟村党支部书记宋伟面对疫情，带领全体民兵在党旗下郑重宣誓：时刻冲在防控疫情第一线！时刻听党指挥、无谓生死、全力以赴！据统计，全省平均每天志愿奋战在疫情防控第一线退役军人中，党员占75%以上，成为"硬核"表率。

凝聚合力，铸起铁打老兵方阵

培育在平时，体现在"战时"。千方百计对退役军人关心关爱、为他们排忧解难，激发出关键时刻挺身而出、回报社会的强大动力。青岛直升机航空有限公司3名平均飞行时长5000小时以上的退役军人特级飞行员，在疫情发生后主动承担起武汉执行备勤机长任务，带领3个退役军人航空机组、14名退役军人，组成"疫情飞虎队"，1月20日以来，累计执行飞

行任务 49 架次 63.4 小时，运送疫情防控物资 32.8 吨，建起武汉与全国永不停航的"空中走廊"。日照市退役军人自发组织起 360 支退役士兵突击队、志愿队，奋战在抗"疫"一线，莒县河崖村 48 名老兵向洛河镇党委、政府递交请战书、摁下红手印，参与全镇防疫知识宣传、在外人员摸排、防疫检查执勤、公共区域消毒等各项工作，从大年三十起昼夜不停防控疫情，进行"不落一人""不漏一户""不留一处空白"式排查，形成坚强有力的"老兵方阵"。安丘市成立抗击疫情"老兵突击队"，遍布 14 个镇街、1039 个村（社区）。全省参与到志愿队、突击队、救援队等疫情防控公益组织的退役军人达 11 万人。

支持大局，军创企业众志成城

严峻疫情形势下，全省众多军创企业纷纷捐款捐物，全面复工复产，以实际行动支持打赢防控阻击战。军创企业山东申科汽车销售服务有限公司董事长王兆才，第一时间筹集鱼台大米 200 吨、方便面 12000 箱、医用口罩 2 万个、纸尿裤 10 万条等价值 200 余万元的爱心物资，组成 10 辆货车的车队，安排他儿子王申平率队"出征"，运抵武汉和山东对口支援的黄冈市。三奇医疗卫生用品有限公司董事长王常申是一名退役军人，为保障防疫口罩产量，从 1 月 23 日开始，他带领 650 多名职工采取"人停机不停"的模式，

24 小时两班倒，开足马力生产，口罩日产从 50 万只提高到 300 万只，医用防护服日产从 1000 套提高到 10000 套以上，目前公司已生产口罩超过 1 亿只，医用一次性防护服超过 20 万件，展现了"山东速度"。全国模范退役军人、板材车间工人玄

绪华在公司发出紧急复工生产的号召后第一时间响应，在全厂第一个报名复工，带动公司最短时间内实现复产。"全省退役军人工作先进集体"威高集团，捐赠了价值800余万元的医用物资紧急驰援武汉。全国模范退役军人、七兵堂国际安保集团有限公司董事长谢清森，组织成立抗击疫情青年退役军人突击队45支，发动公司员工2万余人参与到疫情防控中，并累计捐款捐物50余万元。原全军"金牌教练"、退役军人张洪存发起组建的泰山兵峰军事化教育训练和安全防务机构，取消所有队员春节假期，抽掉精兵强将组建疫情巡查三支党员突击队，严格按照国家卫健委提出的手段和标准开展疫情防控，还将每套价值近2000元、可抵御146种物质侵入的130套专业训练用防护服，捐给湖北两家医院。

资料来源：山东省退役军人事务厅

内蒙古首届"最美退役军人"抗击疫情纪实

2020 年 2 月 1 日，20 名首届内蒙古最美退役军人和部分军属一起自发组织献爱心活动，仅用了 3 个小时就把第一批爱心资金 23000 元和部分物资落实到位并陆续转交自治区荣军医院、自治区网信办、呼和浩特市玉泉区社区、新华网一线工作者手中。截至 3 月 9 日，内蒙古"最美退役军人"共计捐献款物折合人民币 15 万余元（其中王金达本人捐赠酒精消毒液等 10 万余元），购买了 200 只 N95 口罩、500 多只一次性医用口罩、2 台红外线测试仪、300 个医用眼镜和 2000 斤 84 消毒液，向内蒙古红十字会定点捐款 1 万元。

王金达，内蒙古瑞达泰丰化工集团董事长，2019 年全区首届"最美退役军人"。接到自治区调用次氯酸钠 50 吨的任务后，向自治区和阿拉善盟提出无偿调拨请示，果断调整生产结构，开足马力投入到抗击疫情生产中。在接到部分最美退役军人为一线医务人员献爱心的倡议后，无偿购买 1 吨成品 84 消毒液，捐助给自治区收治冠状病毒定点医院。同时，他还带头捐款，用于购买口罩、防护镜等物资，实实在在为当前医疗物资困难贡献力量。

韩伟，内蒙古安达救援队队长，2019 年全区首届"最美退役军人"。身着红色救援服的他带领救援队员们一次次穿梭在准格尔旗的执勤点、医院、社区和大小街头，把筹集到的口罩、消毒液、护目眼镜、喷洒水壶等重要物资 10000 余件交到一线人员手中，让萧瑟的城市里闪耀着充满温情的火苗。

孟金霞，呼伦贝尔巾帼家政服务公司总经理，2019 年"全国模范退役军人""内蒙古首届最美退役军人"获得者。第一时间组织巾帼家政工作人员 30 余人组成爱心公益志愿者，帮助政府对一些老旧弃管小区开展大门防控执勤，为辖区构建疫情防护网尽着自己的一份努力。

赵鑫，内蒙古旭志文化传媒有限责任公司总经理，2019 年全区首届"最美退役军人"。和战斗在一线的医生护士不一样，他用一支"笔"为抗击疫情做贡献，一边抓紧做好地方志编撰工作，一边抽出时间写抗击疫情"心灵鸡汤"，为大家加油鼓气。

李利彪，内蒙古医科大学附属医院麻醉科主任医师，2019 年全区首届"最美退役军人"。他坚决服从医院安排，越是关键时期越严格要求自己，疫情期间坚守岗位，全力做好每一台手术和为病人服务工作，用一句句安慰温暖了疫情之下患者的心。

牟海波，内蒙古铁甲护卫保安服务有限公司南湖湿地公园项目经理，2019 年全区首届"最美退役军人"。"疫情就是命令！"接到南湖湿地公园疫情期间封闭的指令后，他主动请缨，默默地坐在办公室进行值守，安排值班、上报数字、紧急预警，身兼数职，连续多天住在办公室，被妻子称为"熬红大眼的小官"。

文虎，自治区党委网信办干部，2019 年全区首届"最美退役军人"。在抗击新冠肺炎疫情期间，文虎作为网信战线的一名老兵，主动请缨，积极参与到疫情防控战当中。在万物互联的时代，互联网行业无疑是防控疫情的关键点位，文虎作为内蒙古党委网信办疫情应急领导小组防疫综合组副组长，一方面身体力行、冲锋在前，全力做好办内应急保障，组织全区网信系统启动互联网应急响应；另一方面，积极宣传科普、捉谣辟谣，守护风清气朗的网络空间，用一名网信老兵的奉献精神和崇高的敬业精神，为打赢疫情防控阻击战贡献自己的力量。

与这几位奋战在企事业单位的退役军人典型不一样的是那些在其他各个岗位上努力工作的退役军人，魏明、阿迪雅、云月厚、达赖、孟二平、李文普、包长江、乔高磊、郑璐、卢丽梅、王艳宾、王晓东家属、任明德女儿等，他们尽管不能每天冲到疫情第一线，但同样按照自治区党委、政府工作部署，严守纪律、兢兢业业、坚于值守，在幕后默默无闻为抗击疫情做贡献。

资料来源：内蒙古自治区退役军人事务厅

抗 击 疫 情

——宁夏退役军人事务系统在行动

2月6日上午，宁夏回族自治区退役军人事务厅党组书记、厅长娄晓萍带领副厅长王万虎和相关处室负责同志深入兴庆区中房富力城服务点、金凤区馨和苑小区和西夏区镇北堡镇团结村疫情防控点，看望奋战在一线的退役军人党员志愿服务者和退役军人事务部门党员干部，为他们送去防护口罩、消毒液等防疫用品，鼓励他们发扬退役军人党员先锋模范作用，按照各级党委和政府统一部署，以实之又实的工作作风、细之又细的工作举措，做好联防联控工作，让每支退役军人党员志愿服务队成为抗疫主战场上的"红色堡垒"。

新型肺炎疫情发生以来，自治区退役军人事务厅坚决贯彻落实党中央、国务院和自治区党委、政府部署要求，紧贴全区疫情防控大局，顺应广大退役军人意愿，成立退役军人志愿服务工作协调领导小组，动员各地组建疫情

防控退役军人党员志愿服务队 33 支，志愿加入服务队伍的退役军人达 3262 名。目前，各退役军人党员志愿服务队按照地方党委、政府安排，已全部投入到防疫抗疫一线，正在以实际行动为党旗增辉、为军旗添彩。

石嘴山市退役军人疫情防控志愿服务突击队

石嘴山市退役军人成立由"全区优秀退役军人"李喜军担任队长，"全国模范退役军人"王富国以及全市各行业军转干部、退役士兵近 50 人组成的"石嘴山市退役军人疫情防控志愿突击队"，配合社区工作人员奋战防控一线。

中宁县退役军人党员志愿服务队

疫情发生以来，中宁县退役军人主动请缨，由 215 名退役军人组成的抗疫志愿服务队，协助辖区乡镇村（社区）工作人员摸排信息、测量体温。中宁县大战场镇兴业村 66 岁的退役军人、老党员张旭升将自家储备的 600 只口罩全部捐给疫情防控一线的工作人员，他说："乡村干部每天都要长时间坚守在路口，防堵疫情扩散，比我们更需要口罩。只有保证了他们的生命安全，我们的安全才能得到保障。""过去家里困难时，是党和政府帮我家渡过难关，作为一名退役军人，一名共产党员，现在疫情凶猛，疫情就是命令，加入这场没有硝烟的战场是自己的使命担当。"

银川市军休所军休干部抗击新冠肺炎疫情网宣志愿者服务队

新冠肺炎疫情暴发以来，银川市军休所组织有写作特长和战友艺术团擅长朗诵的军休干部成立"银川市军休所抗击新冠病毒感染肺炎网宣志愿者服务队"。网宣志愿者服务队由 12 名军休干部组成，年龄最大的已 72 岁，他们中有自治区、银川市表彰的"优秀网宣员"，有军休各总支、支部书记，还有热衷于写作的、有朗诵特长的军休干部。他们或是直接撰写弘扬白衣天使的诗歌，或是宣传抗击新冠肺炎的正能量消息，为大家鼓舞士气，或是将原创诗歌录制成音频资料传到网上……为打赢新冠肺炎疫情攻坚战提供精神文化支持。截至目前，银川市军休所网宣志愿者服务队利用"银川军休"微信订阅号、各支部微信群向分散居住的军休干部推送、转发、发布各类有关疫情正能量消息76篇。其中，宣传党中央、自治区、银川市各类消息、工作动态56篇，军休干部自创各类抗击疫情正能量诗歌、散文20篇，还将3篇诗歌录制成音频资料广泛传播，网上阅读量逾两千人次，充分体现了军休干部"不忘初心，发挥余热"，用文化力量助力打赢新冠肺炎疫情攻坚战的决心。

西夏区退役军人党员志愿服务队

西夏区退役军人党员志愿服务队秉承面对疫情不惧、迎接挑战不缩、严防死守不退的"三不精神"，全部投入各社区（村），协助开展人员稳控、交通运输、灭菌消杀、出入检查、宣传教育、爱心捐赠等工作。镇北堡镇团

结村56岁的杨德明虽然已经退伍34年，但在疫情发生的第一时间，他不仅为村民免费发放口罩，还带着儿子主动加入到村里组建的防疫志愿队，积极参与疫情防控工作；29岁的退役军人张文财在部队期间表现突出，曾获得"优秀标兵""优秀士兵"等多项荣誉。疫情发生后，他主动请战参与疫情防控，他说："一日为兵，终生为兵，何况我还是共产党员，国家培养了我那么多年，这种危急关头我必须要站出来

保护百姓。"

　　大武口区退役士兵柳庭义是一名在老山前线火线入党的老党员。疫情发生后，柳庭义主动请缨，找到了正在开展防疫工作的祥河村党支部书记，对他说："作为一名老兵，过去打仗我都没怕过，这次抗击疫情自然也不能例外。作为一名共产党员，我必须冲锋在前，苦点累点又算得了什么！""只要大家众志成城、劲往一处使，我相信一定可以打赢这场抗击疫情攻坚战。"

惠农区退役军人党员志愿服务队

　　惠农区成立由退役军人事务局局长任组长、70 名退役军人参与的惠农区阻击疫情退役军人志愿服务队和由各退役军人服务站站长任队长的小分队，采取弹性安排、就近服务的原则，为社区捐款，捐赠口  罩、消毒液，并主动承担起夜间值班任务。

红寺堡区退役军人党员志愿服务队

　　红寺堡区 82 名退役军人党员组成志愿服务队，主动请战，连日奋战在疫情防控一线。红寺堡镇东源村退役老兵马志福在村里定时巡逻，对防控点出入车辆、人员登记测温……连日来，每天 8 时至 20 时，51 岁的马志福一直坚守在疫情防控一线。"作为一名退役老兵，国家有难我们必须挺身而出。为了村里各家各户的安全，我们一定要守好安全防线。"马志福说。

彭阳县退役军人党员志愿服务队

彭阳县退役军人事务局选派党员干部加入彭阳县疫情防控退役军人先锋队，深入罗洼乡、白阳镇协助做好疫情防范常识宣传、入户排摸外来人员等工作。驻小岔乡柳湾村扶贫工作队第一书记、退役军人张忠已经在村上连续奋战了七天，全程参与进户排查及村口值守等工作，确保柳湾村群众安全健康。古城镇干部、退役军人李煊明向固原市红十字会捐款 1000 元。

银川康群医院退役军人党员志愿服务队

银川康群医院 27 名退役军人医护人员向贺兰县退役军人事务局递交了请战书，发扬军人作风，服从安排调度，申请随时奔赴疫情防控第一线。在

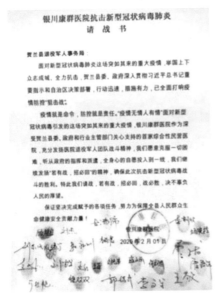

习岗街道办金河社区、利民社区、花园社区，随处可见队员们忙碌的身影。他们不畏严寒、不畏病毒，踊跃冲锋在前，协助社区做好户外宣传、入户宣传、地毯式排查工作，早、中、晚三班轮流执勤为居民测量体温。"疫情就是命令，作为退役军人，我们要坚守岗位，坚持退伍不褪色，退役不退志，在这场没有硝烟的战争中，我们退役军人首先要冲上去，做好疫情防控工作。"院长赵松动情地说。

资料来源：宁夏回族自治区退役军人事务厅

打赢疫情防控阻击战　青海退役军人在行动

——海南州退役军人事务部门念好"三字诀"打好防疫战

疫情就是命令，防控就是责任。海南州退役军人事务部门在州委州政府统一领导下，组织和动员全州广大退役军人投身于疫情防控工作第一线，不忘初心、牢记使命，坚守阵地，勇于担当，以"召之即来、来之能战、战则必胜"的决心，全力打赢疫情防控阻击战。

立足一个"早"字，下好部署先手棋。自疫情发生以来，全州各级退役军人事务部门把疫情防控工作作为一项重大政治任务，把投身防控第一线作为践行初心使命，坚决做到守土有责、守土担责、守土尽责，认真落实春节值班，防控值班和"日报告、零报告"制度，重点做好办公室、走廊过道、卫生间消毒和干部体温检测和信息登记工作，并对所有的干部进行逐一排查，做到不漏一户、不漏一人。通过发放宣传单、倡议书、张贴宣传标语，充分利用网络资源、微信、QQ 平台等方式营造疫情防控浓厚氛围。期间发放宣传手册 1000 余份，开展政策宣讲 15 场次。在此基础上，及时下发《关于暂停接待窗口服务的公告》和《关于积极应对新型冠状病毒感染的肺炎疫情防控期间烈士祭扫工作的公告》，要求暂停全州退役军人服务中心（站）的窗口来访接待工作，暂停涉及退役军人及军人家属就业招聘集中活动。编印《新型冠状病毒感染的肺炎疫情期间海南州退役军人事务局学习资料汇编》，让全体干部充分认识了解新冠肺炎的预防措施，切实提高干部的防范能力和自我保护意识，确保本系统零感染。

突出一个"实"字，主动担当保平安。为提高疫情防控办法知晓范围，州县乡三级退役军人服务部门先后印发《致全州广大退役军人和优抚对象的倡议书》，号召全州广大退役军人投身疫情防控工作，鼓励展现退役不退志、退伍不褪色的优良传统。发出倡议后，全州广大退役军人积极响应，纷纷报名参加居住地社区组织的抗疫志愿队，主动配合各级党委政府部门疫情防控工作，服从当地党委政府、村（社区）居民委员会或单位的指挥、安排，积极做好道路封控执勤、盘查外来人员和返乡人员健康情况排查登记、体温测量、口罩佩戴情况及防控知识宣传等工作。截至目前，全州各级退役军人事务系统共出动 55 名退役军人参与疫情防控工作。

彰显一个"爱"字，为民服务不褪色。疫情发生以来，全州各级退役军人和退役军人工作者勇于担当，面对疫情无私奉献爱心捐款，全州各级退役军人服务机构积极响应号召，为疫情防控捐款 1.09 万元。各县退役军人事务局为疫情检测执勤卡点配送被褥 16 套、防寒服、大衣 35 件，米面、牛奶、口罩、消毒液等物资。退役军人海南州金江旅游服务有限公司负责人张成云向疫情防控捐赠 1 万元。

资料来源：青海省退役军人服务中心

这场"战疫"，他们彰显"军休力量"、展现"硬核"担当

"在疫情防控转折的关键时刻，我们不会退缩，一定要为上海把好东大门！"这是退役军人、上海市军队离休退休干部活动中心的职工李正伟、来志钢投身机场防控输入型疫情战斗时表达的决心，这也道出了本市军休工作者以及广大军休干部的心声。抗"疫"战打响以来，上海军休人奋战在一线，救治病人、值守社区、捐款捐物、防控输入……不断刷新"军休速度"，彰显"军休力量"，展现"硬核"担当，涌现出了许多动人的故事。

李正伟（左图）和来志钢（右图）驰援浦东机场防控输入型疫情

助力一线"心理防线"

上机操作、诊断新冠肺炎疑似病人……自春节以来，年近古稀的上海军休干部马玉超，在他曾经读大学的地方武汉——驻武汉的部队二八八医院

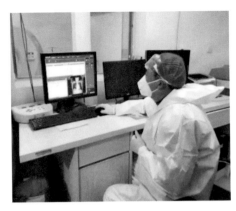

马玉超奋战在武汉抗疫一线

缪晓辉为上海援鄂医疗队进行出征前培训

里，每天持续工作 12 个小时，对新冠肺炎疑似病人进行诊断、专家把关。刚开始的时候，由于缺乏隔离服，被感染的风险极大，但老爷子始终坚守岗位。

像马玉超这样的军休干部逆行者还有很多：军休干部、上海航天八院随队医生王慧玲返沪后，主动请缨跟随部队返回文昌航天发射基地，开展疫情防控。

军休干部、感染病学专家缪晓辉凭借着几十年丰富的医疗工作经验，日夜奋战，在短短 11 天里，撰写了材料、录制了视频、制作了课件，还为上海援鄂医疗队进行了出征前培训。

军休干部刘晓虹聚焦一线护士心理需求，从专业视角，收集 2003 年参与"非典"救治护士的体验，制作和发布"筑牢疫情防控阻击中护士心理防线"系列音频公益课，助力一线护士筑起"心理防线"。

站好社区"防疫之岗"

"我是一名老党员，在疫情期间轮值当志愿者，是应该的。"军休干部周炳焕坚持在社区当志愿者，为过往大门口的人员及车内人员测量体温等。他表示，将一如既往地站好"防疫之岗"，一直到疫情结束的那一刻。

军休干部余锡生、姜德福等组成的"众鑫有话"团队主动当好抗"疫"宣传员，每天在网络平台上撰写防疫知识，在搜狐号、共产党员网等平台，发表了《面对疫情：我们都是战斗者》《筑牢防控思想"隔离带"》等多篇防疫文章；军休干部江晖发挥心理咨询专长，会同相关心理咨询机构成立"壹心理公益心理援助专线"，参与"人民视频"（人民战"疫"）24小时连续直播活动，普及疫情下的心理自助知识和技能；上海市最美退役军人、93岁高龄的

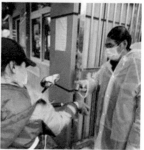

军休干部在小区当志愿者

军休干部王经文，编发微信、创作诗歌、发布博客，带动周边的老年人、亲友等，共同做好疫情防范工作，积极传播正能量。

"艺"起抗"疫"，奉献爱心

市军休系统还充分用活用好微信公众号等线上平台，发布疫情防控知识和通知，宣传系统内在抗击疫情当中的先进典型和感人事迹。上海军休人用心用情创作了诗歌、歌曲、朗诵、剧本、书画、短视频等多种表现形式的抗"疫"作品400余件，已在"上海军休"公众号"传递心声　凝聚力量""暖心'视'界　共克时艰"两个专

孙业忠向江城捐赠抗"疫"物资

栏推送文艺作品集锦 19 期，阅读量逾 15.5 万人次。

"不管是穿着军装还是脱下军装，我依然是一个兵，就想尽微薄之力，为奋战在抗"疫"一线的广大部队官兵鼓劲。"时隔 22 年，曾在武汉战斗过的军休干部孙业忠，重返武汉，千里献爱心，将 30 吨支援武汉军民抗击疫情的爱心物资送给江城人民。截至发稿前，上海军休人共捐赠 460 余万元，其中捐款 1 万元及以上的有 59 人；336 名工休人员上岗参与防疫志愿服务。

近日，机场防控输入型疫情吃紧，上海市退役军人事务局部分职工发扬退役军人"若有战，召必回"的精神，主动放弃休息，驰援浦东机场。

资料来源：上海市退役军人事务局

北京通州区退役军人"疫"不容辞

新冠肺炎疫情发生以来，北京市通州区退役军人积极奋战疫情防控第一线，用实际行动践行着退役军人的忠诚与担当。

亲人离世，他收起悲痛

高卫华，今年33岁，是北京市通州区纪委监委第一监督检查室的年轻干部，刚刚转业上岗才一个月。这个春节，高卫华和同事们一直奋战在疫情防控一线，严肃监督执纪，疫情防控工作部署到哪里，监督检查就跟进到哪里。

2月3日上午11点左右，正在工作岗位上的高卫华接到了一通电话。电话里，传来一阵急促的话语，姐姐催他赶紧回家，告知父亲的时间不多了。当时，高卫华正在埋头汇总着下基层检查的资料。部门人手紧张，这些情况数据又只有自己掌握了解，他忍着悲痛，默不作声地加快动作。一位年

龄较大的同事看出了他脸色不好，反复追问下，高卫华才说出实情。在同事们的催促下，他坚持把手头工作收尾后才匆匆离开……

12 点 15 分，高卫华火速赶回漳县的家里，然而他进门时，父亲已经去世了，高卫华在父亲的遗体前长跪不起。"以前不能体会什么是欲哭无泪，那时才知道，难过到了极点，是哭不出来的。"

坚持做完手头工作，高卫华错过了与父亲的最后一面，在处理父亲丧事过程中，他对村支书说："您不用担心，我是一名党员，也是一名转业军人，现在又从事纪检监察工作，一定会从自身做起，不给疫情防控工作添乱。"高卫华向家人说明，要特事特办、一切从简，不举丧、不操办，直接火化、下葬。接着，他通知所有亲朋，通过电话、微信悼念，不要赶到家中致丧。对于帮助操持后事的亲戚，发放口罩，实行严格消毒措施。

父亲下葬的当天下午，高卫华便申请返岗上班。他说，"虽然已经脱下了军装，但我始终觉得，只是换了一个没有硝烟的战场。我的很多战友，此时此刻正战斗在疫情一线，我也要在自己的岗位上守土有责，保证监督执纪问责跟进不缺位，坚决打赢这场阻击战。"

主动请战，他执机武汉

武汉救援物资告急！2020 年 2 月 1 日，由应急管理部调派的两架米–171 直升机组为湖北执行防疫物资运输任务，13 时 8 分，满载着 N95 口罩、护目镜、正压隔离服、医用手套、防护服、医用消毒用品等紧急物资从

湖北武汉汉南机场起飞，稳稳降落在了湖北疫区一线，总计重达5吨的防疫急需物资将供应宜昌、恩施、襄阳、十堰等地使用，这是湖北疫情防控工作中首次通过直升机空运的方式运输防疫物质。

2月3日，运输任务再次展开，而接受此次任务的执飞机长，是2016年转业到北京市通州区自主择业军转干部田军，他驾驶的直升机于下午2点准时从武汉药品仓库起飞，装载着满满的药品、防护服和口罩等物资飞往宜昌。

54岁的田军现就职于驻勤武汉的青岛直升机航空有限公司，新冠肺炎疫情阻击战打响以来，田军就和其他两名机长主动请战，向湖北省应急管理厅发出了请战书。

田军表示，接下来他的执飞任务会更加繁重，但"当人民需要我们的时候，就是我们义不容辞奋斗在一线的时候，疫情不除，我们不退"。这就是中国军人，不仅是现役军人，也是退役军人们的誓言。

脱下军装，他仍是一"兵"

他是疫情防控战线上的"逆行者"。

在北京市通州区中仓街道新华园社区，有这样一个忙碌的身影，每天早上8点就准时来到小区门口，手持测温仪，为进入小区的居民测量体温，排查登记进入小区的车辆，耐心提醒没有戴口罩的居民。他就是北京市通州区机关事务服务中心干部张伟。

张伟20岁参军入伍，在四川省消防总队某支队服役12年，参与事故抢

险近千余次，如今 33 岁的他，脱下军装还不满一年，在疫情防控的关键时刻，又冲上了社区防控的最前线。

不在小区入口值守的时候，张伟总是主动帮助社区巡岗、贴宣传标语，询问排查返京人员，协助登记发放出入证，每天晚上 6 点他才离开。社区到他家需要两个小时的车程，但是他从来没有抱怨过。

张伟说："我是一名军人，在这种特殊时期，在国家和人民需要我的时候，为百姓服务是我应该做的。"

年逾七十，他本色不改

面对抗击疫情的严峻形势，北京市通州区西集镇退役军人首当其冲，全镇各村退役军人并肩作战。

黄东仪村有几名退役老兵，虽然他们平均年龄达 70 岁了，但他们充分发挥退役军人和共产党员

的先锋模范作用，积极请战加入疫情防控。

一位高龄退役军人黄增林，积极参与夜间执勤，在气温骤降的天气里，尽管黄增林的脚冻麻了、手冻得拿不住笔了，但他仍然寸步不离、坚守岗位，对来往人员、车辆进行细致排查，为维护村民的平安健康与社会治理的和谐稳定，彰显着一名军人的本色与担当。

红色基因，代代有传承

2 月 7 日，北京市通州区台湖镇已故退役军人张士凤的第四代孙张育溥，

在祖母的陪伴下，带着平时积攒下来的零花钱和新年的压岁钱，共计555元，来到台湖镇退役军人服务站，想通过镇退役军人服务站向区红十字会捐赠这笔善款，用于对新冠肺炎的疫情防控。

当工作人员问到年仅6岁的小育溥，为什么有捐款的想法时，他说："爷爷年轻参军打仗时，都是冲锋在前，所以我要传承爷爷这种无私无畏的精神！疫情来了，虽然我不能冲锋在前，但是我要用我的方式给冲锋一线的英雄们加油打气！"

资料来源：北京市通州区双拥办；整理：王丽丽

长春市退役军人战"疫"纪实

庚子岁首，北国春城，瑞雪初霁，新桃弥望。还有 1 天就是春节，透着乡愁的年味儿，正荤荤的、浓浓的，在开心的笑脸上绽放，在喜庆的院子里飘散。上午 10 时，九省通衢的武汉突然封城。一时间，焦虑和恐慌，一如肆虐的新冠病毒，迅速向大江南北蔓延。

朔风卷地吹急雪

对未来的真正慷慨，是把一切献给现在。（加缪《鼠疫》）每一个春节，都是一个新的轮回。1 月 23 日上午，地处长春北郊的市退役军人事务局办公楼内，忙碌了一年的人们依然还在做着最后的坚守。2019 年，是长春市退役军人事务机构组建的元年。在这座 800 多万人口的省会城市里，单是退役军人和优抚对象就有近 30 万。平素再小的事儿，乘以这 30 万，都可能演变成头等的大事儿。"时光太瘦，指缝太宽，不经意的一瞥，已隔经年。"还有三十几个小时，已亥猪年的千头万绪、案牍劳形，也终将随着大年午夜的钟声画上圆满的句号。此刻，武汉封城的信息却让几位局领导心里一沉。这些参加过抗击"非典"的"老应急"敏锐地意识到，武汉的疫情可能没那么简单，看似遥远的长春，也有可能成为短兵相接的前线。上午 11 时，一份紧急通知经由局 OA 系统悄然发出：局属各单位要提前购置医用口罩、消毒液和测温枪，对全系统干部职工和军休干部实行定位管理，每天坚持零报告制度，严禁赴武汉等地旅游……下午 2 时，各单位口罩、测温枪全部充实到位，内部消杀全面启动。百里春城，已经依稀响起了喜庆的爆竹声。同样关注武汉封城的还有原驻长各部队医院的众多退休医护人员。职业的敏感让他们对这则消息有着更深的担忧。疫情就是命令，医院就是战场。这些把青春和热血都奉献给祖国的老兵，此刻的内心却再次泛起了涟漪。同一天，湖北省孝感市云梦县，52 岁的军休干部陈楚桥也是焦急万分。祖籍湖北的老陈戎马一生，退休后留在长春。近几年，随着年龄增长，思乡之情日切。春节前，他终于说服爱人，拖着病痛的身子回乡省亲。老陈患尿毒症，每周需要到医院进行三次血液透析。武汉封城后，毗邻的孝感也成了重"疫"区，眼看着防控措施逐步升级：出入登记，道路"限行"，外来人口禁入……这让户籍长春的老陈，一下从乡亲变成了"外人"。如果不能快速拿到"路条"，医院透析将被迫中断，这对老陈来说，几乎意味着生命的终结。但是，临近春节，防疫至上。去找谁，谁来管？亲戚朋友嘘寒问暖，可乡情终究代替不了公务。没有政府的批文，老陈只能宅在家里，继续当他的"外人"。孤立无援，茕茕孑立，濒临绝望的老陈忽然想起了自己的新娘家——长春市退役军人事务局。很快，一条守护生命的绿色通道从风雪塞北飞架烟雨江南。两地直通，网上办公。纵贯 2000 公里，横跨 4 个单位。平常最快也得一周的事情，在这个特别的冬日里，因着特别的需要，办得特别的痛快。拿着轻薄的证明，感受生命的厚重，老人家的心里像彼时江城东湖的梅园，暗香盈动，春暖花开。

军人奉役本无期

我们从古以来，就有埋头苦干的人，有拼命硬干的人，有为民请命的人，有舍身求法的人……这就是中国的脊梁。（鲁迅《且介亭杂文》）"在那金色的秋天里，我们在长春相遇。"对于 30 万退役、退休军人来说，他们在长春的这一遇，就是一生。1 月 26 日，吉林省已累计确诊 4 例新冠肺炎病例，其中长春市 1 例。承平日久的长春，进入了疫情防控的"战时状态"。一场阻击新型冠状病毒的全民战争在长春大地迅速打响。医生告急！医疗物资告急！基层防控力量告急！1月27日，一则抗疫檄文《坚决打赢疫情防控阻击战——致全市退役军人倡议书》，经由市退役军人局微信公众号发出，瞬时在广大退役军人中辗转热传，引发共鸣。一时间，孟春暖煦，战书如鸿。"黄沙百战穿金甲，不破新冠终不还"，"春雷三月不作响，战士岂得来还家"，"若有战，召必回"……对于退役军人而言，这些热血沸腾的话语不仅仅是一句口号，而是根植于思想深处的军人意识、坚定信念和灵魂烙印。罗曼·罗兰说，这世上只有一种英雄主义，那就是在认清生活的真实面目后，依旧热爱生活。这样的英雄主义，使伊水两岸春常在，使无形的力量在生长——面对疫情，全市退役军人尽己所能，主动"支前"，积极投身没有硝烟的抗"疫"战争。原208医院35名退休医护人员，本该浮生日闲，在家享受儿孙绕膝的天伦之乐，当他们获知院里医护力量紧缺时，义不容辞，悉数返岗，以花甲之年继续奋战抗"疫"一线。首批入围的300名志愿者身份"混搭"。他们中有医生护士，有机关干部，有企业工人，还有网约车司机，选择的标准只有一个，那就是经验。要么拥有多年的临床医护经验，要么具有丰富的现场应急实践。来之能战，战则必胜。300名退役军人，300个红色引擎，信仰所系，注定硬核。300名突击队员，300个逆风勇士，生命相托，义无反顾。诞生在疫情防控的危急时刻，他们的名字也凸显应急特色——长春市退役军人疫情防控应急大队。作为全市新冠肺炎疫情防控工作重要战备力量，接受市疫情防控领导小组办公室的统一调度。2月11日以来，大队先后派出247名队员参加一线防控工作，累计接送"密接"人员160人次，发现截堵疑似人员4人，发现导诊异常病例3例。在朝阳区医院，23名医护分队队员勇挑重担，分散下沉到预检分诊、发热门诊、放射科、救护车队、医疗设备维护等主力科室，全程参与院内控制感染、消毒防疫及组建发热病房等工作。在朝阳区疾控中心和二道区卫健局，15名保障分队队员，12台私家车，不要政府一分钱，24小时全天候待命，协助转运确诊患者和"密接"人员，帮助运送应急物资和医疗废物。这一刻，他们是"全能战士"，既当驾驶员，又当装卸工，还当卫控员。每天十几个小时闷在防护服里，穿着纸尿裤，流着透身汗，那种"酸爽"，不亲身经历永远无法深刻体会！由于工作不定时，为不影响家人休息，部分队员还自费住进市区的小旅店。在南关区防疫站，5 名保障分队队员全权负责调查确诊患者的"密接"人员、"疑接"人员和行动路线，累计排查活动场所 16 处 20 次，调取监控 10 次，现场调查密接人员 120 人，电话排查"疑接"人员 986 人，确认集中隔离 25 人、居家隔离 12 户 35 人，全程未漏排 1 人。装甲兵出身的陈卫华，人生再一次"开挂"。并非科班的他，因为在部队练就的医护器械维保专长，马上成为朝阳区医院的"万能工"，呼吸治疗仪、重症监护仪、血液分析仪、空气消毒机、核酸检测仪……一台台新设备在他手里催发了生命的信息。"忠厚传家久，诗书济世长"。感动这个冬天的，还有抗战老兵李凤茂一家。老人虽已故去多年，但精神犹在。老人的孙女李韦莹毅然递交请愿书，剪断长发，告别父母，加入吉林省医疗队奔赴武汉战场。陪伴是最长情的告白。但这个春节，注定会因分别而被追忆。就在同一时期，千里之外的老陈已经从无法就医的焦虑中走出。气色红润的他通过各种渠道关注着周围的一切。站在清晨的窗口，看着沉睡的城市，听着悦耳的鸟叫，他知道，从来没有什么岁月静好，只不过有人在替你负重前行。

明月何曾是两乡

一样的心跳，一样的脉搏；一样的心愿，一样的嘱托。长江长江，我是黄河，再苦再难，一起顶着！我们的河床，是伟大的祖国。（刘春龙《长江！长江！我是黄河！》）冬日的伊通河银装素裹。冰封千里，却万载不息；阅尽烽烟，却百折不回。这条长春市的母亲河，在 300 多年前，已然是重要的黄金水道。今夕，在春城人眼中，伊通河就是根和魂。她滋养着荣退的军人儿女，流淌着粗犷的英雄基因。在这场席卷全国的疫情中，无数退役军人逆风而行，让伊水船歌响彻四方，让春城故事经久传扬。吉大一院神经创伤外科监护室护理组组长姜永川，已经退役多年，当他听说吉林省第一批援鄂医疗队整装待发，就多次找到组织，主动请战，最终光荣加入吉林省第五批援鄂医疗队。军休干部刘柏林，听到 2 名武汉籍刑释人员因封城无法回家，便主动与司法部门对接，将他们接到自己创办的企业，住进宽敞明亮的职工宿舍，衣帽鞋袜全换，一日三餐全管，并安排专人进行心理辅导。等到疫情结束，如果两人愿意，还可以留在企业工作。在物流中断、货运不通的紧急关头，为确保吉林省援鄂物资尽快送达，全国模范退役军人、长春市鼎庆经贸有限公司党支部书记李万升主动请缨，选精兵，派好车，星夜兼程，往返4500公里，历时90余小时，将2吨医用消毒酒精安全交付武汉"火神山"医院。

往事越千年。谁在荆楚抚梧桐，动听前世的牵挂，而我在调整千年的时差，痴爱总无涯——火神祝融的长琴余音在耳，荆楚大地的晨雾缥缈升腾。完成任务的李万升应急车队，来不及顾赏江南春景，甚至来不及分享胜利的喜悦，掉转头，回归故乡空寂清冷的街道，用奔驰的车轮描摹出一道道生机盎然的流动风景线。302.9万只口罩、117650件防护服、8236瓶酒精、1万副手套……总计565立方米、3331箱（件）的应急物资。李万升和他的应急物资运输志愿车队纵横驰骋42次。几天后，60吨84消毒液、68000只医用口罩，又因慈善的名义，完成了受捐地湖北省十堰市郧阳区与车轮上的李万升的时空连线。更多无法直接参与一线战疫的退役军人，看在眼里，急在心上，他们捐善款、献物资，用自己的绵薄之力，汇聚起朴实无华的大爱之举。93岁的抗日英雄王吉利，自愿为武汉捐款1万元。武汉封城以来，萦绕在老人心头的，始终是71年前那个夏天，老人所在部队路过汉口，汉口人民顶着40多度的高温，既送水又送毛巾。这是怎样的血肉相连！这是怎样的鱼水情深！武汉封城后，有2名武汉籍游客来长，要求长住市军供站对外承租的宾馆。面对突发情况，王艳站长带领退役军人和党员干部迎难而上，核实行程、测量体温、采取隔离措施、劝退其余客人、报告防疫部门……一群不"专业"的人却在第一时间干了平生最"专业"的事。2月14日，2周时间过去，武汉客人平安解禁。归期岂烂漫，别意终感激。有形的隔离轰然退去，无形的心门豁然敞开。长春，一座最有人情味的城市，在这个压抑的寒冬里，在这个温婉的节日中，铭记了最为深情的注脚。

星星之火耀春城

眼里有光明，就能照破黑暗；心中有力量，就可穿越阴霾。无名有一种感动叫守望相助，有一种力量叫众志成城。在这场全民抗疫的空前对决中，广大退役军人躬身入局，生动再现了顾全大局、为国分忧、勇往直前、舍生取义的崇高境界。聚是一团火，散是满天星。这是退役军人革命本色的高度凝练。看到复工人员紧缺、很多防控一线故障车辆不能及时修理，刘柏林又组建了党员救援队，挑选 10 名技术骨干，免费提供 24 小时应急维保服务，半个月时间，42 台大小车辆从这里遂修上路。看到很多弃管小区无人消杀，李万升急在心头，组建鼎庆志愿服务队，义务为 211 个弃管（散居、自管）小区的 1059 栋居民楼进行全覆盖消杀，作业面积相当于 34 个"鸟巢"。看到乡村一线执勤人员饮食供给保障不足，养猪大户赵国育开上私家车，连续奔走 26 个卡点，送去价值 2 万余元的水果、方便面和矿泉水，并另行捐款 2 万元。面对小区内出现的确诊病例，社区工作人员臧文轩主动请命，上门说服三名家属转移隔离观察，并配合 120 医护人员将他们护送到医院。随后 3 天时间，他走完临近 26 栋居民楼，454 户人家，直到所有居民都完成了排查。目送着丈夫驰援武汉第一线，自主择业的门艳艳放下妻子的柔情，重整行装再出发，曾经英姿飒爽的军中绿花，今朝又迎风怒放。刚刚做完甲状腺手术的孔庆波，坚持放弃修养，与 9 名"马兰"老兵组建了驻村防控小分队，每天不间断地巡逻、排查、核证、登记……告别了大漠烽烟，他们依然是顽强盛开的马兰花。身体力行的，还有暴走防控最基层的韩云峰。在举国为武汉加油的日子，他也把自己的"油门"一踩到底。22 个小区，253 栋楼，991 个单元门，23 天周而复始。同样无惧的，还有把守长春北大门的李石磊。在这个寒风凛冽的季节，他把高速口的执勤岗变成了冬日里最温情的迎客雕塑。1 部测温枪，1 支中性笔，2000 台来长车辆，3500 个进城人员，记述了他和他们的春节故事。在这个英雄的城市，传承着 1 个共同的基因，那就是勇拦惊马的刘英俊精神。30 万名荣退军人，就是 30 万点星星之火。

在庚子春节的暗夜里，他们熊熊燎原，爆发出耀眼的荣光，抚照着他们的英雄母亲。点燃这把烈火的，就是新组建的市县两级退役军人事务部门。不到一周时间，全市共发起成立 10 支退役军人志愿者队伍，征集志愿队员 1072 人，先后出动 800 多人在各条战线上发挥积极作用。退役军人合计捐款、捐助医疗物资折合人民币 100 余万元。更多的退役军人响应号召，主动就近融入所在社区、村屯，配合开展联防联控、群防群治、入户宣传、社区消杀和摸排调查工作，有力充实了基层防控力量，有效阻断了疫情传播渠道。"捐躯赴国难，视死忽如归"。此时此刻，他们不再是工人、农民、老板，不再是父母、子女、爱人。面对危亡，他们的名字只有一个，那就是新时代铁血退役军人！村上春树在《海边的卡夫卡》中写道："暴风雨结束后，你不会记得自己是怎样活下来的，你甚至不确定暴风雨真的结束了。但有一件事是确定的：当你穿过了暴风雨，你早已不再是原来那个人。""想见故园蔬甲好，一畦春水辘轳声"。过完传统的"二月二"，春天就真的不远了，希望正在向着我们笃笃走来。而经历了这场洗礼的我们，终将有所顿悟。人生就是一场修行。没有谁会知道明天的样子，也许是今天的复制，也许是昨天的粘贴。最简约的精神图谱，就是心灵安住的地方。既然选择了远方，便只顾风雨兼程！

资料来源：吉林省退役军人事务厅

"我是一名老兵"

——云南省退役军人战疫纪实

在新冠肺炎疫情发生以来，云南省退役军人事务厅调动全省退役军人主动投身疫情防控阻击战，以实际行动诠释了退役不褪色、退伍不退志的本色和担当。

"请把我们放到防控疫情最需要的地方，为抗击疫情尽一份绵薄之力。"2月4日，云南老兵房车旅游管理有限公司总经理孙福东来到云南省退役军人事务厅，主动"请战"，将该公司39辆房车、65辆运输车、82名职工全部投入到抗"疫"一线。这82人中有43名退役军人、他们协助云南省第二人民医院等主要收治发热病人的定点医疗机构搞好相关服务保障，协助主城区缺少物业管理的老旧小区做好联防联控。

退伍老兵的房车公司

"我是一名老兵，一名党员，我虽不能支援武汉，但我可以为祖国守好边疆，为66户村民站岗。"云南省红河州河口县南溪镇龙堡村委会芹菜塘小组组长段朝坤说。芹菜塘小组位于中越边境线上，离最近的越南村庄只有 2 公里的距离，全村有 66 户村民 280 多人。

新冠肺炎疫情发生以来，56 岁的退伍军人段朝坤身兼数职，既是党员、界务员、村小组长，也是"战斗员"、宣传员，每天一大早就通过村广播向村民们宣讲疫情防控知识，提醒村民加强防范。"大家不要往外走了，不要邀请亲戚来家里吃饭了，这段时间有谁发烧感冒都要及时报告，一刻也不能放松，一点也不能大意……"

为保证村民安全，段朝坤组织儿子段忠文和其他 8 名村民自愿申请组建一支 10 个人的疫情防控疫情小分队。得到批准后，段朝坤把小分队分作 3 班，每班由一个党员带队，24 小时值守，分别在进村道路入口、道路交叉口和离村 3 公里的界碑点设立了 3 个临时防疫点，承担检查登记、排查核实和劝返的任务，筑牢了保障村民生命安全和身体健康的重要防线。离村最远的界碑防疫点，没有床被休息避寒，只能烤火取暖，自带干粮补给，执勤队员们依然风雨无阻，构筑起防疫的坚实堡垒。

段朝坤（左一）在向执勤的队员了解情况

在保山市昌宁县勐统卫生院工作的退伍老兵席永超，是救护车驾驶员。他每天驾驶着自己的"战车"忙碌着，一天六七次往返于县城和乡镇几十公里的山路上，饭顾不上吃，水顾不上喝，家就更不能回了。因为单位离家远，家中一

段朝坤（左）和王文聪在卡点执勤

对刚满周岁的双胞胎女儿，完全靠父母照看，本打算利用春节假期好好陪陪家人，但突如其来的疫情，完全打乱了计划。"哪里有需要，哪里就有他的身影，一个人就是一个战斗小分队。"

曾服役于原 14 集团军炮兵某师的刘文勇，是 1999 年退伍的老兵，在普洱市景谷县碧安乡文化站工作。疫情到来，他每天驾驶着自己的皮卡"战车"，奔走在碧安乡 17 个行政村、156 个村民小组，用高音喇叭把省里的防控指示、日常的防护要求转变成汉、傣、彝多种语言服务，第一时间传达给村民，让村民提高防护意识，做好日常防护。

面对疫情，许多退役老兵积极响应政府号召，纷纷主动请战，争先参与抗"疫"。尽管已经年过花甲，但热血豪情不减当年。在云南省迪庆州维西县，2 月 10 日，退役军人赵元昌专程来到维西县退役军人事务局，代表一同入伍的 15 名老战友捐赠 2100 元，向武汉人民表达一份心意。

连日来，云南省广大退役军人挺身而出，纷纷以各种形式投入到当前抗"疫"工作中来，成为各地抗"疫"阻击战的生力军。有数据显示，全省至少有近 10 万名退役军人奋战在抗"疫"工作一线。在云南省退役军人事务厅发出的《抗击疫情 众志成城——致敬每一位积极参与抗击疫情的退伍老兵》中写出了大家的心声：

武汉加油！中国加油！

振奋助威的呐喊，既填满胸膛又响彻长空

上至八九十岁的老兵

下有刚脱军装的姊妹弟兄

为了这场特殊的战"疫"

迅速行动起来又向同一目标发起新的冲锋

物资搬运、设点卡控、宣传排查、防疫消清……

有力的出力，捐赠的捐赠

不惧不缩，阻击疫情

责任担当，护佑康宁

一个个都是最"硬核"的兵

虽看不清你的脸

但又望见了你穿上那套珍爱的"迷彩服"的背影

虽没握过你的手

但又望见你面向党旗宣誓时那"铁拳头"的坚硬

瞬间汇聚起的磅礴力量是"若有战、召必回"的铁骨铮铮

资料来源：云南省退役军人事务厅；整理：萧夏、戈广宇

吉林省退役军人和退役军人工作者奋战"疫"线

田晓平：凝聚文化"战疫"力量

用画笔定格感动，逆向而行的英雄成为最美画面；挥毫泼墨擂响战鼓，"战疫"必胜的信念鼓舞人心……在疫情防控人民战争、总体战、阻击战中，有关"战疫"的文艺作品不断涌现，长春市退役军人田晓平就是文化"战疫"队伍中的一员。他用文艺作品记录抗击疫情的一幕幕感人瞬间和画面，描画全国人民团结一致应对困难的精神风貌，这些作品饱蘸着退役军人田晓平的深情与担当，是他用文艺的形式为打赢疫情防控阻击鼓劲呐喊。"你一定要多保重，我等你凯旋！"一句句质朴的出征话语让田晓平感动，他挥毫泼墨创作了作品《送君上前线》《出征》，表现了白衣战士赴抗"疫"前线前与亲人的依依惜别之情。山水画《驰援》表现了在重大疫情面前，万众一心、共克时艰的动人场面，通过作品让人看到了无数普通人的伟大，看到各条战线众志成城、合力攻坚的感人画面。《驰援》

体现了全国各地千里驰援，为武汉运送抗疫物资的感人故事。作品《侦探兵》《防御》《防控》再现当前防疫工作的真实情景，歌颂了社区工作者们舍生忘死、无私奉献的崇高精神。特别是他看到已经退役的白衣天使们重新披挂上阵的场景后，深深地激发了他的创作灵感，他创作的《重返战场》等系列作品艺术地再现了退役军人和全国人民一起，众志成城、全力以赴、共克时艰的大无畏精神。田晓平，现为吉林省中国画学会会员、吉林省老年大学书画研究会理事、长春市美术

家协会会员、长春市直机关书画家协会理事、宽城区老年书画研究会顾问。2019 年被评为优秀共产党员，受到长春市退役军人事务局表彰。

杨春雨：筑牢疫情防护铜墙铁壁

2004 年，杨春雨从部队转业至吉林市工作，现任吉林市卫生健康委医政医管处副处长。在防疫战斗中，杨春雨被任命为吉林市新冠肺炎疫情防控工作领导小组办公室副主任及吉林市卫生健康委派驻吉林市新冠肺炎救治中心现场管理负责人。他牵头制定了吉林市患者救治方案，组建了市级救治专家组，建立了市级专家远程会诊机制。他冒着被传染的风险，多次深入新冠肺炎患者疗区，了解患者情况，安抚患者情绪，做好患者心理疏导工作，鼓励患者积极接受治疗。他先后牵头制定了吉林市新冠肺炎患者救治中心的《新冠病毒肺炎的传染病诊疗制度》《新冠病毒肺炎的传染病护理制度》等系列制度，有效地推动了吉林市新冠肺炎患者的救治工作平稳顺利开展。前期，吉林市的留观病房大多无法实现所有房间都备有卫生间，患者不能在两

次核酸检测的 3 天时间里完全封闭在房间内。面对这一困难，在没有其他城市相关做法可以参照的情况下，杨春雨利用自己专业的知识，设计出了管理隔离疑似患者的新方法，有效解决了吉林市患者无法完全封闭隔离的难题。

杨兆杰：抗疫一线最美丽的"逆行"者

通化市退役老兵杨兆杰现就职于通化市公安局，同时他还是"蓝天救援队"队员、通化市防疫志愿者。疫情阻击战打响后，杨兆杰与"蓝天救援队"的全体成员一起投身通化市抗击疫情战斗中。哪里有任务，哪里就会有杨兆杰及他们的队员。当杨兆杰得知"蒙牛集团"捐赠的牛奶发放有困难时，他们积极协助发放捐赠品；当得知医护人员在防疫期间上下班有困难时，他们志愿者车队便主动承担起了接送工作。为防止昼夜守护各卡点工作

人员冻伤，杨兆杰和"蓝天救援队"成员承担起全市卡点搭建帐篷的任务。杨兆杰及队员们冒着零下 20 多度的严寒，驱车一百多里路，按时把全市各个卡点的帐篷搭建完成。2 月 7 日，杨兆

杰所在"蓝天救援队"接到对东昌区佟江社区进行封闭消毒的命令。杨兆杰和队员们背着沉重的消杀设备，穿着不透气的防护服穿行在40多栋居民楼里。为了减少上厕所，只能不喝水；为了减少聚集，吃饭就蹲在寒风里。"我以前是一个兵，现在仍然还是一个兵，这个时候不冲锋，什么时候冲锋！"退役军人杨兆杰说。

吕元凤：再次披甲上阵战疫情

通化市吉林逸香源生态旅游开发有限公司退役军人党员吕元凤，服役期间曾立三等功一次，被评为护士长标兵和优秀共产党员，多次受到嘉奖。"我参加过北京抗击'非典'，我有经验。"新冠肺炎疫情暴发，吕元凤重返解放军某医院，又一次冲到了战疫第一线。该医院现在岗的都是年轻护士，实战经验少，吕元凤曾在北京小汤山参加过抗击"非典"的战斗，她发挥自己实战经验丰富的特长，带领部分医务人员迅速启动发热门诊。战胜疫情，细节是关键。吕元凤从个人防护、患者管理等方面细致具体地对发热门诊的医护人员进行培训，患者的排泄物怎么处理？患者产生的垃圾怎么处理……由于吕元凤耐心细致的传帮带，该医院发热门诊很快走上正轨。吕元凤积极响应吉林逸香源生态旅游开发有限公司党委捐款号召，与退役军人党员、军嫂一起为抗击疫情捐款11100元。"虽然离开了部队，脱下了军装，但是不变的是责任和担当！"退役军人吕元凤说。

浑江区退役军人工作者在风雪中守护群众健康

2月15日夜间，伴随着冷空气的到来，气温骤降、风雪交加，给值守在小区值勤点的浑江区退役军人工作者带来双重考验。为确保疫情防控，浑江区退役军人事务局工作人员仍然坚守在防控岗位上，24小时值守，时刻紧盯着每一辆过往车辆，仔细询问、严密筛查，确保不漏一车，不漏一人，

风雪中严阵以待，逆雨迎雪，坚守一线。风雪拍打在执勤人员脸上、手上，他们始终坚守在自己的岗位。他们不仅是卡口值守的工作人员，也是退伍老兵，虽然被冻得瑟瑟发抖，却没有人退缩。"现在是防疫关键时期，人人都要守纪律，也是对大家负责……"张磊在耐心地引导居民凭证出入。浑江区退役军人事务局副局长张磊是一名有15年党龄的老党员，10余年军龄的退役军人，军旅生涯锤炼了他奉献担当的优良作风。他们没有豪迈的誓言，却用齐上防控一线的实际行动，守护着老百姓的平安和团圆，用大爱坚守，为老百姓筑起一道保护平安健康的长城。

资料来源：吉林省退役军人事务厅

天津市河西区军队离休退休干部
休养所战疫纪实

河西区军队离休退休干部休养所，是全国退役军人工作模范单位。疫情发生后，我们看到，在河西区德才里社区的执勤点位，为来往居民测量体温的除了社区工作者，还增加了一些新面孔，他们都是来自河西区军休所的老干部们。

疫情面前没有局外人。来势汹汹的新冠肺炎疫情，时刻牵动着军休干部们的心。军休所党委用微信群，向全体军休干部推送了《抗疫情献爱心倡议书》。

倡议书发出的短短 24 个小时内，军休老同志们捐款近 20 万元。他们中，有新中国第一代女飞行员、全国模范退役军人吴竹迪，有 80 多岁高龄的老党员钟腓比；更有前不久刚刚病逝的军休干部孟繁伟，他的女儿在知悉捐款倡议后，替父亲捐出了爱心款。目前，献爱心捐款活动仍在持续进行中……

河西干休所各支部捐款明细表

序号	支部	人数	金额	备注
1	一支部	45	23500	
2	二支部	47	32000	伍竹迪10000元
3	三支部	41	27900	
4	四支部	21	27900	
5	五支部	47	23000	
6	六支部	49	58600	吕福云、田泽明各10000元、双军人
7	七支部	40	39000	
8	八支部	50	16800	
9	九支部	48	23100	
10	十支部	43	21300	
11	十一支部	26	9700	
12	十二支部	42	25400	

河西区军队离退休干部休养所倡议捐款

全国退役军人工作模范个人郑志文

这些爱心款也将作为专项捐资助学款，帮助那些因疫情而致贫、致困或丧失双亲的品学兼优的孩子们完成学业。

郑志文，全国退役军人工作模范个人，天津市荣复军人疗养院院长。她坚守岗位，平日在疗养院里24小时值班值守，尤其是院里同志们下沉社区后，立即调整值班班次，几乎一周都不回家，后自己也下沉阳光社区执勤，并抽出点滴时间看望一线社区值守的同志们。

刘小桐，天津最美退役军人，蓟州区平安蓝天救援队党支部书记、队长。他带领蓟州蓝天救援队，积极响应政府号召，配合应急部门于1月26日组建"蓝天救援抗疫应急行动组"，目前组内成员已有170余人。为辅助应急局在全区内重要点位进行消毒，又组建了一只20人的抗"疫"消毒组。从成立至2月24日共辅助应急部门参加防疫站点执勤和消毒计220次，出动车辆817部，出动队员

天津最美退役军人刘小桐

2185 人次，受益社区及村庄 1480 个。

其中配合政府防疫站岗 164 次，出动车辆 699 辆，队员 1719 人次，涉及村庄社区 864 个；抗"疫"消毒 56 次，出动车辆 118 辆，队员 421 人次，涉及村庄、社区、酒店，单位等 606 个。蓝天救援队的队员们说："继续加油！疫情不灭，我们不退！"

衡飞，天津最美退役军人，北辰区双街镇关爱退役军人协会秘书长。在疫情期间，和北辰区双街镇退役军人服务站站长武振荣，天津市飞浪洗衣总经理王飞鹏慰问抗"疫"一线公安干警，为他们送去消毒液 20 桶，价值 6 万元洗衣卷。

飞浪洗衣联合天津市洗染行业协会捐赠行业消毒水 3.5 吨，保障全市洗衣行业疫情期间工作正常开展，24 小时保障北辰公安干警服装消毒杀菌，做到全实效保障。

天津最美退役军人衡飞

杜连峰，天津最美退役军人，大邱庄镇津美街村党委书记、村主任。静海区大邱庄镇津美街退役军人共计 46 人，自疫情防疫以来津美街发出了退役军人倡议书，一个月时间，大家主动为防疫捐款达 9 万多元，杜连峰组织 10 多位退役军人志愿执勤一个月的时间，坚持每天 6 个小时为居民检测体温，认真负责，体现出了"退伍不褪色，退役不退志"的老兵精神！

天津最美退役军人杜连峰

刘卫，天津最美退役军人，市委教育工委、市教委安全稳定处处长、一级调研员。他认真落实市委市政府工作下沉要求，深入社区检查慰问干部工作情况，深入高校检查值班备勤情况。

栗岩奇，天津最美退役军人，天津市和平区司法局退休干部。曾荣获全国道德模范提名奖、市道德模范、市五一劳动奖章等多项荣誉，先后五次受到习近平总书记的亲切接见。荣誉的背后，凝结着一名

天津最美退役军人刘卫

退役军人的责任和担当，诠释了他对党的忠贞不渝、对群众的爱心永驻、对社会的真诚奉献。

面对这场突如其来的疫情，栗岩奇成了一名不知疲倦的"逆行"者。

他说：一朝穿军装，终生是军人；冲锋陷阵时，岂止在战场！他不仅为武汉抗击疫情捐款 5000 元，而且从大年三十至今，每天奔波在抗击疫情的志愿服务活动中。

天津最美退役军人栗岩奇

崔洪金，天津最美退役军人、安达集团党委书记、董事长。

疫情期间，积极响应党和政府号召，通过东丽区双拥办向湖北省荣军医院和武汉市雷神山医院捐款 10 万元，用于新冠肺炎疫情防控。作为天津市人大代表，东丽区人大常委，企业带头人，崔洪金在困难面前，不忘初心、勇挑重担，时刻冲在防疫战斗一线，为员工和群众作出了表率。

于成杰，天津最美退役军人。"若有战，召必回！"面对新冠肺炎疫情的严峻形势，他用实际行动诠释着一名退役军人的铮铮誓言。疫情就是战场，一日戎装，一生忠诚，抗"疫"集结号已经吹响，虽已退伍，但在人民最需要的时候，他依然冲锋在前，继续践行着军人的担当和使命。

天津最美退役军人崔洪金

天津最美退役军人于成杰

面对社区艰巨的疫情防控任务，他积极参加区企业拥军协会组织的退役军人志愿活动，站在了社区疫情防控的第一线。在社区门口引导人员车辆登记、测量体温、宣传防护知识，无论是大雪天还是寒风天，他一直坚守在岗位上。

在得知湖北省荣军医院急需防疫医用物资时，他第一时间捐赠医用橡胶手套10000副。他说："作为一名退役军人，我要为抗击疫情贡献自己的一份微薄之力，与一线工作者一起齐心协力，共同打赢这场疫情防控阻击战。"

袁兵，天津最美退役军人，中泰悦农（天津）农业科技发展有限公司总经理。

疫情期间，中泰悦农和中冶置业为河西区疫情防控指挥部捐赠五个品类蔬菜1000斤、五个品类水果500斤，慰问河西区防控工作中战斗在一线的同志。

宋奎，天津最美退役军人，西青区委驻精

天津最美退役军人袁兵

武镇小卞庄村第一书记。他充分发扬退役军人特别能吃苦、特别能战斗、特别能奉献精神，发挥退役军人在疫情防控中的阻击作用，守好守住第一道防线，始终坚守在一线、服务在一线、战斗在一线，与村党员群众同心协力、并肩作战，加强卡口测温、人员排查、扫码行动、防疫宣传等工作，成为疫情防控的坚强堡垒，为坚决打赢疫情防控阻击战贡献力量。

抗击疫情的过程中，各行各业各领域奋战的最美退役军人已经吹响冲锋号，号召我市战斗在不同岗位的退役军人，以无所畏惧、一往无前的勇气，用最坚决有力的战"疫"行动诠释"若有战、召必回、战必胜"的责任担当，把应对疫情防控的必胜信心作为践行"初心使命"的不竭动力。

天津最美退役军人宋奎

资料来源：天津市退役军人事务局

漳州市：8000余名退役军人加入"防疫战"

"戎装在身，我要保家卫国；卸甲归来，更要坚守初心。"这是全国模范退役军人、福建省漳州市东山县海洋与渔业局副局长沈永金为抗"疫"写下的承诺。

"我受伤时受到党和政府的关心，还有好心人的帮忙，现在党和政府需要，我应该站出来回报社会。"在漳州市芗城区通北街道，三级肢体残疾退役军人黄智勇身残志坚，主动报名参与小区疫情防控知识宣传、在外人员情况摸排、防疫检查点执勤、公共区域消毒等工作。

自疫情"防疫战"打响以来，漳州市各级退役军人事务部门积极组织广大退役军人，发扬军人的优良传统，以守土有责、守土担责、守土尽责的决心和毅力，坚守在抗"疫"一线，参与地方巡逻、宣传、卡口等工作，用自己的实际行动筑起一道坚固防线。

"通知，通知，请各位乡亲们到西垅自然村广场免费领取口罩。"漳州市漳浦县赤土乡古陂村一则通知让当地居民拍手叫好。村监委会主任、退役军人陈镇南在了解村民口罩紧缺后，第一时间通过各种渠道采购口罩，个人出资购买4000个，为群众生命安全筑起了一道健康防线。疫情发布后需要在路口设置外

退役军人协助村干部引导车辆、测量体温

来车辆劝返点时，古陂村民纷纷自告奋勇参加轮班值守，营造了众志成城、团结一致抗疫情的动人画面。

在漳州市诏安县，主动放弃春节与家人团聚机会，投身防控前沿的两名转业待安置四级军士长林晓勇和吴清勇，平均每天排查过往车辆近 500 辆、测量体温达 800 多人。虽然风险高、任务重，每天只有

退役军人用实际行动担起自己的责任

三四个小时的休息时间，但他们不畏风险，一直坚守在一线。

漳州市南靖县龙山镇返乡退伍大学生陈懿敏看到村里疫情防控紧缺人手，主动请战加入到防控劝导站，协助村干部引导车辆、测量体温并按规定进行登记，做到"有车必拦、有人必测"。

"现在疫情形势越来越严峻，倘若出现疫情，请批准我到抗疫最危险的地方……"一封来自漳州市平和县文峰镇环卫站职工、退役军人张志达的"请战书"，送到了文峰镇党委办公室。他说："国家现在面临困难，虽然我不能像医护人员一样与病毒抗争，但作为退役军人，在这场没有硝烟的战斗中，更要担起自己的责任，要以实际行动践行退役不褪志、退伍不褪色、换装不换心的退役军人风采。"

据了解，疫情防疫期间，漳州市 8000 余名退役军人坚守在抗疫一线，100 多支由退役军人组成或参与的志愿队、党员先锋队在群防群治中发挥了积极作用。

资料来源：漳州市退役军人事务局；整理：戈广宇

渭南市 16800 余名退役军人参与疫情防控

抗疫一线，他们挺身而出、站岗执勤，向人民递交了一份"疫情不灭、我们不退"的军令状；抗疫一线，他们爱心援助、传递温暖，续写着忠诚与平凡的人生赞歌。他们就是陕西省渭南市奋战在疫情防控各个战线、各个岗位上的 16800 余名退役军人，用实际行动践守告别军旗时许下的誓言："若有战、召必回。"

"我是退役军人，我能做点啥？"

疫情就是命令，防控就是责任。2020 年 1 月 26 日，新冠肺炎疫情发生之后，市退役军人事务局立即发出倡议书，号召全市广大退役军人参与疫情防控，大家主动请缨，迅速奔赴防控疫情一线。

疫情当前，不少退役军人来到社区（村）报到时，问的第一句话就是："我是退役军人，我能做点啥？"

面对突如其来的新冠肺炎疫情，全市广大退役军人立即响应，纷纷捐款捐物奉献爱心。"我是毛主席的兵，疫情防控我要站岗值班。"2 月初，蒲城罕井镇中山村 93 岁的退役老兵樊温岭，送来 500 元爱心捐款用于村疫情防控救急，并在村口疫情防控监测点要求再"站岗"。

"全国模范退役军人"、蒲城明仁眼科医院院长杨引迪向县红十字会捐款 1 万元；在富平庄里试验区觅子村，86 岁退役军人冯龙书将 3000 元现金捐赠给村委会。华阴市 29 名参战老兵、合阳县 19 名退役老兵分别自发捐款 2680 元、1900 元，委托市（县）退役军人事务局转交疫情防控一线最吃紧的地方。潼关县安乐镇，身患残疾的退伍老兵秦东凯拿出 1000 元，捐助抗击疫情。大荔县下寨镇李家村疫情防疫点上，退伍战士张波为村上筹集捐赠医用酒精 150 斤，医用 84 消毒液 25 公斤，现金 1000 元；华州区下庙镇退役军人卫锋涛，向一线防控人员捐赠了 10 桶 84 消毒液和 40 箱爱心水果；澄城县经营餐饮小店的退役军人王军，每天免费为一线执勤人员送泡饭 200 份，累计 1500 余份，只为大家能够吃口热乎的饭。

你一点、我一点，汇聚的是爱心。据不完全统计，截至 2 月底，全市退役军人为战胜新冠疫情，累计捐款 83 万余元，其他医用、防护物资更是不计其数。

"我是退役军人，看我的！"

是退役军人，就要做好退役军人的样。用他们自己的话就是：我是退役军人，看我的！

一辆小三轮，一只大喇叭，这是蒲城县祥塬村退役军人程相彬每天工作的主要工具，作为村劝导小组组员，除了巡查劝导，排查外来车辆外，他每天还要和其他党员志愿者给村上 12 个小组的村民普及最新疫情和防控措施。巡逻队每天跑两次，一次把 12 个小组全部转完，一天加起来总共能跑 50 多公里，中间车子还要充一次电。问他苦不苦、累不累，他说："这就是退役军人该有的样，有啥累不累、苦不苦的！"

白水县水政监察大队副大队长杨鹏携家人第一时间向武汉慈善总会捐款 2000 元后，并带领其他志愿者，迅速配合社区，展开疫情防控知识宣传、上门随访、信息汇报、社区巡查等工作。在临渭区，官邸镇政府的人武专干、退役军人申健始终冲在前、干在前，先后运送 10 余名疑似病人和密切接触者，别人问他怕不怕，他说当过兵的字典里就没有"怕"字。大荔县曙光应急救援协会党支部书记、退役军人马任伟，带领曙光应急救援队为 30 个村及社区进行了防疫消毒。

"虽然没啥特殊技能，但能干一些力所能及的事，也算是为打赢这场疫情防控阻击战出份力！"一直热心公益的退役军人志愿联盟负责人李国忠说。疫情发生以来，李国忠联盟上百名退役军人参与社区（村）疫情防控检查点值守，配合街道、社区全力做好宣传引导、排班值岗、体温监测、消毒灭菌、服务保障隔离人员，为疫情防控贡献力量。

资料来源：渭南市退役军人事务局

退役军人抗击疫情勇担当

——随州市退役军人战疫勇担当

面对疫情的严峻考验，湖北省随州市广大退役军人积极响应组织号召，卡口执勤、物资运送、爱心捐赠……连日来，一直坚守在防疫一线，以不同的方式为打赢疫情防控阻击战贡献力量。

一份特殊的请战书

在随州市曾都区文峰新世界小区，有这样一位老人，他戴着口罩、佩戴着志愿者红袖章，每天在小区出口处执勤，招呼出入小区的居民登记，从早上8点到中午12点，从正月初二到正月二十七，风雨无阻。

老人名叫江和纯，今年64岁，中共党员，退役军人，居住曾都区东城办事处文峰塔社区文峰新世界小区。服役期间，江和纯荣获二等战功，并成为一名光荣的中国共产党党员。由于在战斗中负伤，弹片长期遗留在他的颅内，导致脑膜瘤。2006年，手术后遗症导致三级伤残，老人头上有一块深深凹陷下去，左边肢体活动受影响，左手完全无法活动，左脚只能勉强行走，但他不用拐杖、不坐轮椅，每天坚持锻炼。他说："老英雄张富清是我们退役军人的榜样，相比英雄，我太渺小了。"

江和纯获得的战功证书与奖章

大年三十，江和纯在电视上了解到近期新冠肺炎疫情形势严峻，基层党组织和广大党员需要全面动员起来。"我是一名党员，我要为小区做力所能及的事，为群众尽自己的力量。"他多次主动联系文峰塔社区，请求加入这场"没有硝烟的战斗"。

看到老人如此执着，社区同意了这份特殊的"请战书"。隆冬时节，北风凛冽，而老人却一直坚守岗位。"家人最初也有些反对，我跟家人说，这个时候，党员不冲锋在前，就不配党员的称号。家里人看我态度坚决，就不再反对了，一直在身后支持我。"江和纯说道。

艰难的四天四夜

"终于运回来了。"元宵节上午 9 点 30 分，当历时四天四夜从山东运回的抗疫物资顺利到达随州市曾都区万店镇政府的时候，聂绍武和刘天久长吁了一口气。

聂绍武和刘天久多年在外打拼，当他们看到家乡新冠肺炎疫情严重，医疗物资告急的时候，就想为家乡贡献一分力量。经过商议，两人决定出资购买消毒液和口罩等急需物资，几经努力，最终搜集到了价值 10 万元的消毒液和口罩。物资购买后，他们立即星夜启程从山东出发，因交通管制和道路封锁，原本只需一天的路程，硬是历经了四天四夜才赶回随州，一路上吃住全部在车上。饿了，吃方便面；困了，在车上打个盹；冷了，打开汽车空调取暖。

刘天久说："我是一名退役军人，又是有着 30 多年党龄的共产党员，而聂绍武是一名有责任有担当的企业家，家乡抚育了我们，也见证了我们的成长，现在是我们回报家乡的时候。"

平时为民，战时为兵

随县洪山镇寺山居委会退伍军人赵勇、马启明、罗易等，在居委会防疫人手不足的情况下，他们自发集结、主动请战，增援这场没有硝烟的疫情阻击战，不少居民竖起了大拇指。

随县洪山镇村干部谢伦清、黄国军、孙振发等人，他们既是退伍军人，又是指挥员、战斗员。疫情发生以来，他们部署安排本村防控工作，深入全村宣传疫情防控知识，挨家入户登记核实人员信息，执勤点上劝导进出村民……

"特殊时期，特殊战场，有危险，也辛苦，但我们不怕，因为我们曾经是军人，一辈子就是军人。"正在三神庙村路口值班的退伍军人胡定勇如是说。

资料来源：湖北省退役军人事务厅

以退役军人为骨干的医院打响"防疫战"

在南京市江宁区，有这样一所新成立的自主择业军转干部创业医院——南京一民医院，从投资人、管理层到医护骨干，全部由自主择业军队转业干部和退役军人医护专家组成。

得知南京市抽组赴武汉医疗队的消息后，全院所有退役军人医护人员纷纷向医院递交"请战书"。

1月28日，有着750张床位的一民医院被南京市江宁区指定为新冠肺炎疑似患者定点医院。

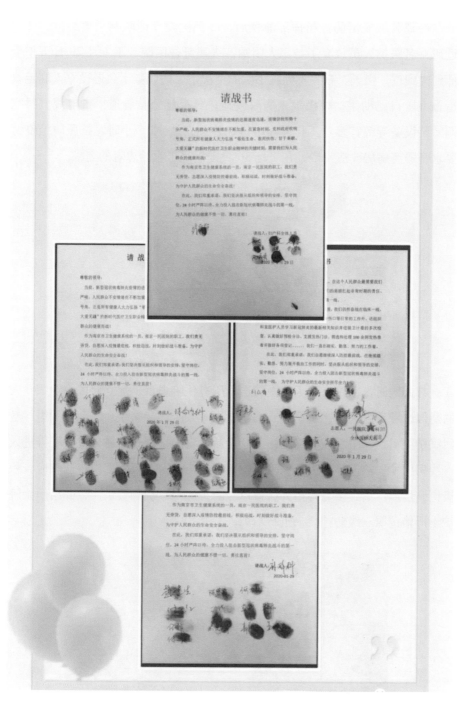

接到驻地疫情防控指挥部命令后，一民医院立即吹响了集结号。全院近四百名医护人员放弃了与家人团圆，火速赶往医院，于1月29日下午全部到岗到位。当天，在找不到施工队的情况下，医院数十名退役军人制定改造方案，自己动手，积极投入病房改造，日夜赶工钻管道、布电线，封空调、装设备等等，多项工作同步推进，连续奋战35个小时，按照防控疫情要求将隔离病房改造完毕，在1月30日前满足了收治患者的需求。

与此同时，医院在两天之内转送出所有住院患者，建立起可收治200人的疑似患者定点医院；迅速着手组建退役军人医疗专家组、综合协调组、赴武汉精英组，并组织人员培训、以老带新，将医护骨干力量分批次安排进入一线病房和发热门诊。为了保障医护人员安全，医院采购部门快速响应，积极协调生产厂商，多方筹措外科口罩、防护服等紧缺物资供应，并组织全院护士严格按照三级防控要求进行培训。

院内上下齐上阵，迅即展开相关培训及收治病人前的各项准备工作，明确疫情面前各自所担负的使命责任。

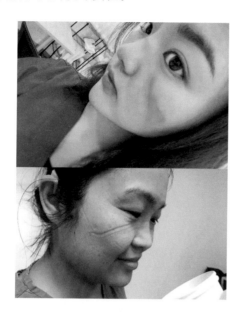

穿着厚厚的隔离衣、防护服，带着防护口罩和眼罩、手上带着两层手套、脚上套着鞋套的医护人员每天要工作 13 个小时才能换班，平时轻车熟路的静脉穿刺变得十分困难。为了节省防护装备，减少去厕所的防护服更换，医护人员们不敢多吃饭，也不敢喝水，除去日常医疗护理外，还要额外承担给患者做心理辅导、送饭、打水、处理医疗垃圾等任务。在这场抗"疫"战斗中，留下了他们的身影……

资料来源：江苏省退役军人事务厅

守住农村防疫阵地

——福建省驻村军转干部的战"疫"答卷

防控压力持续增大、防护意识不强、医疗条件有限……当前正值返城复工、春耕春播的重要时刻，农村疫情防控面临诸多新挑战。如何做好农村地区防疫？福建省泉州市市直部门231名驻村军转干部奋战疫情防控第一线，交出了战"疫"答卷。

这231名驻村军转干部还有一个特殊的身份——退役军人。疫情出现以来，福建省退役军人事务部门坚决贯彻落实习近平总书记重要讲话指示精神，全面落实党中央、国务院决策部署，以及省委、省政府具体要求，提高政治站位，发挥体系优势，动员全系统党员干部和广大退役军人积极参与疫

福州市在研究退役军人战疫情事宜

情防控阻击战，展现新时代新福建退役军人事务工作者的责任与担当。

"不做'翘脚爷'，不做旁观者，当好主人翁"，成了市直驻村军转干部的第一行动准则。"请组织放心，我们一定协助村里把各项防控要求落实到位，一起打赢这场人民战争！"福州市委统战部驻泉州市洛江区河市镇河市村干部牛宏深知兵贵神速，驻村第一天就踏访村子各个房头角落，不到三天就把整个村子的情况摸清摸透。

泉州市军民融合办驻村干部陈洪生在部队就不服输，敢打硬仗。泉州市石狮市灵秀镇塘园村内企业密集，有国际轻纺城、青创城、中纺联检测中心等大型网批市场和纺织市场，外来务工人员多、属地管控任务重、主体责任落实难。面对重重困难，他主动认领啃"硬骨头"，通过实地走访、商讨研究，帮助村里优化辖区防控措施，把全村 48 名党员纳入 6 个管理网格中，每名村两委成员包干 1 个网格，每家重点企业都有 1 名村"两委"挂钩。

"建生同志，你这都忙了一宿了，得去歇一歇！""没事，再排我一班。"驻泉州市南安市溪美街道镇山村的市科协党组成员、副主席王建生，同防控小组一起对全村 12 个节点逐一巡查，直至上午 8 点交接班，他还坚持到村口值守。他说，"党员就要在第一线，'关口'一定要把好。"

福建省退役军人事务厅组织研究抗"疫"工作

漳州市军休所逐户排查封闭管理军休干部家庭

泉州市人社局干部王锋，是局机关第一个报名驻村的。局里知道他有高血压进行劝告，他却义无反顾地说，"我是一名转业军人，参加过1998年抗洪抢险、2003年部队营区抵御'非典'实战，国家有困难、群众有需要，我就应该上。"在南安市东田镇蓝溪村，他服从指挥，起早摸黑，每天与村干部一起入户比对信息、在路卡站岗值班、核查卫生消毒情况，定时追踪被隔离人员体温数据，村里处处留下他的身影。

疫情大考，重在基层，难在基层，驻村干部也遇到一些难题。泉州市委文明办驻石狮市锦尚镇深埕村干部林繁荣，得知一户老人去世，他主动上门讲解疫情防控期间的有关规定，劝解家属简办丧事。林繁荣说："按照民间习俗，白事至少要守灵三天、亲朋吊唁，外人介入干预是比较忌讳的，但眼下正处于疫情防控关键时期，'坏人'由我来当，一定要争取家属的理解和支持。"

泉州市委政法委驻晋江市紫帽镇紫星村干部周孝琪，面对几名河南返乡村民不愿配合居家医学观察，他主动上门做工作，不急躁、不气馁，正气凛然。"群众不理解的事，我们一遍说不清，那就说十遍。"从病毒传染的危害性、居家观察的必要性以及感染风险、乡邻关系等方面，他晓之以理、动之以情，最终全部返乡村民自愿接受14天的居家医学观察。

泉州市总工会驻惠安县东桥镇疫情防控工作领队林东阳、驻村干部李永江走访外来员工出租户集中区，为他们送上口罩、消毒水等医用防疫物资。见到驻村干部登门看望，中石化乙烯项目部留守员工徐天竹感激地说："现在可谓一'罩'难求，今天送来的捐赠物资，大大缓解了燃眉之急。谢谢你

诏安县退役军人事务局及时将疫情通报送到退役军人手中

们，辛苦了!"泉州市体育局驻永和镇古厝村干部刘汪琦，得知村民普遍存在防疫物资紧缺，发出"大爱古厝互助情，同心协力再行动"捐赠倡议书，自己带头捐款购买口罩、消毒液等物资，不到一周时间，带动近百人捐资捐物。

正是这些退伍军人，把村子当"新家"，以严谨细致的军人作风，与村干部一起查漏洞、想办法、补短板，为织密基层联防联控、群防群治的"安全网"作出了贡献，也交出了群众满意的战"疫"答卷。

资料来源：福建省退役军人事务厅；整理：萧夏

"疫"往无前勇当先锋，抗击疫情建新功

——巢湖市 2000 余名退役军人冲锋抗"疫"战场纪实

"全市各地各部门要坚决贯彻落实习近平总书记关于疫情防控工作的重要指示精神，按照中央和省委、省政府以及合肥市委、市政府决策部署，充分认识疫情防控的重要性，切实做到主动防控、科学防控、精准防控，全力保障人民群众生命安全和春节期间社会稳定。"安巢经开区管委会主任、巢湖市委书记耿延强在研究部署新冠肺炎疫情防控工作会议上强调。

为做好新冠肺炎疫情防控工作，切实维护人民群众的身体健康和生命安全，根据巢湖市委、市政府的统一部署，市退役军人事务局第一时间向全市广大退役军人发出倡议，冲在疫情防控第一线。

"困难面前，我永远是个兵"

柘皋镇五星村退役军人突击队

敢打硬仗、勇挑重担、共克时艰。连日来，在抗击新冠肺炎疫情中，巢湖市 2000 余名退役军人主动请缨、好善乐捐，用实际行动展示了退役军人退伍不褪色的军人本色。他们说："困难面前，我永远是个兵。"

疫情就是命令，防控就是责任。

1月26日，多名退役老兵主动申请走向抗击新冠肺炎的"战场"，400多名曾在部队服役十年以上的老兵向所在地党委政府申请出"战"，承诺坚决服从统一领导。"我们听从组织召唤，服从安排调度，申请随时奔赴疫情防控第一线。我们时刻准备着，首战用我，用我必胜！"没有多余的话语，既是担当和信心，也是责任和大爱，更是退役军人不褪的本色。

随着疫情防控的升级，槐林镇各村和沐集社区也成了抗击疫情的第一线，工作人员每天要排查很多出入人员，确保村民居民安全。该镇有85名退役军人工作者、200余名退役军人志愿者奋战在防疫一线，做好户外宣传、入户宣传，做好地毯式排查，做好舆论引导。"疫情就是命令，作为一名退役军人，我们要坚守岗位，在这场没有硝烟的战争中，我们退役军人首先要冲上去，

安巢经开区管委会主任、巢湖市委书记耿延强（中）赴凤凰山街道督查新冠肺炎疫情防控工作

做好疫情防控。"沐集社区党支部书记、退役老兵沐颖涛表示。社区组成了8人的退役军人志愿服务队，分早、中、晚进行执勤，大家不畏严寒、不畏病毒，踊跃冲锋在前，奋战在疫情防控的第一线。

退伍老兵班业清，是槐林镇退役军人服务站站长，正在老家过年，从工作群中看到疫情来袭，克服种种困难，第一时间返回镇上，主动请缨，带领工作人员奋斗在疫情第一线；现役军人熊成龙，得知镇村两级政府人员疫情防控工作压力较大，第一时间向村支部书记"请战"，戴上口罩，拿着喷雾器，义务参加村里的疫情防控工作；退役军人创办企业负责人孙照宝购买了5000元的一次性口罩，无偿捐赠给镇驻地的一线工作人员和部分村民，他说："这都是应该做的，我是退伍老兵，更是一名党员，关键时刻，我还要像战士一样冲在前头"……

"能冲在最前线，我感到光荣和自豪"

巢湖市退役军人事务局局长祝业山
（右二）深入一线，参与疫情防控工作

疫情发生后，散兵镇退役军人、中共党员赵长宏，主动向镇领导要求参与防控工作。他雷厉风行，做事认真，在宣传氛围营造、巢湖市与无为市交界处卡点昼夜执勤、人员劝导教育等方面发挥了突出作用。特别是在夜间执勤工作中，没有活动板房时，他在车上一待就是一晚上，克服天气寒冷恶劣条件，连续作战。考虑到口罩不好买，有些村民没有口罩的实际情况，2月4日，赵长宏同本镇退役军人胡宗强一起向隆泉行政村捐赠一次性医用口罩400个，助力村防控工作。

"作为一名退役士官，在当前严峻的防控战役下，能冲在最前线，我感到光荣和自豪。"散兵镇河长办工作人员朱拥军今年46岁，是一名服役13年的退伍老兵，自正月初二得知疫情防控任务后，他主动要求来到村道卡口值班。在这里，他每天24小时轮流值班，维持村口秩序，严格管控村庄人员进出，受到村民的一致好评。

"能为群众服务，我觉得很有价值，一点也不累"

坝镇退役军人丁勇，是去年刚刚安排到坝镇工作的退役军人，面对疫情他主动放弃假期，参加疫情防控，从大年初二开始，一直战斗在疫情防控一线。他用实际行动践行"召之即来、来之能战、战之必胜"的军人誓言，被周围群众连连夸赞：不愧是当兵的，就是有战斗力。

姥山村支部副书记宛传银是一名退役军人，在面对新冠肺炎疫情时，他主动请求参加疫情防控值班，从大年初一就开始忙碌，走遍全村家家户户，让防疫宣传渗透到每一个角落，每天都要工作10多个小时，有时忙晚了就睡在办公室。宛传银说："全心全意为人民服务是每一名退役军人的天职，能为群众服务，我觉得很有价值，一点也不累。"

巢湖市退役军人事务局祝业山局长（左一）在坝镇贺永刚镇长（左二）陪同下到卡点看望在一线值守的退役军人

为打赢这场没有硝烟的战争，坝镇26名镇村退役军人踊跃冲锋在前，奋战在疫情防控的第一线值班值守，驻点巡查、宣传等，并为广大群众提供力所能及的帮助。

"卸下戎装志不改，抗击疫病建新功"

"当前，我们街道应对新冠肺炎疫情防控阻击战已经全面打响。作为一名退伍军人，我向街道领导请战：申请加入抗击新冠肺炎的最前线，对抗疫情，贡献自己的一分力量。"这是中庙街道老共产党员袁永胜在请战书上的铮铮誓言。

2月4日，街道碧桂园小区门口防控值守的袁永胜和屈胜忙个不停，除做好值守防控外，他俩还指导小区居民正确佩戴口罩，积极配合防疫部门、交通部门对过往车辆人员做好测温、问询工作，用实际行动，彰显了军人的本色和担当。

在中庙街道像袁永胜和屈胜这样主动要求参与疫情防控志愿队伍的情景，只是退役军人志愿参与疫

散兵镇退役老兵赵长宏（中）严格控制外来人员，严格把关出入登记

情防控的一个缩影。

目前，巢湖市全体退役军人正冲锋在抗击新冠肺炎疫情防控工作的第一线，他们是村庄值守队的志愿者，是发放宣传资料的劝导员，是奔走在农贸市场的消毒工，是在传染病区连续奋战的医生，是深夜巡逻在城市大道上的交通民警……

资料来源：安徽省退役军人事务厅；整理：戈广宇

"召必回、战必胜"的硬核担当

——江西省退役军人事务部门及广大退役军人战"疫"纪实

3月12日9时，江西省新冠肺炎疫情防控工作新闻发布会（第二十场）在南昌举行，江西省11个设区市100个县（市、区）住院确诊病例全部清零的消息意味着全省疫情防控工作进入了决战决胜的新阶段。

从发出倡议书，到积极参与一线防控，再到组建援助湖北医疗队……自疫情防控阻击战打响以来，江西省退役军人事务厅主动作为，号召带领全省广大退役军人听从指挥、不忘本色、冲锋在前，奋战在各个岗位、各个行业，为人民群众筑牢了一道又一道安全防线，用实际行动践行了"若有战，召必回，战必胜"的庄严承诺。这支听党指挥、闻令而动、敢于担当、无私奉献的"硬核"力量让人信服、点赞。

绿色戎装已卸，红色初心不改。截至目前，江西省有31万名退役军人投身疫情防控工作，累计捐款捐物突破2560万元。全省2600多家退役军人企业复工复产率达到90%以上，全省30余万退役军人陆续返岗复工，为打赢疫情防控和经济社会发展"双线战役"撑起退役军人的硬核担当，成为赣鄱大地一道靓丽风景。

请战：我们是退役军人

3月初春，一束阳光穿透疫情的阴霾，播洒在赣鄱大地上。

在全南县大吉山镇吉水社区，街道的"热闹"已经恢复不少，人来人往中，退役军人李子才的身影穿梭于各家各户、驻守在街头巷尾，这是他在疫情防控一线工作的第 52 天。从大年初一开始，这个上过战场的老兵，就以"红马甲"志愿者的身份站在抗击疫情的第一线，成为江西省奋战抗"疫"一线退役军人的真实写照和生动缩影。

疫情就是命令，防控就是责任。1 月 23 日，江西省退役军人事务厅率先在全国军休系统专门下发通知，要求各级各部门提前部署、科学有序做好军休系统的疫情防控工作。同时，向全省广大退役军人发出倡议书，号召大家听从当地党委、政府的安排，积极参与联防联控、共同抗"疫"。

闻令而动显初心，遵令而行担使命，全省上下退役军人事务系统和广大退役军人义无反顾地投入到此次战"疫"之中。

退役军人、赣州市于都县马安乡溪背村村主任郭冬生，连续多个昼夜奋战在疫情防控一线，突发心肌梗死不幸离世；

退役军人、芦溪县银河镇应急管理所副主任曾升福 24 小时值守路口，妻子胡婷则奔赴武汉抗"疫"，被称为"疫线最美夫妻"；

因抗洪抢险负伤，安源区埠村村主任、村退役军人服务站站长姚华良腿内植入了钢板，仍每天在卡点执勤 15 个小时；

龙南县退役军人企业家谢飞龙带领公司队员，每天义务消杀数万平方米区域；

吉安县 19 个镇均成立退役军人志愿服务队，600 余名退役军人自发请战……

一封封请战书、一枚枚红手印、一声声誓言，分外耀眼，格外响亮，他们用自己的肩膀撑起了新时代赣鄱大地退役军人的担当与奉献。据初步统计，目前江西省共有 31 万余名退役军人投身疫情防控

工作，成立志愿服务队 6110 余支、突击队 324 支，成立退役军人临时党支部 595 个，近 10 万退役军人党员成为这支队伍的核心骨干。

赴鄂：越是艰险越向前

武汉胜则湖北胜，湖北胜则全国胜，打赢疫情防控阻击战，湖北和武汉是重中之重，更是决胜之地。

救死扶伤是天职，冲锋"疫"线是担当。2 月 6 日，湖北省荣军医院一线战"疫"告急，退役军人事务部发出对口支援湖北的总动员。在倡议书发出的第一天，江西省荣军医院就收到 93 名医护人员的请战书，并从中精挑细选出 16 名医护人员出征湖北，副院长张大文勇挑重担，担任医疗队队长。

哪有生而英勇，只是选择了无畏。那是个没有硝烟的战场，病毒可能

无处不在，面对全新的工作环境和抗"疫"任务，医疗队队员要克服孤单、焦虑、恐惧心理。早上 7 点，队员们准时起床，开始准备进隔离病房所需的防护用品；7 点半，开始吃早点并且穿好厚重的隔离服；8 点准时进入隔离病区接管病人，开展临床诊疗。为了减少一次性防护服的使用，队员们都是穿着纸尿裤进入隔离病房……一刻不休，直到下班，这是队员们在湖北抗"疫"的真实写照。

3 月 12 日下午，医疗队员、省荣军医院医生吴睿接到妻子的电话，父亲于当天因病去世。"告诉睿，安心在湖北抗'疫'，尽忠是大孝!"父亲临终前嘱托妻子转告他。忍着悲痛吴睿下定决心，要求组织留下他，继续在湖北完成援助任务。

医疗队员、省荣军医院护师魏芳记得，有一次在施针时，一个病人满含热泪地对她说，湖北人民感谢来自全国的医务工作者，在这么危险的环境下，你们也一定要注意安全。听完，魏芳被感动，也流下了眼泪。

狭路相逢勇者胜，越是艰险越向前。目前，医疗队在湖北征战 32 天，已经成功救治了 400 多名新冠肺炎患者，胜利的彼岸即将到来。

担当：战"疫"，我们不能缺席

"别人都可以捐，为什么我不能捐？"高安市百岁老人、一等功臣陈训杨的捐款被村干部婉拒后，老人家还是固执地捐出 3000 元，支持抗"疫"工作。

捐、退都是一片情。会昌县 85 岁老兵郑兆林将 1.06 万元捐款交到中村乡党建办，考虑到老人生活情况，乡政府决定留下 600 元，将 1 万元退回……类似的一幕不断上演。

虽无法亲上战场，但始终坚守阵地。在奋不顾身积极参与一线抗击疫情的同时，广大退役军人纷纷慷慨解囊，通过各种渠道捐款捐物。

84 岁的吉安县退役老兵王善程骑行一个多小时，把 1 万元现金交到横江镇便民服务中心退役军人服务站，用于疫情防控工作。他常说，"虽然我退伍了，但是军人的作风不能丢。危难时刻，我们更应挺身而出。"

全国模范退役军人龚全珍捐赠 1 万元，分宜县分宜镇 13 位优抚老兵自发捐赠 3480 元用于疫情防控工作；南昌市军休二所 423 位军休干部将 51.125 万元定向捐赠给南昌大学第一附属医院；南昌县退役军人彭细根、周起福、万寿星、文二傲等人主动邀集 590 位战友捐款 178070 元，定向购买救护车驰援黄冈市优抚医院。

退役军人企业家们也展示了自己的担当。华坚集团董事长张华荣义捐 300 万元，江西江龙集团鸿海物流有限公司董事长金定粮捐助价值 100 余万元物资，兵哥送菜实业有限公司董事长陈堃源多次捐赠达 50 余万元……

聚是一团火，散是满天星。疫情防控期间，全省退役军人捐款捐物突破 2560 万元，数字的背后，传递着一个共同的心声：这场全民战"疫"，我们不能缺席。

复工复产：两手抓、两手硬

在坚持"严控严防"的同时，江西省退役军人事务部门深入推进"尊崇工作法"，最大限度地降低疫情对全省退役军人工作的影响，切实做到疫情防控和退役军人事业发展"两手抓、两手硬，两不误、两促进"，坚决打赢疫情防控和经济社会发展"双线战役"。

连日来，宜春市退役军人服务中心主任谢祖菁和她的同事们非常忙碌，她们要跑遍全市的 160 多家退役军人企业，将市里新出台的 60 多条优惠政策一一告知，为他们排忧解难。

据悉，为助力退役军人企业复工复产，江西省退役军人事务厅下发了《关于做好新冠肺炎疫情期间全省退役军人就业创业工作的通知》，将省里出台的助力疫情防控和复工复产"八大举措"全部送到企业家手中，并收集各企业特别是退役军人所办企业的用工需求、复工难题。

截至目前，全省收集退役军人复工复产问题 800 余个，均采取"一对一"方式制定帮扶方案，已经解决复工复产难题659个，发布企事业用工信息291条，提供退役军人专属岗位27177个。

"保驾护航"后，捷报频传。宜春市470余家退役军人企业复工复产率达到95%以上，近万退役军人陆续返岗复工；上饶市107家退役军人创办的企业，复工复产率达85%以上……目前，全省退役军人创办企业申请贷款2600万元，2600家退役军人企业复工复产率达到90%以上，全省30余万退役军人陆续返岗复工。

没有一个冬天不可逾越，没有一个春天不会来临。早春的赣鄱，颜容初展，全省退役军人用奉献和坚守，展现退役军人新时代的风貌，筑起疫情防控阻击战中的坚强堡垒和红色防线。

资料来源：江西省退役军人事务厅

共同战"疫"，我们在行动

保定

庚子新春，突如其来的新冠肺炎疫情牵动着全国人民的心。为了坚决打赢疫情防控阻击战，无数的医护工作者不顾自身安危冲向一线，第一时间投入战斗。在这场没有硝烟的战役里，美丽的"逆行"者们扛起沉甸甸的责任，经历着生与死的考验，义无反顾，奋勇向前。为向奋斗在一线的战友们致敬，保定市高碑店河北大树景爻传媒退役军人团队迅速创作歌曲《逆行者》，讴歌每一个用生命诠释伟大的"逆行"者，赞美他们为了保护人民群众安全奋勇向前、无私奉献的崇高精神！

唐山

连日来，新冠肺炎疫情牵动着唐山市滦州退役军人的心。滦州市退役军人事务局迅速号召全市退役军人协助做好疫情防控阻击战。滦河街道、茨榆坨镇、杨柳庄镇、王店子镇率先行动，退役军人自发组成"抗疫综治巡防大队"，走上街头对过往人员和车辆发放防疫宣传单、检测体温、登记排查，对外来走亲访友车辆进行劝返等，每天从早到晚坚守在管辖区域路口的值守点。

在退役军人冒着严寒值守执勤冲锋在防控战"疫"一线的同时，抗击疫情防控所需物资紧缺，众多退役军人代表也

纷纷慷慨解囊捐款捐物。2月3日，唐山市最美退役军人于海龙向滦州市慈善协会捐赠人民币10万元，唐山市最美双拥人物霍天军捐赠人民币10万元，唐山市最美退役军人刘忠宝向滦州市疾病预防控制中心捐赠价值12万元的医用酒精；2月4日，滦州市薛兆云、张立吾、张锦国、朱建新、周民、李永俊等6名参战老兵来到滦州市慈善协会为抗击新冠肺炎疫情捐款3000元；茨榆坨镇、杨柳庄镇60余名退役军人自发捐款、捐物近1万元，用实际行动诠释了退役军人的"最美""大爱"和"担当"，践行了"当兵保家卫国、退役造福社会"的铮铮誓言。

廊坊

根据廊坊市委组织部《关于选派干部到市区无物业管理小区开展疫情防控工作》的通知，为全面做好新冠肺炎联防联控工作，廊坊市退役军人事务局高度重视、积极响应、周密部署、迅速展开落实。接到通知后，局党员干部积极响应、踊跃报名，从中选派9名党员干部为首批疫情防控工作组，深入第一线开展疫情防控。按照责任分工，该单位对向阳里和农兴里两个无物业小区进行疫情防控包联，与社区、居委会、党员志愿者联动承担了疫情防控知识宣传、人员摸底排查、环境消毒整治、小区出入口防控等工作。

沧州

落红不是无情物，一颗丹心永向阳。2月3日，沧州市青县军队离退休干部休养所军休老干部王树庄、朱金友、离休干部遗属张佩君等7人自发捐款5300元，用于支援新冠肺炎疫情防控工作。已经88岁高龄的离休干部遗属张佩君，是一位1948年4月入伍的老兵，曾在战区医院担任护士，参加过辽沈战役、平津战役、解放华中南、抗美援朝等战役，曾经多次冒着枪林弹雨救治伤员，从死神手中抢回了无数战友的生命，多次受到部队表彰。离休后，张佩君老人省吃俭用，热心公益事业。面对这次疫情，她心急如焚，一次性捐赠2000元。

虽然自己已到耄耋之年，但是一直忘不了共产党的恩情。正是党的教育和培养，自己才走上了革命的道路，今天才能享受到幸福的晚年生活。疫情面前，人人有责。虽然自己不能亲自去防控一线参加战斗，但是愿意尽自己的绵薄之力，为早点打赢这场无声的战斗贡献力量！

邢台

2月3日，邢台市退役军人事务局副局长李增义和邢台县退役军人返乡创业园退役老兵陈建、郝海成前往邢台市第二医院看望慰问坚守疫情一线的医务人员，送去500箱富硒鸡蛋，衷心感谢他们为保护邢台市人民群众安全作出的贡献。2月4日，邢台市退役军人事务局党组书记、局长李同修和邢台县退役军人返乡创业园退役老兵陈建、郝海成又来到河北省退役军人总医院，看望慰问在防控疫情一线辛勤工作的医护人员，为这些勇于奉献的"逆行冲锋者"送去100箱富硒鸡蛋，希望他们保重身体，顺利打赢疫情防控攻坚战。

自防控疫情以来，邢台县退役军人返乡创业园老兵还参与了无人机消毒、紧急物资运送等工作，为打赢疫情防控阻击战积极贡献力量。

定州

我和父亲都是退伍军人，虽然我们不能像医生、护士一样赶赴前线，但也要发挥一名战士的作用，为赢得这场战役贡献力量！定州退伍军人位东将自己店里库存的4万余个口罩免费发放给市民，在发放口罩的过程中，位东的妻子刘紫昭还不断讲解口罩的正确佩戴方法，让大家学会正确使用。她说："这钱花在哪儿也没有花在抗击疫情这上面更有意义，钱虽不多，但我们也要为抗击疫情做贡献！"自定州市退役军人事务局发布抗击疫情倡议书以来，许多退役老兵迅速响应。2月4日上午，定州市28名参战老兵代表黄同强、聂玉柱来到市退役军人事务局主动要求为抗击疫情捐款2800元。在

退役军人事务局工作人员的陪同下，老兵代表将募集到的2800元善款捐赠到定州慈善会，用于疫情防控工作。他们表示，在当前这场没有硝烟的战争中要发扬军人本色，主动参与应急防疫，展现退役军人的优秀品质和无私奉献精神。

资料来源：河北省退役军人事务厅

吹响"集结号"

——聊城万名退役军人战"疫情"

"我们各级退役军人服务中心（站）要充分发挥作用，在疫情防控期间，一定要给所负责辖区的退役军人和优抚对象打电话，看看有什么困难，需要什么帮助。这次'电访'必须要做到全覆盖、无遗漏。"节后上班第一天，聊城市退役军人事务局局长张玉录召开紧急会议，安排部署疫情防控工作下一阶段任务。

与时间赛跑　与疫情赛跑

新冠肺炎疫情暴发后，聊城市退役军人事务局积极贯彻落实市委、市政府会议要求，迅速下发动员通知，并通过市、县、镇、村（社区）四级退役军人服务中心（站）发出倡议，号召全系统干部职工投身疫情防控工作，鼓励广大退役军人积极参与到抗"疫"工作中来。

全市广大退役军人积极响应，纷纷捐款捐物，主动参与应急防疫、便民服务、秩序维护等各类志愿活动，为疫情防控提供帮助和支持。

聊城蓝天救援"退役军人防疫突击队"40多名队员各背负三四十斤的装备，每天工作10小时以上，在6天时间里，为247处公共场所消毒杀菌，消杀面积达200万平方米，累计负重喷洒消毒水72吨。

退役军人秦一杰，是聊城一家民间公益组织的负责人。自大年初一开始，他积极响应退役军人事务部门号召，将100余名队员分成12个小组，

聊城万名退役军人战"疫情"

天天带领队员们在检测点协助开展防控工作，为居民小区进行防疫消杀作业。

"我们的队员大部分是退役军人，虽然每次活动都是由个人出钱出力，但大家积极性都很高。我们的共识就是坚决打赢这场疫情防控阻击战，人民第一、生命第一！"秦一杰说。

"别串门了，快回去吧，待在家里最安全!"

自疫情发生以来，在高唐县尹集镇红庙村的东南路口，总少不了王守法的身影。今年65岁的王守法，既是村里的党员，又是退伍军人。考虑到王守法患有心脏病，早年还做过心脏支架手术，村"两委"干部在安排村路口防控任务的时候，没有把他写进值班表。王守法却不乐意了，他说："我是党员，又是退役军人，要带头冲在第一线。"村支部书记王守礼知道他的倔脾气，只能"听话"把他安排上。

面对突如其来的疫情，聊城市广大退役军人充分展现了责任和担当，纷纷挺身而出，以各种方式参加这场防疫阻击战。

退役军人、聊城某传媒公司负责人袁朝军利用微信平台创建"聊城退役军人读书会""聊城退役军人企业家联谊会""聊城退役军人书画院"等多个微信群，坚持每天转发《人民日报》、新华社、《解放军报》、央视新闻等媒体的新闻消息，号召群内广大退役军人疫情防控期间少出门、不聚集，不信谣、不传谣。同时，多次组织群内成员向疫情严重的武汉市捐款11万余元，袁朝军被大家亲切地称为"正能量群主"。

在东昌府区，聊城优秀退役军人倪西群主动放弃休息时间，坚持每天在小区门口义务值班，管控人员出入、宣传防疫措施，引导小区居民积极做好自我防护，少外出、不聚集，用实际行动为群众健康护航。用他的话说，"作为一名退役军人，在国家最需要的时候，就得主动站出来干点实事，这样心里才踏实。"

在莘县，莘亭街道办事处退役军人服务站共发动142名退役军人担任疫情防控志愿者;后高庙村22名退役军人主动请缨担任疫情防控志愿者，负责村口封控、劝返流动人员，全面开展人员和车辆出入登记、测量体温等工作。

据统计，自疫情防控工作开展以来，聊城市共有10000余名退役军人战斗在一线防疫岗位，他们用忠诚、担当、奉献精神，展现了新时代退役军人的风采。

　　我们的退役军人真是可爱又可敬！作为退役军人事务部门，也在主动担责，尽可能提供更好的服务保障，引导他们积极投身到防疫"阻击战"中，打头阵、当先锋，全力守护好人民群众健康防线。

资料来源：聊城市退役军人事务局；采编：刘朋利

若有战　召必回　战必胜

——湖南退役军人勇当抗"疫""逆行"先锋

"牢记人民军队宗旨，闻令而动，勇挑重担，敢打硬仗，积极支援地方疫情防控。"近日，习近平主席就应对新冠肺炎疫情对人民军队发出指令。

"人民的安全就是命令。"1 月 27 日，湖南省退役军人事务厅向全省退役军人和退役军人事务工作者发出积极应对新冠肺炎疫情的倡议书，希望广大退役军人积极投入到联防联控、抗击疫情的一线中去。倡议书发出后，湖南省广大退役军人纷纷响应，以守土有责、守土担责、守土尽责的决心与毅力，诠释了全心全意为人民服务的宗旨和责无旁贷的使命担当。

退役不退志　退伍不褪色

1 月 23 日，湖南启动重大突发公共卫生事件一级响应。随即，湖南省疫情防控指挥部多道调度令相继出台，严峻的防疫工作牵动着全省 6900 多万人民的心。

疫情就是命令，防控就是责任。我参加过"非典"疫情防控！我参加过"5.12"汶川大地震的救援行动！我参加过维和行动！我在部队的专业是防化！面对疫情有经验！我是连队卫生员……我们集体申请到防疫攻坚战的最前线去！

长沙宁乡市一支由 18 名退役军人组成的应急救援志愿突击队，第一时间请战，根据当地党委政府统一安排部署，在大街小巷、高速路口等地，参与疫情防控处置。

常德市澧县澧澹街道，有一支由 22 人组成的"澧澹街道转业军人防疫志愿服务队"，集体请战到防疫第一线，24 小时轮流值守在高速路口对车辆及人员进行监测。

蒋亚龙（左三）组织捐赠物资到一线

益阳市赫山区衡龙新区 30 名退役军人联名写下请战书，他们受领在银城大道益阳与宁乡接壤处担负检测的任务后，迅速设立了"退役军人先锋岗"，对来往车辆和司乘人员日夜轮班检测。

衡阳市雁峰区 50 余名退役军人分为两支队伍，前往雁峰区福利院、夕阳红老年公寓开展疫情防控工作，为公共区域消毒，进行卫生清洁，为老人们宣讲防疫知识。

永州市新田县退役军人事务局第一时间组建县乡村退役军人双拥志愿者服务队，号召广大退役军人临"战"入伍，充当疫情阻击战役的主力军。连日来，志愿者服务队走村入户，穿梭在乡间田野，奔走

娄底市康复医院医护人员请战书

于社区街道，戴着红袖章的"防疫战士"们积极投身疫情防控工作。

邵阳洞口县大屋瑶族乡 15 名退役军人自发参与防控工作，到村主道路口进行设卡劝导，与乡政府工作人员一起，带好口罩，粘贴宣传标语，设卡劝返串门人员。

娄底市退役军人事务局下属的优抚医院——市康复医院，在疫情发

宁乡市应急救援志愿突击队在高速路口参与防控　　彭程带领党员骨干赴社区开展防疫工作

生后，迅速响应，全院干部职工众志成城，以曾剑飞为代表的退役军人职工，带头坚守岗位，不分昼夜，仅一天就完成了全院500多名职工及住户和1100余名住院病人的调查摸排工作，全力以赴投入到防疫战斗中。

"若有战，召必回！"这不仅仅是一句口号，更是深深烙印在军人心底的使命。面对疫情的严峻形势，主动请缨的退役军人团体和个人纷纷出现，他们舍小家、为大家，始终奋战在防控疫情第一线，为打赢疫情防控阻击战贡献着自己的力量，也用自己的实际行动坚守着那份属于"军"的荣光。

截至目前，湖南省有近13万名退役军人主动请缨加入抗击疫情队伍，在当地党委政府及有关机构的统一管理和引导下，有序开展抗击疫情工作。

脱下军装　扛起责任

严峻的防疫形势深深牵动着"全国模范退役军人"方世平的心。他以湘潭市爱国拥军促进会名义倡议，组建了一支由20名退伍老兵组成的"老兵消毒志愿队"，协助街道全力配合开展各项抗击病毒行动的同时，自费多渠道筹集了市面上紧缺的医用口罩2000个、84消毒液25件、电子体温测量器15个送到街道以解燃眉之急。

蒋亚龙，湖南龙源实业有限公司董事长，中共党员，退伍军人，捐赠30000套防护帽、1834个N95口罩和3M口罩给一线防疫工作者后，2月1

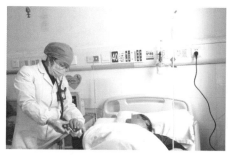
石健累倒后在医院就诊

史春山（左二）奋战在一线

吴冰（右一）在医院一线充当志愿者

湘潭市爱国拥军促进会志愿队在社区消毒防疫

日，又组织力量，辗转 2700 公里，历时 47 个小时，从义乌拉回了 10 万个医用口罩，送到耒阳市防疫一线。

2 月 1 日 11 时，益阳市红十字会办公室迎来一位叫李达中的退伍老兵，带着他和 66 位益阳籍退伍战友共同筹集的 3680 元，用来支持家乡疫情防控。"我们是 1987 年入伍的，战友大都是农村的，家庭并不富裕，但大家都积极响应。作为军人，退伍不褪色。在疫情严重的特殊时期，大家积极捐款，无论多少，都是爱心！"李达中说。

一份份物资、一声声问候、一件件暖心事，凝聚了湖南省广大退役军人众志成城抗击疫情的强大力量，展现着他们"卸下戎装志不改，抗击疫情建新功"的品质与风采。

是党员　是军人　更是一面旗帜

70岁的吴冰，21岁参军，从军20余年，是长沙宁乡市中医院一名退休医生。疫情发生后，她不顾高龄，多次致电医院领导请缨上一线，但未获批。1月27日上午，她带着按下手印的请战书再次找到院领导，反复沟通后，医院同意安排她在院内担任分诊量体温志愿者。"我虽然年纪大了，也早已退役了，但疫情就是敌情，我受组织培养照顾多年，愿意奉献一切。"就这样，有着近50年党龄的退役军人吴冰，义无反顾地走上了战"疫"第一线。

石健，邵阳市隆回县三阁司镇综合行政执法大队干部，一名退役20多年的老兵，也是一名近30年党龄的老党员。从大年初二开始，他倾情投入到抗击疫情一线战斗中，除了负责所驻村的湖北返乡对象，还负责长铺村的垃圾清理与消毒。1月29日16时左右，患有高血压的他，在连轴转工作多天后，突然晕倒在工作现场。同事急忙将其送往医院救治，经过抢救，目前病情稳定。据了解，石健同志还将进行心脏搭桥手术。石健作为一名退役军人和一名共产党员，工作从不言苦，生怕工作落到别人的后面，骨子里渗透着军魂气节，用实际行动践行对党忠诚的誓言。

益阳市赫山区"退役军人先锋岗"　　永州市新田县志愿者服务队走村入户开展防疫工作

"社区疫情防控压力相对较大，对于我们来说既是挑战，更是责任。"

长沙市雨花区东山街道高铁新城社区党支部书记"铁娘子"黄芳，除夕"逆行"上岗，扛起了社区值班的重任。连日来，她凭着退伍军人那股韧劲和多年社区工作经验，稳妥创新开展社区防疫工作，既当"指挥员"，又当"战斗员"。她说："军人的职责是保家卫国，社区书记的职责就是给居民群众满满的幸福感、安全感。虽然身份变了，但为人民服务的初心和使命没有变。"

资料来源：湖南省退役军人事务厅；整理：戈广宇

退伍不褪色　若有战召必回

在新冠肺炎疫情肆虐之时，南岗区退役军人事务局积极发动自主择业、转业军官等退役军人群体，以"党旗在飘扬、党员在行动"主题活动为指引，充分发挥党员先锋模范作用，不忘初心，牢记使命，涌现了一大批鲜活的抗"疫"英雄。他们奋战在一线，抢救危难的重病疫情患者，展现了新时代退役军人的爱国奉献精神。

疫情出现后，南岗区退役军人事务局充分利用微信公众号、快手、抖音等多媒体网络平台，向退役军人吹响了集结号，希望全体退役军人在祖国最需要之际，义无反顾地投身到疫情防控中去，为国家再立新功，坚决打赢疫情攻坚战。"倡议书"发布后，多名从事过医护岗位的退役军人和自主择业军官踊跃报名，提交了请战书，尤其是乔丽萍和2018年自主择业军官崔洪勋等人毫不犹豫地向医院领导和南岗区军人事务局分别提交了请战书，申请轮换到武汉第一线，驰援武汉抗击疫情，他们在请战书上按下了鲜红的手

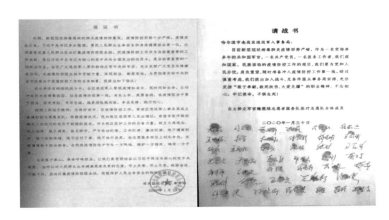

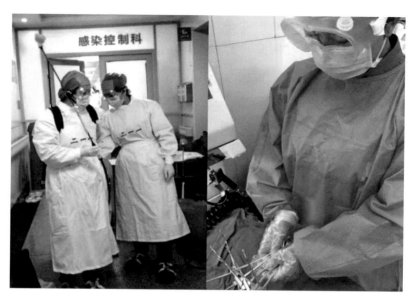

官乔丽萍在抗击疫情一线

印。乔丽萍说，作为一名光荣的退役军人，一名救死扶伤的医生，一名受党教育多年的共产党员，为了保护国家和人民的利益，在一切困难和危险的时刻应当挺身而出，冲向抗"疫"最前线，英勇斗争，不怕牺牲，打赢这场防疫保卫战，是自己义不容辞的责任！面对疫情，我们深知肩负的责任重大、光荣，我们随时待命出征。

乔丽萍是 2004 年自主择业转业军官，新冠肺炎疫情暴发后，面对越发严重的形势，乔丽萍主动向原部队 962 医院提出到抗击疫情的最前线，经962 医院党委研究决定，返聘乔丽萍回联勤保障部队，成为一名感控科主治医师，继续坚守岗位，为了给全市人民的健康筑起坚固防线，她安排好久病卧床的母亲，放弃了春节假期与亲人团聚的机会提前归队，大年初三就重返到工作岗位，投入到了紧张、繁重的抗击疫情工作中。

现在她正携手消毒中心自主择业转业军官袁文静忙碌于各科室，发放消毒物资，做好消毒防控。她们积极参加军队各种疫情通报及疾病防控治疗讲座，充分体现了退役军人冲锋在前、敢于担当的优秀品质。

与此同时，南岗区转业的自主择业军官王琦、王艳彬、何勇、肖德团等战友纷纷捐款。自主择业转业军官微信群的两位群主李连成和龙晶主动作为，及时在群中传达市、区关于做好疫情预防工作的通知要求，时刻掌控全区757名自主择业干部的疫情状况。全区自主择业干部以医护人员为主力，在退役军人事务局的领导下成立了由43人组成的志愿服务预备队，作为南岗区医护工作者的后备力量。自主择业干部们在防疫关键时期做到讲党性、顾大局，敢担当、争模范，在疫情面前不退缩、不褪色。他们说，虽然退伍了，但我们仍是预备役军人，更是共产党员，要不忘初心，人民的需要就是我们的使命与职责。

目前，南岗区还有许许多多与他们一样的退役军人，特别是转业回到地方参加工作的他们，正按照区委、区政府的部署要求，全区上下众志成城，同舟共济，共克时艰，立足岗位，发挥优势。身着军装，守护的是国家安全；脱下军装，守护的是社会安定。

资料来源：哈尔滨市南岗区退役军人事务局；整理：戈广宇

守护一方平安

——浙江省退役军人事务系统和退役军人在行动

新冠肺炎疫情发生以来，浙江省荣军康复医院按照省退役军人事务厅党组的部署要求，及时启动"一级响应"，全力打好"3×3"组合拳，全力确保疫期防控期间，全院近千名医患人员的生命安全和身体健康。

坚持在职责落实、组织引领和关心关爱中做到"三个到位"，迅速成立以院长为组长的医院防控工作领导小组、防控技术专家组，建立每日例行检查和院务日报会商制度，每天通报和商议疫情防控工作，确保人人有责、人人尽责。医院自营超市还为职工提供食品、蔬菜等代购服务，职工接送班车增加路线停靠点，对于居住偏远、租房居住或受封路封村等影响的职工，提供院内临时住处。

坚持把好预检分诊发现、留观病房警戒、医院安全管理中守住"三个关口"，医院前移预检分诊关口至医院大门，确保外来人员和就诊人员第一

时间登记、测温。为长期在家出门不便的慢性患者提供代配药和送药上门服务，解决了患者就医、交通以及因防控需要带来的不便。设立医学留观病房，四病区护士长郭霞主动请缨担任医学留观病房护士长，首批 12 位医护人员从大年初一开始进驻，已累计收治 9 名流浪患者。科学设置清洁、污染、缓冲区，每日组织全院进行消毒，全面实施病区封闭管理，严格落实工作人员、护工每天两次的体温检测，确保零接触。

坚持提供心理热线咨询、专业知识辅导、开展志愿帮助"三项服务"，结合"绿洲心灵医家"心理热线，搭建心理援助微信群，为社会公众提供心理健康咨询、干预治疗等公益服务。组织医护骨干力量编制《新型冠状病毒感染肺炎防护手册》，为全省其他机构提供专业技术指导。组织院内外志愿者协助所在地村（社区）开展防控宣教、预检分诊、病患咨询、人员引导等便民为民服务。设备科朱玉萍精打细算购买调配医院防护用品，她说："只要我们每个人都尽心尽力，就可以跑赢疫情。"

浙江省退役军人事务系统和广大退役军人将继续按照省疫情防控领导小组及其办公室的具体部署，严防死守、稳中求进，坚决打赢全省疫情防控阻击战。

资料来源：浙江省退役军人事务厅

海南省退役军人事务厅疫情防控倡议书

全省广大退役军人和退役军人事务工作者：

当前，新型冠状病毒感染肺炎疫情的防控工作极端紧迫，党中央、国务院作出重要部署，省委、省政府已启动突发公共卫生事件一级应急响应，建立五级书记齐抓防控疫情指挥体系，迅速动员各级党组织和党员干部坚决打赢疫情防控阻击战。疫情就是命令，防控就是责任。全省退役军人和退役军人事务工作者要强化风险意识，积极参与、全力配合，保护好自身和广大人民群众的生命安全和身体健康，为坚决打赢疫情防控阻击战和海南自贸港建设作出新贡献！在此，我们向全省广大退役军人和退役军人事务工作者发出以下倡议：

一、带头提高政治站位。认真学习贯彻习近平总书记关于疫情防控的重要指示精神和中央政治局常委会会议精神，坚决落实省委、省政府关于防控工作的各项具体要求举措，增强"四个意识"、坚定"四个自信"、做到"两个维护"，永远听党话、跟党走，退伍不褪色、离队不离党，把人民群众生命安全和身体健康放在第一位，把疫情防控作为当前海南自贸港建设最重要的工作，有力有序积极参与，坚决打赢疫情防控阻击战。

二、带头履行岗位职责。要在同级党委和政府的统一领导和指挥下，主动协同配合，发挥退役军人五级服务体系作用，特别是乡镇（街道）和村（社区）服务站工作人员要积极履职参与疫情防控，落实防控任务。广大退役军人及退役军人事务工作者，要听党指挥、敢打必胜，坚守岗位、发挥作用，敢于担当、勇于作为，以实际行动诠释对党忠诚、服务人民。

三、带头做好科学防护。增强风险防范意识，主动学习防疫知识，自觉按照科学指引做好防护。少出门、不聚会、戴口罩、勤洗手、讲卫生。如出现呼吸道感染、发热咳嗽、肌肉乏力等症状，请立即自我隔离，并即时报告防控部门，尽快到发热门诊检查就医，积极配合医务人员医治。

四、带头落实联控措施。认真落实好联防联控、群防群控各项措施，关注身边人健康状况，动员家庭成员、亲朋好友增强防护意识，服从大局安排，严密组织防护。积极奉献爱心，踊跃捐款捐物，参与医疗救护、便民服务、秩序维护、心理疏导等志愿活动，为疫情防控提供帮助和支持。

五、带头参与正面宣传。积极关注疫情动态，正确获取疫情防控部门权威发布的疫情信息，做到稳定情绪、增强信心，不信谣、不传谣。主动协助做好舆论引导工作，宣传新型冠状病毒肺炎只要早发现、早报告、早隔离、早治疗，是完全可防可控可治可愈的。通过微信及时转发国家、省及各地卫健委发布的权威内容信息，协助澄清事实，坚定打赢疫情防控阻击战的信心和决心。

六、带头移风易俗过节。自觉开展"治陋习、兴家风、淳民风、立新风"活动。提倡用电话、短信、微信、视频相互拜年祝福；不搞群众性聚会，不过"公期"，不到人员密集的公共场所活动，提倡行拱手礼，减少握手和近距离面对面寒暄，避免交叉感染；多了解卫生防疫知识，多做室内身体锻炼，切实提高身体免疫力，用自律的行动为抗击疫情作出最大的贡献。

防控疫情人人有责，全省各级退役军人事务部门和广大退役军人必须牢记人民利益高于一切，继续保持和发扬特别能吃苦、特别能战斗、特别能奉献的优良传统和作风，不忘初心、牢记使命，坚守岗位、履职尽责，坚定信心、科学防治，同舟共济、众志成城，用爱与勇气直面困难，用信心与责任共克时艰，全力以赴打赢疫情防控阻击战！

祝全省广大退役军人和退役军人事务工作者新春快乐，身体健康，阖家幸福！

资料来源：海南省退役军人事务厅

纸短情长　海南省退役军人事务厅
收到一封来自湖北的感谢信

汉川市人民医院
武汉大学人民医院汉川医院

感 谢 函

海南自主择业军转干部 1077 人：

　　您的爱心捐赠意向已获悉，在此，请接收汉川市人民医院和全院干部职工最诚挚的感激之情。

　　当前，汉川市正经受着新型冠状病毒感染的肺炎疫情的考验，各级医疗机构积极响应、主动担当、抗击疫情，我院全体医务人员逆行而上，为保障人民群众身体健康不懈战斗。

　　今天，在这样特殊的时刻，是您们伸出援助之手，彰显着同舟共济的无价情谊；您们的无私奉献，传递着世间最美好的爱心接力；您们的守望相助，汇聚成磅礴的力量，凝聚起战斗必胜的信心。

　　汉川市人民医院已收到您们的爱心捐赠现金叁拾伍万伍仟叁佰叁拾陆元整，再次感谢您们的大义之举。

　　医院地址：湖北省汉川市人民大道特一号

2020 年 月 日

资料来源：海南省退役军人事务厅

疾风知劲草　危难见真情

——广大自主择业转业干部响应组织号召投身战"疫"一线

3月31日，是自主择业转业干部周世永坚守疫情防控一线的第63天。

大年初五，老周就主动请命担负河北省怀来县社区防疫值勤任务。虽然政府为每名志愿者都配发了统一的值勤大衣，但老周还是喜欢在里面穿一件旧迷彩服。闻令重披当年甲，战士策马再出征。2月26日，退役军人事务部和中央军委政治工作部联合发布《致广大自主择业军队转业干部的倡议书》，鼓励他们永葆革命军人本色，继续投身疫情防控阻击战。千千万万名和周世永一样的"老兵"听令而行、向战出发，在这场抗击疫情的硬仗中践行初心使命，书写着新时代退役军人的责任与担当。

一日来当兵，终生听党话——"逆行"出征，践行有战必回的忠诚誓言

疫情严峻，武汉告急！除夕星夜，军号嘹亮。

军队支援湖北医疗队队员、火神山医院感染一科一病区护士长赵孝英，又一次站在出征的队伍里。

22年军旅生涯中，她一次次白衣执甲、向战前行。汶川抗震救灾、利比里亚抗击埃博拉……最危险的地方、最危重的病区，都留下了她无畏战斗的身影。

"不管身份怎么变，我这辈子都是党的人，都是一个兵！"2016年，面

对军队改革大考，她依依不舍脱下军装；今天，面对疫情这场大考，她奋不顾身重披征衣。

护理病患、了解病情、调度人员、检查设备……被战友们称作"拼命三娘"的赵孝英，看上去似乎永远不知疲倦，可那日渐沙哑的嗓音却"出卖"了她——一名老兵是怎样在拼着命救命！

"逆行"！"逆行"！

这些天来，在全国抗击疫情一个个最紧急、最危重、最吃劲的战场，总能看到自主择业转业干部重披战甲、热血冲锋的身影。

他们战斗在医疗救治的最前线——

"17年前，作为军人的我义不容辞奔赴小汤山；17年后，脱下军装的我义无反顾再次出征，只为那份初心！"原第二军医大学第二附属医院护士长李晓静的请战书字字铿锵。她带领50名上海"娘子军"护理队第一时间驰援武汉，战斗在最危险的金银潭医院重症病区。

"我是党员，应该冲在第一线；我是退役军人，若有战、召必回；我是医生，救死扶伤是职责。"山东援鄂医疗队队员赵宏兵肩扛责任担当，赶赴武汉的医院。几乎同时，全国各地还有近60名自主择业转业干部，也听从党的召唤，星夜兼程"逆行"抗疫最前线。

还有那些自始至终奋战在武汉当地的老兵们：武汉市第一口腔医院医生张军，毅然向组织提交申请，转战重症救治一线；武昌医院医生尹红卫，50余天坚守在感染风险极高的放射科……

王泓、郭永博、陈萍、刘熙、蒋小娟、周莲……把名字写在白色防护服上的他们，是从死神手里抢救生命

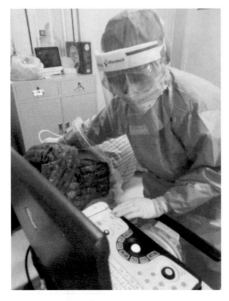

王泓在病房红区给病人做超声检查

的战士。每一个名字，其实都叫老兵；每一个从死亡线上拉回来的生命，一定也都记住了老兵这个名字。

他们战斗在保障供给的"生命线"——

到党和人民最需要的地方去，到国家战"疫"最急需的岗位去！湖南省湘潭军分区原政委孔雪兴带团队紧急驰援火神山，马不停蹄投入水电系统施工，与数千建设者共同创造"10 天建成火神山医院"的壮举；"兰州好人"曲波率"方舟救援志愿服务队"数次往返近 6000 公里，为武汉运送防疫物资；曾两次参加国庆阅兵的空中梯队机长李定坤，驾驶直升机飞赴湖北，执行防疫电力巡航任务，全力保障荆楚大地万家灯火……

他们战斗在社区防控的第一线——

曾在湖北省军区服役的自主择业转业干部熊燕，得知武汉"封城"，本已离汉的她千里驱车从深圳返回，将所购医疗物资全数捐献，又一头扎到社区防控一线，特别是在社区出现多例确诊病例的情况下，仍坚持带队帮助群众排忧解难。社区工作人员赞扬："哪里有她，哪里就放心！"

"咱是革命一块砖，哪里需要哪里搬！""最美退役军人"田灵芝，带领8 名退役军人成立志愿服务队，在医院和宾馆坚持 24 小时不间断备勤，用 7台私家车承担起接送医护人员任务，始终随叫随到随走，成为"静止"武汉一道流动的风景线。

不仅是熊燕、田灵芝，不止在武汉、在湖北，在北京、在河南、在云南……在全国一个个社区疫情防控点上，在一条条道路检疫卡口处，在一支支志愿者服务队里，众多自主择业转业干部都以共同的身份奋战在不同的抗疫岗位，面朝危险，背护人民。

一心为人民，满怀赤子情——众志成城，汇聚共克时艰的磅礴力量

"听说集中隔离点紧缺，我们集团旗下有两家酒店，可以全部腾出来。还有啥需要，我这边要人给人，要物给物！"在武汉抗击疫情的紧要关头，

湖北省退役军人事务厅领导接到了这样暖心的电话。

这个表态"要人给人，要物给物"的人，正是自主择业转业干部、湖北省某民营企业集团董事长杨建桥。打电话时，他已经带着集团志愿服务队，在战"疫"一线连续奋战了20多天。

手提肩扛，搬运防疫物资数千吨；社区值守，坚守40余天不下火线；多方募捐，累计捐款捐物价值400余万元；一声令下，把所属宾馆整栋楼改造为隔离点……这支以退役军人为主体的志愿服务队，拿出当年"一不怕苦、二不怕死"的劲头，成为攻山头、扛红旗的先锋。

据了解，这个集团80%的中层以上管理人员都是自主择业转业干部。用杨建桥的话说，每一名自主择业转业干部在部队时都是优秀过硬的骨干，回到地方依然是一粒粒发光发热的火种，聚拢起来，就是一把把传递温暖的火炬。

100元、500元、1万元、10万元，1个人、10个人、100个人……这几天，大连市自主择业转业干部秦兴武内心一直涌动着暖流。

在两部门《倡议书》发布后，他们积极行动，发起了自主择业转业干部抗击疫情捐款活动。几百个素未谋面的人因为一个共同的老兵身份，为了一份共同的赤子情怀，被紧紧地聚拢起来。

爱心数据定格为686人、151900元。秦兴武和战友们一起，把这笔爱心款悉数交到了大连市慈善总会工作人员手中。"脱下军装的我们，虽然不能亲临战'疫'一线，但我们的心永远和人民在一起。"秦兴武说。

这些天，同样的暖流，在祖国各地奔涌着。

全国军转干部劳动模范周志平，接到政府部门征询电话后，二话不说就开干，一切为抗"疫"大局让路，48小时内拆除改造办公区，为防疫物资生产企业提供1000平方米标准厂房；河北唐山的刘瑞退役后创办农业公司，疫情发生后，向湖北捐赠500余吨蔬菜……据不完全统计，截至3月20日，全国自主择业转业干部捐款5000余万元，捐献物资价值近2500万元。

一日为祖国当兵，一生为人民而战，在人民最需要的时候挺身而出，是每一名自主择业转业干部烙印在灵魂深处的信条；不计报酬，不惜代价，有一分力尽一分力，有一分情献一分情，是每一名自主择业转业干部在疫情大考中给出的最响亮回答。

"我退役创业搞物流，手里有大量运输资源，随时等待组织召唤。"

"我在部队有丰富的应急救援经验，组织援鄂救援队，我第一个请战！"

……

在大江南北，在各行各业，自主择业转业干部发挥专业优势，动员大量资源，积极投入到疫情防控的人民战争、总体战、阻击战中。

在兰州，原兰州军区某部工程师张艳军把公司资源都投向超声波药液雾化器研制，1 周多的时间就完成投产，无偿捐赠疫情防控一线。

在昆明，原火箭军某部助理工程师芮希波，自购消毒液 300 公斤，带领公司员工参与社区防控，运用公司自主研发的无人机智能控制系统，每日起降 12 架次，对社区进行早晚 2 次消毒作业。

在呼和浩特，自主择业后从事通信领域科研工作的刘卓，加班加点技术攻关，研发"居民出入信息登记管理平台"在全市投入使用，实现各类信息实时动态收集、处理和反馈，覆盖社区（村）800 余个、居民 130 余万人、复工企业近千家，极大地加强了疫情防控组织指挥和经济社会运行管理。

"军创防疫志愿者服务队""戎创退役军人志愿者服务队""老兵党员突击队""战'疫'老兵群"……一个个自主择业转业干部先锋队、尖兵队，活跃在疫情防控第一线，一幕幕感人至深的战斗场景，被人民群众铭记。疫情期间，这样的志愿者达到 3.8 万余名。

"我是一个兵！"一句话就把广大自主择业转业干部汇入了举国抗"疫"的磅礴力量，如川流入海奔腾向前。

一朝着征衣，一生壮歌行——奋勇当先，永葆牺牲奉献的军人本色

"气象条件太差，无法起飞！"

"为了运送救援物资，拼了！"

虽已不再身着军装，但那坚毅的眼神、果决的动作在告诉人们，他曾是一名优秀的空军特级飞行员。

疫情来袭，原北京军区空军某部飞行员田军慨然请战，奔赴湖北执行防疫物资运输任务。面对险情，他临危不惧、当机立断。

"接收物资单位要求更改降落点！"耳机里传来紧急报告。在气象条件差、经纬度定位失效的情况下，凭借在部队练就的精湛技术和敢打硬仗的拼搏精神，田军驾机成功降落，抢夺阻击病魔的宝贵时间。

空军部队退役的特级飞行员田军驾驶飞机执行湖北防疫物资运输任务

千锤百炼的钢最硬，风吹雨打的松最挺。疫情防控一线，又见当年英雄兵！

"我参加过汶川抗震，让我上！"

"我当过铁军营长，突击队长请让我来当！"

"我是20年老党员，值守任务算我一个！"

老兵许德富，是一个普通得不能再普通的自主择业转业干部，可当疫情来袭，他却成了身边人信任依赖的顶梁柱。

许德富是云南省普洱市一家酒店的水电工。为防控疫情，酒店被确定为集中隔离点，许德富站了出来。他说："2003年抗击'非典'时，我在部队参加过防控工作，有经验。"他主动担起了繁重的洗消任务，扛着18公斤重的水箱爬上爬下，不亚于每天跑一个全副武装10公里越野。酒店离家不远，可为了防控任务，他1个多月都没顾上回家。别人问他图啥，他憨厚一笑："咱是个老兵，为了大局牺牲点应该的！"

一句"应该的"，道出了老兵的本色。在这场没有硝烟的战斗中，许多和许德富一样的自主择业转业干部，坚守在防控卡点，奔走在街道社区。没有惊天动地的伟业，也没有慷慨激昂的话语，他们坚守的只是军人忠于职守的担当。

原白求恩国际和平医院传染科护士长梁霞，从事传染科工作 20 多年，一次次冲锋在抗击"非典"、国际维和、腺病毒救治等重大卫勤保障任务最前线。如今，直面新冠病毒的传染科成了她的新战场。这天，结束"战斗"从隔离病房走出来，她打开手机，看到女儿发来的一张图片——一个咬了一口的大苹果，还有一条语音："妈妈，你看我啃个苹果，都是想你的形状。"

那一刻，梁霞流泪了。

让这些老兵流泪的，还有武睿敏儿子的那句"穿不穿军装，你都是个兵"，还有郝锦旗对妻子赵艳丽喊出的那句"身处两地，我们共同出征"，还有每一位亲人默默地支持和牵挂的眼神。

疾风知劲草，危难见真情。如今，全国疫情防控持续向好的态势不断巩固拓展，战斗在抗"疫"一线的自主择业转业干部依然士气高昂、众志成城。"最先到位，最后收场，当压舱石"是人民军队的庄严承诺，也是所有老兵的如铁誓言。

疫情终将退去，军人本色长青。

请祖国放心，在每一个党和人民需要的时刻，自主择业转业干部时刻准备着，随时听从党号令，披甲执锐再冲锋！

永葆军人本色　书写抗"疫"答卷

在这场疫情防控的人民战争中，一大批自主择业转业干部坚守在交通要道、街道社区、座座村落等各个点位，奋战在宣传、预防、排查、救治、保障等各个环节，成为打赢疫情防控阻击战的一支"硬核力量"。

聚是一团火，散作满天星。自主择业转业干部作为特殊的人才方阵，是社会主义现代化建设的重要力量。这些在人民军队大熔炉中淬过火的人，脱掉的是军装，脱不掉的是军魂；改变的是岗位，不变的是本色。在疫情防控的关键阶段，退役军人事务部和中央军委政治工作部向广大自主择业军队转业干部发出倡议，倡导大家永葆革命军人本色，积极投身疫情防控阻击战。组织的召唤就是出征的号角。广大自主择业转业干部闻令而动、向战前行，有的舍身奋战在医疗救治一线，有的竭力保障物资供给，有的慷慨发动慈善捐赠，有的率先投身社区防护，诠释了忠于党、忠于人民的政治品格，展现了冲锋在前、敢打必胜的军人本色。

戎装虽然脱，军魂依旧在。回望历史，从抗洪抢险的血肉长城，到抗击"非典"的生死驰援；从迎战雨雪冰冻灾害的艰苦鏖战，到抗震救灾的生命接力……在与各种自然灾难做斗争的队伍里，告别军营的人民子弟兵，不仅从未缺席，而且总是第一时间挺身答"到"、主动报"到"。在这场疫情防控阻击战中，广大自主择业转业干部经受住了考验，交出了合格答卷，无愧于军队的培养，无愧于党和人民的信任。

有人说，这个社会是一个越来越追求"有所得"的社会。然而，一位捐献口罩的自主择业转业干部说："这些口罩增加不了我多少财富，但捐献出去却能给我无限幸福。"为党分忧、为国奉献、为民服务，退役不褪色、转业不移志，已成为自主择业转业干部共同的精神底色和人生信念。从告别八一军旗那天起，他们就牢牢记住了自己的铮铮誓言：若有战，召必回，战必胜！这是每一位退役老兵共同的价值追求，更是中华民族伟大复兴的无穷力量。

疫情终将退去，军人本色长青。走好新时代的长征路，曙光在前、胜利在望，但绝非一帆风顺、一马平川，摆在我们面前的使命更光荣、任务更艰巨、挑战更严峻、工作更伟大。无论是退役官兵，还是现役军人，都应该进一步增强号令意识、宗旨意识和大局意识，进一步发扬特别能吃苦、特别能战斗、特别能奉献的精神，心往一处想，劲往一处使，努力为推进新时代强国强军事业作出新的更大贡献。

资料来源：云南省退役军人事务厅

河南省退役军人在战"疫"路上

勇当先锋做表率，战"疫"路上争先行

为深入贯彻落实习近平总书记关于新冠肺炎防控工作讲话精神，河南省退役军人事务厅党组主动作为，积极安排，周密部署，厅党组主要负责同志身先士卒、靠前指挥，全省退役军人事务系统在省厅党组正确领导下，迅速响应，充分发挥全厅及各级党组织战斗堡垒作用和党员的先锋模范作用，以高度的政治自觉和昂扬的精神状态主动参与到疫情防控战斗中，凝聚打赢疫情防控人民战争、总体战、阻击战的强大合力。

"党旗所指，党员所向"。按照厅党组的决策部署，厅机关党委迅速组建了 45 人的抗"疫"志愿者队伍，广大党员踊跃报名，纷纷表示"我是党员，战疫情，冲在前"。2 月 8 日，省退役军人事务厅志愿者进驻郑州市红旗路社区东明路 191 号院和 193 号院两个小区开展工作。志愿者到达小区后通过网格员了解到小区共 4 栋楼，共用一个对外出口，有住户 100 余户，居

民410多人，前期已对所有住户核发了出入证。按照小区网格员的工作分工，志愿者投入了紧张的工作：对进入小区的居民测量体温，核验出入证；劝阻小区居民无紧急情况不要外出；向小区居民宣传居家防控疫情知识；制止非本小区人员进入小区。

2月9日至2月14日，厅党组书记赵宏宇、厅长刘国栋及其他全体厅党组成员先后来到抗"疫"一线，看望慰问党员志愿者，现场检查指导了志愿者测量体温、进出登记、证件核验等工作，并对志愿者提出了工作要求。

在疫情防控期间，全厅党员志愿者将在厅党组的坚强领导下，面对疫情主动"出列"，截至2月14日，省退役军人事务厅共有30多名党员志愿者参与社区抗"疫"志愿服务，与社区工作者、小区居民共同构筑群防群治的严密防线，守护了社区居民健康安全。

争当"逆行"天使，踊跃递交"请战书"

河南省荣军医院党委向全院医务人员发出了"随时准备驰援武汉的倡议书"，倡议书发出后，全院医护人员积极响应，踊跃报名，190余名医护

人员纷纷向院党委递交"请战书"，要求奔赴武汉疫情一线，表示将随时听候调令，不计报酬、无论生死、义无反顾，表达了争当"逆行"者，坚决打赢疫情防控阻击战的坚定信心。

1月27日，河南省荣军医院选派业务能力强、政治素质高的牛晶、董俊、吴玉坤三名同志紧急驰援新乡市传染病医院。经过培训后，三人进入了隔离病房，半个多月来，她们所在的救护团队尽职尽责、任劳任怨、不畏生死，共参与救治确诊14人，疑似6人。

2月12日上午，在新乡市传染病医院的病房内，来自河南省荣军医院的三名医疗队员牛晶、董俊、吴玉坤面对党旗，高举右手，握紧拳头，庄严宣誓，加入中国共产党。三名队员在出征之前，郑重地向党组织递交了入党申请书，表达了在抗击疫情中主动担当、积极作为，向党组织靠拢的强烈愿望。在抗击疫情救治工作中，她们牢记初心使命，克服各种困难，保证了确诊患者的及时救治。因工作成绩突出，2月5日，经向上级党组织请示，三名同志被新乡市联合支援传染病医院医疗队临时党支部火线吸收入党。

积极主动"请战"，筑起疫情防控坚强防线

疫情防控阻击战打响以来，河南省洛阳荣康医院主动向厅党组递交了请战书，表示全院医务人员愿时刻听从召唤，做到"若有战、召必应、战必胜"，充分发挥医院专业优势，随时开赴抗"疫"前线。目前，该院已在厅党组的部署下，按照省、市卫健委的要求，设置了发热门诊、观察病房和留观病房，共收治观察病人1人，处置发热病人10人。

退役军人不褪色，疫情面前显本色

永葆军人本色，新的"战场"上再立新功。开封市退役军人事务部门及时发出倡议，号召广大退役军人保持军人本色，积极投身疫情防控工作，在新的"战场"上再立新功。倡议发出后，得到了积极响应，2月6日下

午，开封市 131 名退役军人用通过微信自发捐的 11529 元购买的 40 箱酒精（400 公斤）、40 桶 84 消毒液（1000 公斤）和 118 箱方便面，送到了市退役军人事务

局，让"娘家人"把这些物资送到最需要的防疫一线。

凝心聚力抗击疫情，严格落实各项防控措施。南阳市退役军人服务中心将疫情防控工作作为当前压倒一切的政治任务，服务中心领导班子成员坚守防控第一线，尤其是市局领导、服务中心主任坚持每天到服务中心、接待大厅两个值班点检查疫情防控工作，多次召开专题会议，对疫情防控工作进行安排部署，制定《南阳市退役军人服务中心做好新型冠状病毒感染的肺炎疫情防控工作方案》，成立疫情防控工作领导小组，外防输入、内防扩散，严格落实各项疫情防控举措，确保人民群众生命安全和身体健康。

自愿加入"第一战场"，守护群众健康防线。中原区退役军人事务局全体干部职工及辖区退役军人志愿者主动参与到疫情防控工作，自愿加入"第一战场"，积极配合当地社区开展联防联控和群防群治工作，党员干部第一时间对接分包楼院，辖区 10 多名退役军人自发参与新冠肺炎疫情防控工作，主动参与到老旧小区的登记、排查、宣传中去，在抗击疫情防控战役中充分发挥了模范带头和联防联控作用；20 多名退伍老兵共募集 3000 多元，购买口罩、消毒液、酒精等防护物资送到一线工作人员手中，全力支持当地的疫情防控工作，坚决打赢疫情防控阻击战。

"五个带头"筑防线，扛使命敢担当。全国模范退役军人、大石岩村党

支部书记徐光坚持"五个带头"，团结带领村两委班子，积极发扬"七老团队"团结协作精神，成立了村疫情防控工作领导小组，主动签订了党员承诺书，立下了军令状，充分发挥基层党组织战斗堡垒作用和广大党员先锋模范作用，对湖北武汉及周边地区返乡人员进行全面登记，确保排查村不漏户、户不漏人，并实行动态管理，为疫情防控底子清提供基础性数据，切实做好新冠肺炎疫情防控应急准备、预防控制、应急处置等工作。

让党旗在防疫一线飘扬，彰显无悔担当。全国模范退役军人、平顶山兴盾物业服务集团有限公司党委书记、董事长张官兴带头深入实地和一线检查，公司483名党员认真当好排查员、宣传员、检查员、防护员，让党旗在防疫一线高高飘扬，在疫情防控、维护社会稳定中发挥了不可替代的作用。发动公司开展慈善捐款活动，共募集捐款25万多元。带动退役军人创业就业促进会共捐款10多万元，用于购买疫情防控物资，慰问市区各疫情卡点工作人员。紧急组建"业主生活保障部"，采取线上线下相结合的方式，为十多个小区业主及中国平煤神马集团6个矿提供多途径多通道且低于市场价的食品、蔬菜"订单式"采买服务，并自行承担运输费用，哪怕自己赔钱，

也绝不让业主多花一分钱。

汹涌疫情面前，凸显军人奉献本色。全国模范退役军人、全国公安系统二级英模、漯河市临颍县公安局皇帝庙派出所指导员陈晓磐，面对突发的新冠肺炎疫情，他不顾个人安危率先垂范，自大年二十九就坚守一线，组织所里或村里同志，坚持辖区巡逻，宣传防疫知识，及时劝散或清理小牌场、小酒场、小聚会等聚堆人群；为解决辖区各个卡点及各村消毒液急缺的实际困难，个人自掏腰包购买价值3000余元的400斤消毒液、酒精、口罩等防疫用品分送给10个村委；千方百计购买了价值4000元的500斤高浓度84消毒液等捐献给了急需消毒液的武汉某军队高校；积极协调多位爱心人士对辖区一线防疫值守人员捐献了价值近万元的护目镜、口罩、酒精、消毒液、方便面等。

资料来源：河南省退役军人事务厅

一线战疫，四川退役军人在行动

2020 年新年伊始，一场突如其来、态势凶猛的新冠肺炎疫情，迅速笼罩荆楚大地，随之蔓延波及全国。疫情发生后，四川省退役军人事务厅聚焦主业主责，积极动员全省广大退役军人不改本色、响应召唤，强烈的军人使命感和共产党员责任感深深激励着无数脱下戎装的退役军人，以不同形式冲锋在抗"疫"一线，用实际行动践行"若有战，召必回"的庄严承诺，一场没有硝烟的四川退役军人战"疫"行动在蜀中大地、在远隔千里的疫情重灾区全力打响。

有一种坚守和担当，叫"主动请缨"

"请安排我上，我曾是一名军人！"1 月 25 日，正在休假的青羊区退役军人事务局工作人员贺雪东得知疫情消息后，第一时间回到工作岗位，随后连续 20 天奋战在抗"疫"一线，为驻地部队募集 2 吨消毒药液，协调 4000 余个口罩，下沉街道社区入户调查 400 余家……

"哪里需要我，请随时通知我。我有 12 年的医学临床经验，曾是一名医务工作者。"大年初七一大早，刚转业安置到武胜县人社局工作不到 3 个月的陆一波，主动请战，对单位办公室、大厅、过道、楼梯间等区域进行消毒杀菌，为广大群众办事和同事办公保驾护航。

往年忙完手中的工作，作为外地人就可以按时回家与家人相聚了，可是今年她却失约了。在荥经县卫健系统队伍中，有这样一名飒爽的退役女兵，面对超常的工作时间和繁重的工作任务，她一直坚守岗位，奋战"疫"线，连轴转到至今没有休假，她叫陈娟。

疫情面前，还有无数像贺雪东、陆一波、陈娟一样坚守在岗位的干部职工，我们虽无法一一叫出姓名，但他们却有一个共同的名字——"退役军人"。穿上军装时，他们是人民战士，守护的是国家；脱下军装，他们是人民公仆，守护的是社会。

有一种情怀和奉献，叫"志愿服务"

1 月 31 日，富顺县飞龙镇桐子村确诊 1 例新冠肺炎，全村 7000 余人随即笼罩在恐惧的阴影中，同为退役军人的聂帮富、聂彬父子和侄子聂家强，第一时间带头参加先锋队请战，协助镇村干部深入一线，加班加点对全村每一个角落进行消毒，上演现实版的"上阵父子兵"，激励了全村 19 名志愿者参与防控攻坚。

在仁寿县富加镇进入谢安镇的咽喉路口上，三名分别来自陆军、海军、空军的退伍老兵唐学思、余勇刚、辜水军，主动担负输入性疫情的高风险区域——卡点检测的重任，12 小时一倒班的工作强度已让他们满脸疲惫，但他们却时时不忘用"海陆空联合作战，没有打不赢的胜仗"来相互鼓舞。

"哪里有需要，哪里就有'红箭'退役军人志愿队队员的身影！"如今，在渠县共有 1500 余名退役军人奋战在疫情防控阻击战的最前沿；同样，2 月 11 日，一支名为"南充红翼老兵应急队"的退役军人志愿队伍惊艳亮相南充市火车北站，20 名队员正手持专业设备于站前广场开展防疫消杀工作。

一张张前赴后继的"请战书"，一个个紧张的不眠之夜，一支支退役军人志愿队伍奋勇出击，他们在属地指挥部属下，深入街道店面、居民小区、交通路口、超市宾馆等场所，开展劝返值守、摸排登记、宣传引导、防疫消杀等工作，用实际行动为人民群众筑起了防控的钢铁长城。

有一种感动和大爱，叫"竭尽所能"

"疫情暴发，同胞有难，我作为一名老战士、老党员，不能袖手旁观！"2月6日，平时省吃俭用、多年资助贫困大学生的百岁抗战老兵、老共产党员王增印毅然捐款10万元用于抗击疫情。

2月7日，眉山市彭山区红十字会和天府新区眉山总工会工作人员分别收到一笔10万元转账。转账人名叫罗永田，全国模范退役军人，多年致力公益慈善的他想委托工作人员捐给彭山和眉山天府新区抗击疫情的一线。

2月9日，一支满载着10000公斤新鲜杏鲍菇的车队，分别驶向南充市嘉陵区疫情前线，这是四川省退役军人就业创业之星张涛个人捐赠的第一批物资，后续他还将向抗击疫情指挥部捐赠10000公斤杏鲍菇，总价值近20万元。

在短短两天时间内，四川贰拾柒战友商贸有限公司积极向全川原27集团军战友发出倡议，号召为抗击疫情奉献爱心，得到全川600多名原27集团军退役军人响应，募集了价值12万元的急需医疗物资送往一线。

乐山市沙湾区退役军人——踏水镇汇康药店老板罗勇军，在得知防疫一线村组干部缺乏防护物资，影响疫区返乡人员排查工作开展时，毫不犹豫地将自己药店库存的200只口罩捐赠出来，随后他又通过多个渠道采购口罩，累计为防疫一线工作人员及居家隔离人员捐赠口罩数量超5000只。连日来，面对发生的疫情，四川广大退役军人纷纷带头捐款捐物，竭尽所能地为抗击疫情贡献力量。

有一种力量和勇敢，叫"最美逆行"

2月9日下午，四川第六批援助医疗队飞抵武汉，这是四川派出的规模最大的一批援助湖北医疗队，而承担此次执飞任务的，正是全国最美退役军人、"英雄机长"刘传健，这也是他一周内第二次护送医疗队出征。

"新冠肺炎疫情阻击战打响以来，停飞了不少航班，但运输保障航班还在飞行，公司内部不少党员主动请战，刘传健就是其中之一。"据川航有关人士介绍，早在2月2日，刘传健就主动请缨，护送了四川第三批医疗队医护人员和相关物资抵达武汉。

1月28日是何学江因工作变动来到武汉的第48天，这几天上班前，他都要去火神山医院建设现场询问"还有志愿者岗位吗？我是老党员也是退伍军人，不要报酬。"火神山医院开建后，居住在附近的他，看着建设现场迎风飘扬的党旗，心中热血澎湃，也想为此出份力。就在这天晚上他终于收到了志愿者招募的消息，在武汉的工作轨迹亦随之改变。

1月29日，何学江毅然辞去原本工作，报名成为一名消杀志愿者，而第一次与新型冠状病毒交手，何学江的步数就达到了36000步。两天后，武汉市中心医院后湖院区红区急需消杀志愿者，他再次"迎难而上"，报名成为一名"红区"消杀志愿者。

"红区"，即污染区，指确诊病人诊疗区域。除了按规定工作对各区域进行消杀外，出现死亡病例后，何学江所在的小组也要第一时间赶到，进行细致入微的消杀工作。而每次进入"红区"消杀，"战斗"都要持续4个多小时。不能上厕所，何学江不得不垫着成人纸尿裤，更不敢多喝一口水。

"疫情不退，我决不撤。党徽和军歌伴我，我一定会平安回家！"这是何学江内心坚定的信仰和对家人郑重的承诺，也是四川广大退役军人冲锋在战"疫"一线的一个缩影。为了打赢这场疫情阻击战，他们或坚守岗位，依法履职尽责；或主动请缨，冲锋在抗"疫"一线；或慷慨解囊，竭尽所能倾情奉献。他们以实际行动展现着退役军人爱国爱民、共克时艰的大爱精神，让这场没有硝烟的战斗燃起无尽温暖，汇聚无限力量。

资料来源：四川省退役军人事务厅

济南市"全国模范退役军人"抗击疫情纪实

当前，新冠肺炎疫情牵动着全国人民的心，全市上下都在全力预防疫情蔓延。在疫情防控这场没有硝烟的战争中，济南市"全国模范退役军人"发扬勇于担当、无私奉献的军人作风，迅速响应号召，带头冲锋在战"疫"一线，用实际行动诠释了新时代退役军人"退役不褪志、退伍不褪色"的初心本色。

"全国模范退役军人"陈松，2003 年 12 月入伍，2005 年退伍，现为济南公交 K164 路驾驶员。疫情突发以来，陈松放弃休息时间，已连续工作了数日。白天，他一边要执行工作任务，一边要做好车辆的卫生清洁和病毒消杀工作；夜晚，他主动留守车队，帮助其他同事，做一天的总清洁和消毒。虽然有年幼的女儿需要照顾，但他表示，越是这个时候，越是需要自己站出来，不光是对得起自己的党员身份，更是要通过自己的努力争取早日打赢这场战"役"。

陈松和同事们对济南公交南部公司五队 39 路、43 路、66 路、164 路、506 路公交车进行清洁消毒除菌，为乘客提供安全保障

"全国模范退役军人"刘永海，1973 年 12 月入伍，2002 年退休，

现任济南市历下区文化东路街道和平路社区党委书记。刘永海充分发挥身处基层一线、与人民群众联系密切的优势，发挥标杆作用，带头做到不串门、不聚会、不聚餐、远离密集人群，出门佩戴口罩。立足岗位实际，在疫情防控阻击战中践行初心，迎难而上，参与做好疫情防控工作。积极投身疫情防控和应急保障工作，打头阵、当表率、做贡献，以实际行动接受党和人民的考验，为打赢这场疫情防控阻击战贡献新时代社区工作者力量。

陈松利用下班休息时间协助市中区玉函小区社区工作人员

深入小区楼院排查外地返济人员

到辖区单位指导疫情期间出入登记工作

在小区宣传栏张贴疫情期间宣传公告

带领社区工作人员对楼院单位进行消杀

召开骨干会议研究部署防疫工作

到达一线防控隔离点鼓舞士气，为退役军人突击队加油

到儿童医院部署防疫工作

在疑似病人集中隔离点检查部署工作

　　"全国模范退役军人"谢清森，1997年12月入伍，2001年退役，现担任七兵堂集团股份有限公司董事长。疫情就是集结号，七兵堂安保集团第一时间召开骨干高管会议，紧急成立了疫情战役指挥部，谢清森担任总指挥，研究部署疫情防控工作，筹划疫情预防及物资筹备，并向全体员工发出了倡议书。公司员工积极请命，加入到疫情防控战役中，24小时备战，在服务的医院、学校、社区、商场等单位设立疫情检查站，按照要求查验过往车辆，对外来人员认真登记测温，对重点部位和区域进行消毒，以"保安人"的担当责任进入"迎战状态"。

　　疫情无情，人间有爱。在全国上下团结一心抗击疫情的关键时刻，济南市"全国模范退役军人"不负荣誉，用实际行动参与疫情防控工作，充分展现了退役军人冲锋在前的政治自觉和家国情怀，为抗击新冠肺炎疫情工作作出了自己的贡献。

资料来源：济南市退役军人事务局；撰稿：徐通

"五个一"：打响抗"疫"后勤保障攻坚战

一次走访慰问活动

一个联系卡

一封慰问信

一个慰问包

一张健康卡

新冠肺炎疫情发生以来，黑龙江省鸡西市双拥工作系统，退役军人事务工作系统以"五个一"为抓手，解决防疫一线军队人员家庭实际困难，关心关爱现役军人与退役军人，保障重点优抚对象生活与身体健康。

走访慰问　为抗"疫"一线军嫂献真情

为避免人员聚集风险，鸡西市双拥办采取电话慰问方式，对鸡西军分区、武警鸡西支队、县（市）区人民武装部共 16 名鸡西籍现役军人建立沟通联系，详细了解他们的家庭住址、家庭成员及存在的生活困难，进行有针对性的慰问活动。3 月 8 日，市双拥办积极与定点防疫医院联系，

走访慰问了 3 名坚守一线的"军嫂"医护人员，为她们每人送去 500 元慰问金和鲜花、水果，激励她们继续在抗"疫"一线担当作为、无私奉献。

建立联系卡　为现役军人家属解难题

鸡西市双拥办根据驻鸡部队防疫工作情况，建立包括姓名、住址、家庭成员等信息的鸡西籍军队人员情况统计表、通讯录，详细掌握家庭情况，密切军地双方联系，随时为军属提供服务保障，有效解决现役军人"后院"问题，让现役军人安心服役。

发出慰问信　激发退役军人荣誉感

鸡西市退役军人事务局发出倡议，全市共有 976 名退役军人志愿者积极参与到全市的疫情防控工作中。为感谢和激励退役军人志愿者，保障防疫工作有序开展，市退役军人事务局通过网络向全社会发布了《致全市广大退役军人志愿者的感谢信》，感谢他们在抗击疫情的关键时期和紧要关头，不畏艰险，主动参与，共同出力，用实际行动为人民群众生命安全保驾护航，为全市打赢疫情防控阻击战所作出的贡献，弘扬他们"召之即来、来之能战、战则必胜"的军人本色。

送上慰问包　保障优抚对象生活需求

新冠肺炎疫情发生后，鸡西市退役军人事务局下发了《关于做好防疫期间我市重点优抚对象服务保障工作》的通

知，各县（市）、区退役军人事务局根据实际
情况，采购防疫所需医疗用具（口罩、消毒用
品等）及生活用品米面油等，保障重点优抚对
象医疗防疫用品需求和生活需求，并采取"防
疫第一、分散发放"原则，在避免人群聚集的
同时，将慰问包有序发放，把党和政府的温暖
落到了实处。

建立健康卡　关注优抚对象身体健康

为保障重点优抚对象健康需求，鸡西市退
役军人事务局为每名困难重点优抚对象建立了健康卡，采取定期电话回访的
方式，密切关注他们的身体健康状况，对年龄大或行动不便的优抚对象，采
取工作人员上门的方式现场解决实际困难和问题；同时配合社区做好登记，
发现情况，及时处理。

截至发稿前，鸡西市双拥办、退役军人事务局积极作为，切实发挥职
能作用，随时与驻鸡部队、广大退役军人志愿者、重点优抚对象保持24小
时畅通联系，及时解决他们所需所求，积极做好服务对象的后勤保障服务工
作，助力该市防疫工作后勤保障攻坚战。

资料来源：黑龙江省退役军人事务厅

最美"逆行" 驰援武汉

生命重于泰山，危难方见赤诚。"武汉加油！中国加油！"这大概是新冠肺炎疫情发生以来最简洁又最动听的话。一直以来，新冠肺炎疫情牵动着全党全军全国各族人民的心，武汉和湖北作为全国主战场，更需要举全国之力予以支援。

新冠肺炎疫情发生后，以习近平同志为核心的党中央审时度势、综合研判，及时制定出"坚定信心、同舟共济、科学防治、精准施策"总要求，确立了"坚决遏制疫情蔓延势头、坚决打赢疫情防控阻击战"的总目标。面对疫情的蔓延，全国各级部门快速行动，广大党员干部纷纷写下请战书，各方"勇士"迅速向武汉集结，各方力量不断向武汉汇聚，与湖北人民同舟共济、并肩作战，以最美"逆行"的方式为武汉加油。

"疫情就是命令，防控就是责任"。驰援武汉，"不服输"的退役军人又一次逆流而上、冲锋在前。退役军人事务部发出动员令，退役军人事务系统和广大退役军人，闻令而动、快速响应，为打赢战"疫"凝心聚力，涌现出一个个感人故事。

——他们是逆行的"白衣天使"

内蒙古包头市第八医院心内科护士长"兵花"杨慧冬，主动请战，她带领包头市第二批护理专业人员随自治区第二批赴湖北医疗队赶赴湖北疫情前线；有"脱下军装也要继续战斗"的退役军人李晓静，她17年前支援北京小汤山、参与过四川抗震救灾，有近20年的临床护理经验，在请战书上写下："作为一名军人，就该上战场；作为一名护士，就该救死扶伤；作为一名党员，就该冲锋在前。"

——他们是"雷神山"背后的力量

秭归县茅坪镇西楚社区一名普通退役军人付伟，现在秭归从事弱电工程行业，他在湖北安防协会工作群中看到参建"雷神山"倡议书，立刻报了名……

"再累我们也得咬牙坚持。早一天建成，就多一位病人得到救治！"工期时间紧、劳动强度大，是付伟和工友们面临的最大挑战，鏖战通宵更是家常便饭……

——他们是医疗队的后勤保障队

"疫情不退人不归"的山东省临沭县退伍"小伙儿"，他们用"铁肩膀"在协和医院扛起了救命物资，"不为别的，当过兵，又是党员，关键时刻肯定要冲在第一线，为国家出一点微薄之力"；有现就职于驻勤武汉的青岛直升机航空有限公司的54岁老兵田军，他主动请战，驾驶直升机以最快速度向疫区转运医疗紧急物资，为赢得抗击病毒的胜利，保护人民群众生命健康贡献力量。他写下"当人民需要我们的时候，就是我们义不容辞奋斗在一线的时候。疫情不除，我们不退！"——无论军装是否还穿在身上，这就是中国军人的誓言。

还有无数像他们一样的退役军人，"关键时刻冲得上去、危难关头豁得出来"，形成了一线医护人员、联勤保障等支援力量体系……

战"疫"面前，他为湖北空运了 29 吨防护物资

自疫情防控阻击战打响以来，白衣天使冲锋陷阵，一批应急方舱医院、多名医护人员陆续派出，国家紧急医学救援队向武汉集结。解放军战士星夜驰援，建设单位连轴施工，生产企业开足马力，党员干部靠前指挥。爱心人士捐款捐物，众志成城，共克时艰。一道抗击疫情的无形长城迅速构筑，一场人民战争已经打响。

当务之急是必须打赢这场疫情防控阻击战，因为这关系全国人民的身体健康和生命安全。有这样一位退役老兵，他叫钟建文，湖北武汉人，1985年6月入伍，毕业于空军第二飞行学院，服役于新疆军区陆航旅，1991年10月光荣入党。

在部队期间，他先后多次参加新机型接装、神舟飞船系列保障、国际人道主义援救、汶川抗震救灾等急难险重任务，荣立二等功三次，三等功五次，多次受嘉奖。2019年1月退休，现就职于青岛直升机航空有限公司担任米171直升机责任机长，已安全飞行7500小时。

新冠肺炎疫情发生后，在国家集中调度和全国人民的踊跃捐赠下，武汉成为各种医疗防疫物资集散地，为了将医疗物资尽快转运到周边急需的城市，开辟空中运输通道成为首选，而直升机运输则是首选中的首选。

2020年1月21日，钟建文主动向公司申请到湖北武汉，到疫情前线，和其他两个机组一起担负

应急值班任务。

在湖北省应急厅的统一调度指挥下，机组在钟建文机长的带领之下，处于全天候待命状态。他带领机组认真准备分析航线特点，收集航线资料，时刻关注任务区域天气变化情况，随时为疫情防控任务做好出动准备。

截至 2020 年 2 月 12 日，他的机组累计飞行天数 5 天，三个机组将 29 吨急需防疫医疗物资运到宜昌、襄阳、恩施、十堰、黄石等周边城市，出色地完成了防疫物资运输保障任务，用实际行动诠释军人本色。

他说："家国有难，匹夫有责。在这个特殊时期，一名共产党员，一名退役军人，关键时刻不能退缩。我曾立誓：'排除万难带领机组做好每一项工作是我义不容辞的责任。及时准确地将急需物资送到疫区最需要的地方，是我刻不容缓的任务；每时每刻地为疫情防控任务出动做好准备，是我应该去做的贡献。'"

我们的平静生活，正是由这些勇敢的平凡人守护的。他只是众多"逆行者"中的一员，世界上从来没有从天而降的英雄，只有挺身而出的凡人。这些铿锵的誓言，果敢从容的勇敢，正是奋战在一线所有"逆行者"的心声和义举。他们用普通、平凡、勇敢，谱写着这个时代的色彩。

资料来源：新疆维吾尔自治区退役军人事务厅；整理：戈广宇

"不知道你是谁，但我知道你是为了谁"

　　这个春节，新冠肺炎疫情牵动人心，无数医务人员坚守在岗位上，他们一身洁白，成了人们心中最美的色彩。口罩下，我看不清你的脸，但我知道，你在护我平安。抗"疫"，有你有我，国有战，召必往，战必胜！按照内蒙古自治区党委、政府工作部署，内蒙古派出最强的专家、医生和护士组成医疗队分三批支援湖北，共同抗击疫情。

　　2020 年 1 月 28 日下午，内蒙古自治区首批援鄂医疗队从呼和浩特市集结出发，139 名医护人员携带医疗物资奔赴前线驰援武汉。下午 2 点钟，来自内蒙古呼和浩特市、包头市，赤峰市、乌兰察布市等 4 个盟市的 139 名医护人员集结在呼和浩特市白塔国际机场，奔赴一线。

　　杨慧冬，一个柔弱的身影出现在人们的视野，在内蒙古赴鄂医疗队优秀的医学专家、护士团队中，在美丽仁心的女性医疗工作者当中，她只是很普通的一员，但她又是不平凡的一位，因为她曾经是一个"兵"！

　　杨慧冬，女，45 岁，中共党员，1992 年 12 月入伍，中国人民解放军某野战医院服役，1995 年 12 月退役，现任内蒙古包头市第八医院心内科护

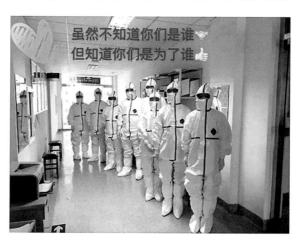

士长。这位曾经的"兵花"在部队期间表现优异，屡获表彰。退伍参加工作后，她继续保持着军人的特质，始终把荣誉、命令和责任放在心头、扛在肩上，赢得了医院领导和全体同人的一致好评。

新冠肺炎疫情牵动着全体包头市人民的心，按照自治区党委、政府工作部署，在接到紧急通知后，杨慧冬主动请战，立即带领包头市第二批护理专业人员随自治区第二批赴湖北医疗队赶赴湖北疫情前线。

疫情就是命令，疫情就是号角！面对疫情，杨慧冬和内蒙古医疗队全体医务工作者一样，一下飞机就紧张地投入学习和战斗当中。2月6日，10名队员全部进入武汉国际会展中心"方舱医院"，参与救治患者。内蒙古包头市支援湖北医疗队队员们在党的领导下奋不顾身、恪尽职守、迎难而上、精诚协作，再一次勇敢地走上没有硝烟的战场，站在了抗击疫情的最前线，以实际行动践行着医务工作者的初心和使命。

杨慧冬以退役军人身份参加自治区支援湖北医疗队，她是内蒙古几十万退役军人的骄傲！杨慧冬说，支援武汉抗击疫情，虽然工作辛苦，但也很感动，当地尽最大努力为各地医疗队提供了最好的住宿和餐饮条件。"从吃住这些方面请包头的父老乡亲放心。另外我带领的包头这个团队一共10个人，向家乡的父老乡亲保证，我们会一个都不少的，平安健康地回到咱们大包头。"

资料来源：内蒙古自治区退役军人事务厅

白衣战士　英勇无畏

——山西省荣军医院战"疫"纪实

　　"中午11时，我穿好防护服进入陈晨、任川、张淑雅、李倩所在发热五区，看到我们的大夫认真地工作，护士正规地操作，不停地巡视病房，每个人都像是早已在隔离病房工作的'熟练工'，我相信他们的业务能力。而此时除了背后的名字分不清谁是谁了，只能看到护目镜的哈气、防护口罩起伏的呼吸及防护帽周边的湿痕……"这是山西省退役军人事务厅举行支援湖北省荣军医院第一批医疗队成员——山西省荣军医院副院长、主任医师张宏的战"疫"日记。

　　2月9日中午，张宏医生和其他12名同事一起参加了支援湖北省荣军医院第一批医疗队出征仪式，省退役军人事务厅党组书记、厅长冯征特意赶

来为出征医护队员送行。作为山西省退役军人事务系统第一批援鄂医疗队员，他们将赶赴江西省南昌市与江西省、浙江省选派人员集结，出征支援湖北省荣军医院共抗疫情。

新冠肺炎疫情肆虐，武汉向全国求援。面对严峻的防控形势，退役军人事务部向全国优抚医院发出号召，对口支援湖北省荣军医院。山西省退役军人事务厅积极响应，安排省荣军医院组建援鄂医疗队积极参加。

2月5日，山西省荣军医院召开支援湖北省荣军医院抗击疫情工作动员大会。山西省荣军医院领导带头、党员争先，全院职工160多人踊跃报名参加援助医疗队，院党委慎重研究，从报名参战的160多名职工中选拔45人，分三个梯队组建完成援鄂医疗队，按照退役军人事务部统一安排部署，经省厅同意后，选派3名医生、10名护士组成第一批援鄂医疗队。其中，3名医师长期从事内科心血管和心肺呼吸临床治疗，10名护理人员为全院临床科室技术骨干。

山西省退役军人事务厅迅速行动起来，协调医用口罩、护目镜、防护服等各类物资，为出征武汉做好充分的准备。山西省荣军医院邀请两名省内感染和院感方面权威专家对第一批援助医疗队员进行专题辅导，提升医护人员的自我防护、医疗救治能力。2月6日上午9点，该院专门邀请山西省内知名的传染病专家张缭云、商临萍为即将出征的同志们进行防控病毒专业知识培训。医院院感科和护理部分别开展院感知识培训、护理操作培训、防护装备穿脱演练。

2月9日出发时，医疗队员庄严宣誓："勇于担当，不负重托，以生命守护生命，坚决完成任务！"医疗队从太原出发到南昌后，三省医疗队会合，18时左右到达驻地宾馆。"简单收拾行装后集合就餐，将院领导的嘱托向大家做了传达。回到房间将一天的工作行程大致预览。统计完队员的体温后，制定了表格，中间接到了好几个慰问的电话。话语朴实但很感动，这次疫情牵动着所有中国人的心。往日的白衣天使都化作了白衣战士勇猛无畏。"主治医师陈晨写道。

2月13日是副主任护师安艺萍上班的第一天，她前一夜几乎未眠。"满脑子都是岗前培训的场景，把整个流程过了一遍又一遍，生怕由于工作环境及性质的特殊性出现纰漏。天一亮就起来早早收拾，把上班时需要带的东西反复检查。7点45分我们一行6人统一由酒店出发，一路上大家相互鼓励相互加油，以缓解紧张的情绪。"她在日记中写道。

"整个上午不停地扎液体换液体，测体温做雾化……感觉隔离衣里头已经全是汗水，一阵风吹来身上凉飕飕的。汗水从护目镜里流下来，花得已经什么也看不清！就这样在病房中不停地穿梭。马上到了下班时间，而自己的腿都迈不开啦！"护师李志芳在2月15日的日记中记下了辛苦工作的一个片段。

"一位患者在我为他做完治疗之后，兴奋地告诉我他今天可以出院了，感谢你们医护人员。我虽然只说了恭喜你，但是我看到了希望。'希望'不就是支撑我们走下去的力量源泉吗？"看到患者出院，副主任护师任晓欢在日记中记录下这开心的瞬间。

正是这些白衣天使奋战在一线，也正是无数在前线奋战的身影让人们看到了希望，迈向了春天。就像主管护师师瑜在日记写的："武汉我不是第一次来，我喜欢这座美丽的城市。我期待武汉的春暖花开，期待再去武大领略樱花的美。武汉必胜！"

资料来源：山西省退役军人事务厅；整理：王丽丽、戈广宇

山东老兵与武汉人民心连心

在全国防控疫情伟大斗争中，广大退役军人牢记使命，将铮铮誓言化作行动指南，他们慷慨捐款捐物，用爱心凝聚成抗击疫情的强大力量，用实际行动诠释了退役军人的大爱与担当。

12 小时不停赶路，千里奔袭大武汉

新冠肺炎疫情严峻，了解到武汉市各地消毒防疫用品短缺的情况，山东省邹城市模范退役军人、山东黄河之水酿美酒有限公司董事长刘现富带领他的团队立即行动起来，筹集捐款近 4 万元，采购了 300 桶 4 升装的医用酒精以及 100 个肩式喷雾器，得悉刘现富要赴武汉捐赠，邹城当地热心人士还捐出了 6 套防护服。

"我们联系上了湖北红十字会，最初想着通过快递方式邮寄过去，后来因为全国疫情紧张，快递需要好几天才能到。而前方急需物资，我就跟一个战友一起决定自己开车去武汉，这样半天时间就能送到。"

1 月 29 日，刘现富的战友、江苏省射阳县退役军人陈景飞专程从江苏射阳开车来到邹城与他会合，并与湖北省交通厅等有关部门履行

了相关备案手续。

当日下午1时，一辆贴着"国有战，召必回，战必胜！武汉加油！""山东老兵与武汉人民心连心！"字样标语、满载医用酒精消毒剂和肩扛式喷洒器等防疫用品的货车，"逆行"驶向了新冠肺炎疫情的重灾区——湖北省武汉市。

按照原定计划，刘现富和陈景飞驾驶的这辆满载救援物资的货车将于次日中午到达。

"我们在路上接到红十字会多个电话，电话里能听出他们焦急的心情，一直问我们什么时间到，并叮嘱我们路上注意安全。"刘现富和战友商量，为尽快把物资送到，决定中途不再休息，一路上，两人互换开车，饿了就在车上啃方便面吃面包，渴了就喝点矿泉水。

一路奔驰，经过12个小时不停赶路，他们奔袭了1000多公里，于1月30日凌晨1时左右进入武汉地界，顺利将救援物资送至武汉。

一车物资被分送11家医院，他们后悔带少了

进入市区前，他们提前换好了防护服，取得了相关部门通行证。午夜的武汉，看不到车辆和行人，"心里感觉很压抑很沉重，整个城市笼罩在黑夜里，静悄悄，只有医院的灯是闪亮的。"

刘现富先行驶到武汉汉江区一个街道办事处，给他们留下几桶医用酒精，接着赶到红十字会，卸下所有物资，做了相关登记。凌晨4点左右，刘现富和陈景飞立即连夜开

车往回返。路上，他接到工作人员电话，告知这些物资共分给了11家医院。"当时心里很不是滋味，很少的一点物资却要这么多医院分，真后悔带少了。"电话里，刘现富有些愧疚。对方说物资短缺没有办法，均摊着用总比没有强。刘现富把这话暗暗记在了心里。

离开武汉前，他们每隔半小时，就对自身和车辆进行消毒。"我们不能把病毒带回老家。"刘现富说。他们归途中需要加油时也没有下车，跟加油员说明情况后，在车内隔着玻璃扫码付钱。

再次经过12小时的连续驾驶，1月30日下午3点许，两人回到邹城。陈景飞当即自驾返回老家隔离，刘现富也没有进家门，径直将车开到郊区的一家工厂。"当天，我们向管区相关部门做了汇报，进行自我隔离。"

事后，家中的老人才知道刘现富前往疫区送物资一事。

"当时只有妻子知道这事，一起瞒着父母。"37岁的刘现富家中有两个孩子，这段时间他一直挂念着，"前几天孩子调皮，鼻梁还缝了六针。"

自我隔离中，他再捐10万元助力家乡战疫

在主动隔离的日子里，虽然每天正常量体温，吃饭睡觉，但刘现富的内心却一刻也不能平静。武汉之行的情景，时常呈现在他的脑际，他时刻关注着疫情的发展。

2月7日，这位书写了千里"逆行"驰援壮举的退役军人企业家再次伸出援助之手，出资10万元购买了7000余斤医用消

毒酒精，全部无偿捐赠给了邹城市疾控中心、市公安局、石墙镇政府、部分社区疫情防控卡点等在疫情防控一线的部门，同时拿出一部分免费供给市民使用。

2008 年，退伍后的刘现富开始创业，他在商场上摸爬滚打多年，从一名普通的打工仔做起，逐步打拼成为一家酿酒厂的负责人。而酒厂的所有职工也和他一样，全都是有着部队服役经历的退役军人。近年来，在刘现富的带领下，酒厂的生意风生水起，战友们也跟着他富了起来。但是在致富的同时，他们没有忘记军人的本色，退伍不褪色，转业不转志。2018 年，刘现富被评为邹城市首届模范退役军人。

"前段时间，我开着货车到武汉捐赠的事迹一传开，就受到社会各界的关注，很多媒体对我进行了采访报道，对我们的捐赠行为给予了极大的肯定，我本人也很受鼓舞。因为我刚从武汉回来，目前还未解除隔离观察，但是，回想起我在武汉亲眼所见的防疫物资极度缺乏的艰难状况，再加上最近越来越严峻的疫情防控形势，我真是有点坐不住，就想着在我自己力所能及的范围内，再为家乡的疫情防控工作做点贡献。虽然我不能出面，但是，公司的同事们和我一样，也都是退役军人，身上有使不完的劲，也都想着在这次疫情防控战役中冲锋陷阵，贡献一分力量，所以，我就委托他们组织此次捐赠。希望我们的点滴行为，能对邹城的疫情防控工作起到一定的帮助。"

刘现富说："国有战，召必回，战必胜！作为退役军人，国家有难，我们依然要奔赴战场。能为国家出力，为武汉人民解忧，我们义无反顾，倍感荣耀！作为一名党员，我们更应该带头扛起疫情防控的政治责任，充分发挥党员的先锋模范作用，冲在疫情防控的第一线。作为一名企业经营者，我们也应本着实业报国的理念，主动承担起义不容辞的社会责任。"

资料来源：邹城市退役军人事务局；整理：公茂均

并肩战"疫"父女兵，上阵防控抗疫情

主动请战，驰援湖北

王毓敏的女儿王倩倩，受爸爸的影响，像男孩子一样从小立志成为一名军人。2011年，她终于如愿以偿，走入了军营大门。入伍以来，她先后受到嘉奖、优秀士兵、优秀实习学员、优秀护士等奖励。2014年9月又考入白求恩医务士官学校，深攻护理专业。由于成绩突出，毕业后，王倩倩成为部队医院麻醉科的一名医务人员。与父亲一样，在疫情面前，王倩倩毫不犹豫，挺身而出，主动请战，驰援湖北，用自己的行动守护着人民群众的生命健康。

战场上　默默奉献

在湖北一线，王倩倩主要做护理工作。护理工作不仅仅要认真细致，还得有耐心。王倩倩每天的工作量很大，要第一时间划分病人，合理安排床位；第一时间采集到患者不适主诉，反馈给医生……对于危重患者，王倩

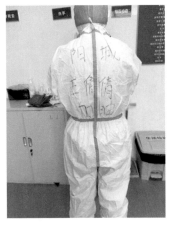

倩更是谨小慎微，每次仔细查看患者每一处皮肤，及时为他们清理大小便，保持舒适清洁，将他们当成自己的亲人一样照护。每次脱下厚厚的防护服、充满雾气的护目镜，王倩倩汗流浃背，脸上勒出一道道深深的印痕，但她却露出美丽的笑容。

王倩倩一直把父亲当作自己的榜样，她继承父亲的优良传统，爱岗敬业、忠诚奉献，成为父亲的骄傲。"作为一名共产党员，作为一名军人，在国家有难之际，她不上谁上。"对于女儿的选择，父亲王毓敏很是骄傲："我们全家全力支持她、鼓舞她，期待她凯旋。"

自参与疫情防控工作以来，这对"父女兵"始终以饱满的热情和负责的态度坚守在各自的岗位上。王毓敏自豪地说："我很欣慰，在国家和社会最需要的时候，我们一家人能和广大冲在一线的军人们并肩作战，我也相信我们能战胜所有的困难。"

两代军人，使命誓不忘

两代军人，在这场没有硝烟的斗争中，亲情与职责担当交相辉映。一个退伍不褪色，初心永向党；一个白衣天使，使命誓不忘。王毓敏和王倩倩将父慈子孝转化成为在岗在位，尽职尽责，两代当兵人的爱和共同的信念捏合在一起。他们以这样特殊的方式在不同的岗位，同样的并肩战"疫"，为守护人民群众生命健康筑牢一道防线。

资料来源：山西省退役军人事务厅

1月27日他率救援队驰援武汉

2020年1月27日，宁永鑫从福建省委书记于伟国手中接过省第一批支援湖北医疗救援队队旗。

这支由全省三级综合医院和传染病专科医院135名专业医护人员和1名领队、1名联络员组成的医疗救援"精锐部队"，高质量完成武汉市中心医院救治普通感染者的阶段性任务，并按照指令移防武汉市金银潭医院参与重症感染者救治工作。

这支队伍的领队、临时党委书记宁永鑫，他是共产党员、省卫健委调研员，是一名有着过硬素质和战斗精神的军转干部。

回想起当时领受紧急任务、率先带队出征的情景，这位2013年从福建武警总队转业到卫健系统的铁汉子动情地说："我是一名共产党员，是一名卫健干部，也是一名部队转业干部，单位和领导让我率先带队参加疫情防控救援，我深感责任重大，使命光荣！"

1月26日中午，正在老家三明休假的宁永鑫，接到紧急通知后，与年迈的父母匆匆道别，并立即起程赶回单位。明确任务后，他一边整理行装，一边抓紧时间熟悉资料，像在部队时那样动作

迅速、忙而不乱……

得知自己的丈夫马上就要带队支援疫情重灾区，作为妻子的林冰清心中既有点担忧又必须全力支持，因为对于曾经是"军嫂"的她，早已习惯了宁永鑫"军令如山，首战用我"的风格。

1月27日上午，宁永鑫从省委书记于伟国手中接过鲜红的队旗，便带领这支24小时之内集结完毕的队伍快速驰援武汉，并立即投入到病毒感染者紧急救治一线。

每天凌晨2点以后轮班休息、清晨6点多接班上岗、身着防护服严谨操作、长时间"战斗"在负高压病房……紧急医疗救援工作夜以继日，特别辛苦。但是，宁永鑫运用在部队多年带兵经验，把临时党委建在医疗救援前线，细致排查消除队员防护隐患，科学调配各类防护物资，每天向队员通报专家研判信息，亲自下厨烧制家乡菜犒劳队员……带领着这支队伍的每一名"战士"毫不畏惧上，顶着压力干，全力以赴救治着所负责病区的病毒感染者。

"我们的医疗救援工作进展很顺利，我们都很平安，请大家放心。我们圆满完成任务后，一定把队员们一个不少地带回福建！"宁永鑫在电话中坚定地说道。紧接着，他挂断电话，继续投入到紧张忙碌的工作中……

资料来源：福建省退役军人事务厅

战地伉俪奋战在不同的"战场"

大年三十，赵维伟要在街道值班，妻子身为医院的护士长，也要值班值守，两人匆匆忙忙吃了饭，就赶去了各自岗位。约定改天好好做顿饭和家人团聚，把年夜饭补回来。谁承想，这个约定，直至现在也未实现，一家四口的春节，很快变成了"三地分居"。

40岁的赵维伟曾在部队服役，现在是甘肃省陇原工农路街道的一名普通干部。他的妻子胡琰，甘肃省中医院白银分院一名年轻的护士长，2月4日主动请缨做"逆行者"，前往抗击疫情最前线的武汉开展医疗援助。"我明天就要出发了，去湖北支援一线抗'疫'工作，你在家要好好照顾爹妈、孩子……"纵有万般不舍，他也默默选择了支持妻子的决定，送别的时候，这个不流泪的汉子红了眼眶。

"鉴于你这种情况，就在家好好照顾老人、孩子，你的工作，我们再抽派人手。"街道领导在得知他妻子已经奔赴武汉最前线的事后，作出了这个决定。

然而，第二天早班，他依旧出现在了疫情检测点上。很多人劝他，他说："街道社区所有能派的人都已经上了第一线，这个时候，我不能因为个人影响整个防疫大局。更何况，我曾是一名军人，也是一名共产党员，国难当前，我不能退。"

"琰，对不起，我食言了，孩子我托付给了爸妈，街道疫情防控工作任务很重，我的同事全部在第一线参加防控工作，虽然领导让我在家休息，但这个时候，我不能走。你践行了一名共产党员的誓言，而我，同样是一名共产党员。"在和妻子的视频通话中，他这样对妻子说。

赵维伟值守的岗位设在火车站社区建设东路74号疫情检测点，地处火车站广场、铁路新小区附近，住户密集。无论是疫情防控宣传、登记检测，还是人员排摸、消毒杀菌，他都和同事们一起拼足了劲，一刻也不懈怠。

从正月初一开始，他就很少能陪伴父母和孩子。妻子奔赴武汉后，为了家人的安全，他再也没有见过父母、孩子，平常的联系，都是隔着手机屏幕嘘寒问暖。

"你就安心工作吧，两个孩子就交给我们老两口了，在外面千万要注意安全！"

"爸爸，你什么时候回来啊？在外面一定要戴口罩！"

面对父母的嘱托，孩子的叮咛，赵维伟充满了愧疚，但他无怨无悔。因为他深知，关键时刻，共产党员就要站得出、顶得上、做得好，多一个人的力量，就能早一点控制疫情。

　　说起他夫妻俩的事，同事们无不竖起大拇指称赞。他却调侃着说："上阵父子兵，抗'疫'夫妻档嘛。论党性，我可不能差我家那口子太远。她都不退，我怎么能退！"为了抗击疫情，夫妻两人奋战在不同的"战场"，相隔千里，依然心连着心、肩并着肩。

　　一天的工作结束了，赵维伟拖着疲惫的身子回到空荡荡的家，第一时间就是给妻子发微信，"琰，春已至，望山河无恙，希望疫情早日结束，我们一起迎接春暖花开的好日子。"

　　陪伴是最长情的告白。面对来势汹汹的疫情，你选择远赴他乡冲锋陷阵，而我，也选择坚守自己的岗位，与你并肩而行。无需豪情壮语，无需情话绵绵，已道出了人间最美的爱情。

资料来源：甘肃省退役军人事务厅

海军医疗队有支"粮草"保障队

疫情就是命令，防控就是责任。1月24日，根据上级命令，由海军军医大学150名医护人员组成的医疗队奔赴武汉，进驻武汉市汉口医院，接管该院重症监护室，开设了共133张床位的4个病区，全力救治疫情患者。1月28日，医疗队临时党委决定，安排全部医务人员进入"战斗"岗位，安排全体指挥人员进入一线值班。150名医护人员的后勤保障谁来负责？简单说，就是吃饭问题如何解决？

答案揭晓，在海军军医大学医疗队驻地，有一支7人组成的志愿服务队，6人来自湖北，4人是退役军人。而他们的任务，就是为150名医疗队员做饭。

为医疗队做大厨，其实并不轻松。海军军医大学医疗队是参与火神山医院管理的解放军医疗队的一部分，根据防疫的需要，病房24小时都要有

人值守，最后一批队员吃夜宵已经是凌晨5点。

志愿服务队员们要保证的，是让所有医疗队员24小时都能吃上热饭。

即使是吃饭，医疗队也需要按照病区编号，分开就座，分开就餐，不同病区的队员吃饭的时间也

不一样，每天和他们一样坚守岗位的，还有这些志愿者们。

据了解，这些志愿者来自浦东新区才众餐饮集团，他们原本已回到老家过年，得知海军军医大学医疗队到武汉支援，自愿报名参与志愿服务，一位来自湖北的队员表示，他们要以这样的方式，参与到这场"湖北保卫战"。

当大年三十，海军军医大学医疗队的队员们登上军用运输机，前往武汉的时候，志愿服务队员们也开始了准备，他们和医疗队同步到达驻地。

为确保医务人员及时吃上热饭热菜，保障他们有充沛的体力救治病人，队长退伍老兵吴启志在摇摇晃晃的车上，不停地打电话联系，想方设法把必要的食材筹备充足。到达医疗队驻地，背包一卸下，他们就直奔食堂。

因为有太多的事情要做：打扫卫生，整理厨具，点火试灶、清洗切配等等。时间紧，人员少，他们必须一个人干几个人的工作。在这些志愿者中，还有一对同年同月同日生的夫妻。其他队友赞叹说："很佩服他们的勇气，两口子一起来。"

兵马未动，粮草先行。吃得饱，吃得好，白衣天使们才有力气从死神手中抢人。有的人说，吃饱了不想家，有的人在饭桌上还在和家人视频、打电话。这也是队员们一天里难得的放松的时间。吃饱了饭，他们戴上口罩，继续投入下一场战斗。而志愿者们，还要为下一批即将归来的医疗队员们服务，还不忘记为他们打气："解救武汉就靠你们了！"

资料来源：湖北省退役军人事务厅

火神山、雷神山，全国老兵来"参战"

为抗击新冠肺炎疫情，武汉的火神山、雷神山两所新建集中收治医院加紧建设。疫情防控就是命令，施工现场就是战场！提前一分钟交工，就能提前一分钟遏制疫情蔓延。两座医院的建设中，施工人员不分昼夜与时间赛跑。在这个没有硝烟的战场上，每一个人都是战士。而在这些施工人员当中，有一批特别的"战斗员"——退役军人，他们从全国各地，自愿自发来到武汉"参战"。

疫区即战场，退伍军人"参战"火神山医院建设

34岁的石李峰是一名退伍军人，2005年从部队退役后便一直在潜山市从事铝合金门窗制作安装，是业内的"行家里手"，常年奔忙在各大建筑工地。

1月26日晚，石李峰和家人正在家中闲坐，随手翻看着抖音视频。一条"武汉火神山医院急需施工人员"的小视频一下子就吸引住了石李峰的目光，他看了好几遍，眉头紧锁，不禁站起来在客厅里来回踱步。

"爸妈，我有个事情和你们商量一下。不对，也不是商量，是告诉你们一声，我要去武汉火神山医院支援，现在就走！"面对疫情，自己却不能出一把力，连日来，石李峰非常苦闷。当晚，几番欲言又止，他终于开了口。愣了好一会儿，父母才反应过来。"我同意你去，把我也带去！"让石李峰万万没想到的是，年前才住过院的父亲竟如此支持他。

考虑到父亲身体还未完全康复，石李峰选择独自前往。当晚 7 点半，他甚至来不及拿上手机充电器，就匆匆开上自己的小车出发了。车子越开越远，石李峰距离他心中的"战场"却越来越近。

一路向西，勇往直前。奔波近 4 个小时，跨越 300 多公里，石李峰终于又再次看到了长江，他成功抵达武汉。

一切并没有他想象中那么顺利，石李峰在进入武汉城区时被劝返。"我是一名退伍军人，我是来义务支援火神山医院建设的。"石李峰反复解释着自己的来意，最终得到了对方的支持和放行。

要去火神山医院，几乎要横穿整个武汉城。入夜的武汉街头，几乎看不到什么车，更见不到什么人。这是石李峰第一次来武汉，没有黄鹤楼的登高望远，没有武汉热干面的味觉享受，他从未想过自己的武汉"首旅"是这样一番情景。

又开车行进 60 多公里，已近凌晨，石李峰终于来到火神山医院工地附近，远远望去，整个工地里灯火通明，机器轰响。

由于未取得通行证，石李峰暂时还无法进入工地。他按照工作人员要求，来到当地可以开具通行证的部门，工作人员都不在，石李峰也不敢跑远，就在车里等着，迷迷糊糊地睡着了。一觉醒来，已是 1 月 27 日早晨 6 点，终于听到有人在叫他。

几番沟通，在当地有关部门的协调下，石李峰终于得以进入火神山医院建设现场。"那个工地是我这辈子见过的最大的工地，一眼望不到边，好多人都在忙。"石李峰告诉记者。

走上"战场"，就要迅速投入战斗，这是退伍军人石李峰的担当作为。石李峰找了一家建筑公司"投靠"，领上装备，马上就下工地干活了。搬东西、烧开水，石李峰眼疾手快，啥事都抢着干。

就这样，在这场与时间赛跑、与疫情对抗的建设大战中，在数千名夜以继日奋战的建筑工人中，又多了一名成员，他来自安徽省安庆市潜山市，他的名字叫石李峰。"我在这里一个人都不认识，但他们都是与我并肩作战的战友。"石李峰说。

"全国人民都是你们的后盾！"1月27日上午，隔着人群，石李峰见到了前来考察的李克强总理。疫情肆虐的寒冬，李克强总理铿锵有力的话语让他倍受鼓舞。

为了赶进度，石李峰天天都是早上6点开始干活，一直干到第二天凌晨3点才回去休息。饿了就吃桶方便面，困了就随便找个地方眯一会儿……"虽然实行人员两班倒，但是大家都担心工地缺人，都在这里守着，没有人愿意提前回去睡觉。"

2月2日，在众人齐心奋战10天后，火神山医院顺利交付。在此默默奋斗了7天的石李峰要启程回家了，他和"战友"们依依道别，彼此约定着，等疫情结束后，一定要再来武汉好好逛一逛。

为了做好隔离，回到潜山的石李峰没有和父母亲人见面，便将自己隔离在房间里，吃饭也是让父母送到房门外很远的地方，等父母离开后，他再出来拿。

石李峰淡然地说，"国家有需要，我没办法安然待在家里什么事都不做，我要出份力！"

疫区即战场，退伍军人"参战"雷神山医院建设

2月4日上午9点，在"雷神山"建设工地整整奋战了24小时的秭归小伙付伟步行返回工地外两公里的建设工棚，疲惫至极的他和衣躺下，立刻进入梦乡。

今年 38 岁的付伟是秭归县茅坪镇西楚社区一名普通退役军人，现在秭归从事弱电工程行业。2 月 1 日，他在湖北安防协会工作群中看到参建"雷神山"倡议书，立刻报了名。

当时，付伟是背着父母与妻子、女儿报的名。2 月 2 日是这批志愿参建者集合的日子，下午 4 时，付伟悄悄将志愿参建"雷神山"的事告诉了妻子，并请妻子帮助自己隐瞒，免得父母担心。

通过湖北安防协会的帮助，付伟获得驰援武汉的车辆通行证。晚上 11 点半才到达工区的付伟怕惊扰了连续作战 24 小时、休息正酣的工友们，蜷着身子在车上睡了一宿。

2 月 3 日清晨 6 点半，付伟与工友们通过红外体温检测人行通道，进入巨大的"雷神山"医院施工场所。此批弱电项目施工人员共有 200 人左右，付伟与素不相识的 20 余位工友分到一组，进行配线作业。一个病区要拉 200 多根网线进入机柜，付伟站立作业整整 24 小时，双腿肿疼麻木，手中的活儿却一刻也没停下。

工期时间紧、劳动强度大，是付伟和工友们面临的最大挑战。"再累我们也得咬牙坚持。早一天建成，就多一位病人得到救治！"付伟被分配至夜班组，接下来每天白天休息，晚上作战。

2 月 4 日下午，休息了 6 个小时的付伟从梦中醒来。妻子发来微信告诉他，实在瞒不住了，将实话告诉了父母。老人们又着急又担心，叮嘱他在武汉一定要注意安全。

下午 6 点半，付伟又穿好工装，准备与另一批工友们再上"战场"，鏖战通宵。

与付伟以往从事的工作不同，雷神山医院的建设工期紧、强度大，分秒必争。在分配施工时段时，付伟主动要求分配到

夜班突击组，"我们几个当过兵的都要求到夜班组，因为打硬仗、啃硬骨头是军人的作风。"

为赶工期，雷神山医院的施工是 24 小时无缝衔接作业。"施工那几天，我们就像一个加强班，大家都是战友，互相帮助，互相配合。"工作中，他们也遇到不少难题。一个病区要拉 200 多根网线进入机柜，需要把像"蜘蛛网"一样搅在一起的网线一根根捋清楚，线和图纸都要对上。

"这些网线主要负责医院的监控、远程医疗、门禁，不能出一点差错。"付伟说，尽管工作繁重，但他们没有丝毫马虎。

由于医院是模块化建设，作业中付伟和工友大多都是全程站立，高强度的作业让他们每天都累到双腿肿痛麻木，步行返回两公里外的工棚休息时，往往都是和衣躺下就立刻进入梦乡。

"国家有困难时，退伍军人冲锋陷阵不需要任何理由。"付伟说，在雷神山医院施工现场，所有人都是一个信念：早一分钟建好医院，早一分钟救治病人！

资料来源：湖北省退役军人事务厅；整理：王丽丽、戈广宇

李晓静：作为一名军人，就该上战场

"17年前，我曾写过一封申请书：作为一名军人，就该上战场；作为一名护士，就该救死扶伤；作为一名党员，就该冲锋在前……17年后的今天，当全国人民正面对新冠肺炎病毒的肆虐，作为一名有着医护工作经验的老兵，更是责无旁贷！"连日来，一封按着红手印的请战书火爆"朋友圈"。

请战书的落款签名是李晓静。这位17年前就曾进驻小汤山医院参加抗击"非典"战斗的原海军军医大学长征医院护士长，2012年7月自主择业，现任上海浦南医院护理部副主任。面对来势汹汹的疫情，李晓静第一时间向所在医院党委写了请战书。

写了请战书的她，甚至都没来得及等到部队回复，就在1月27日晚上，带领48家医院的50名上海"娘子军"护理队驰援武汉。

新冠肺炎疫情暴发后，已经自主择业脱下军装的李晓静第一时间向长征医院党委写了请战书："我曾经是你们当中的一员，现在虽然脱下了军装，但我还是以医务人员的身份和你们战斗在一起。""即便是逆行，即便有更多的危险，也是值得的。""我有17年前支援北京小汤山的工作经验，也有在四川抗震救灾的经验，更有近20年的临床护理经验，我愿意作为

17年前，非典肆虐之时，我写过一封申请书"作为一名军人，就该上战场；作为一名护士，就该救死扶伤，作为一名党员，就该冲锋在前"，那时的我，青春激昂，热血沸腾，但并不冲动。我知道我在做一名医务人员该做的事情，在小汤山医院工作的两个月，让我更加热爱生活，更加感恩社会。

今年，新型冠状病毒再次来袭，上海已有医疗队出发奔赴武汉，听到消息的第一时间就想报名，考虑到家庭原因，我还是先征求家人意见，先生和上大学的女儿都表示非常支持，他们深知我有这份情节和社会责任感。对于从军队退役的人来讲，名和利，以及进步都不是那么重要了，关键是自己要做什么，想做什么，能够为社会做些什么。

'浦南人'再次出征援鄂!"

大年初三，来自 16 个区 48 家医院的 50 名护理人员组成的上海医疗队紧急驰援武汉，全力支援武汉开展医疗救治工作，退役军人李晓静是这支医疗队的队长。

她发誓要"50 个人去 50 个人回"

李晓静于 1991 年 12 月入伍，2012 年 7 月退役，担任过海军军医大学长征医院的护士长，也是一名上海退役军人志愿者，曾多次执行重大任务。

2019 年 11 月，李晓静的母亲过世，按照当地风俗，逝者去世百日之际要举行仪式，李晓静早早就请好了假，全家也提前订好了机票。可新冠肺炎疫情的暴发打乱了计划。

当听说海军军医大学要组建医疗队奔赴武汉时，李晓静心中久久不能平静："虽然脱下了军装，但我还是应该以医务人员的身份和大家战斗在一起。不管是什么身份，在这个特殊时期，都要共同携手战斗，战胜困难。"

当她提出要去武汉的那一刻，她的爱人老许犹豫了片刻，便立即答应了。他理解妻子为何会作出这样的决定："她非常喜欢穿军装，骨子里有着磨灭不掉的军人情结。"他们退掉了机票，老许和两个孩子留守上海，还替她给家中老人做起思想工作。

火车出发后，李晓静发了一条朋友圈："17 年前，作为军人的我义不容辞奔赴小汤山，17 年后，脱下军装我义无反顾再次出征，只为那份初心：我是医务人员。感谢先生的无私付出，我一次次将孩子和家庭扔给他一个人，他最了解我，他知道我的情结所在。"

抵达武汉后，50 名上海护理队员经过培训，

迅速充实到武汉金银潭医院的 12 个科室，和第一批上海医疗队一起投入了紧张的工作中。金银潭医院救治的都是新冠肺炎确诊病人，因为防护服短缺，医疗队员不能做到 4 小时一班轮换，经常要六七个小时一班，甚至要超过 10 小时。大家顾不上吃饭、休息，都在与时间赛跑。

作为此次援鄂医疗队的队长，李晓静发誓要"50 个人去 50 个人回"，自己一定要将她们平平安安地带回家，交给她们的家人。现实情况不允许大家每天见面，只能每天在微信群里报告自己的情况。李晓静特别牵挂"90后"的小同事们，总是叮嘱她们千万小心。

李晓静每天会发个微信给家人报平安。老许很担心妻子，却又不敢多问，生怕影响她工作、休息。自己在家中照顾着两个女儿，遇上给女儿梳头发之类的事不免会手忙脚乱，却笑言"都能克服"。1 月 30 日是小女儿 6 岁生日，妈妈不在身边，老许忙起来也忘了准备生日蛋糕，小姑娘有点不开心，李晓静抽空和她视频连线，哄了好久，小女儿终于破涕为笑。

从来都不是一个人在战斗

李晓静不是一个人在战斗，广大退役军人都是她的坚强后盾。由于长时间工作，护理人员脸上会留下防护设备深深的勒痕，不少人脸上出现了压疮和伤痕。李晓静发出求助微信：我的团队需要水胶体敷料。战友们"闻风而动"，近 300 名退役军人成立了爱心微信群，在不到7 个小时内为晓静团队捐了2000 个医用敷料，价值 3.4万元，并及时送达医院附近的快递提货点。

得知战斗在一线的医护人员无暇去买牛奶，爱心微信群又沸腾了。短短一个小

时，这个群的退役军人就募集资金 1 万元，并联系到武汉一家牛奶专卖店，200 箱带着退役军人战友深情关怀的牛奶当晚就送到了晓静团队手上。

每次募捐时，战友们都要"拼手速"，大伙儿最怕看到的就是"筹集金额已满"的字样。每次募捐完，都有很多战友因为没能参与捐赠而扼腕叹息，但他们依然会满怀希望地等待下一次开始。大家对李晓静说：你在前线战"疫"，我们为你送去最需要的物资，分工不同，但我们都身在"战场"！虽是微薄之力，但也能为我们的战友送去关怀，能为我们的国家减轻一些压力，"守望相助，本就是作为战友最该做的事情"。微信群的人数迅速达到上限，于是又有了第二个、第三个爱心群……

前方口罩、防护服紧缺，大家不敢喝水、不敢上厕所，战友群里大家各显神通筹集物资，想办法向武汉运输。退役军人尤晓舟是一位全职妈妈，如今居住在美国，平时她会做点代购补贴家用。随着疫情发展，尤晓舟坐不住了，她说：我是一名退役军人，不能发国难财，我要把手上的 10 万个口罩捐赠给疫区！

可是，10 万个口罩价值 10 万元人民币，对于一个普通家庭来说不是一个小数目，群里的战友们纷纷站了出来，大家决定共同买下这 10 万个口罩。尤晓舟多方联系，让口罩通过重重关卡，分批从大洋彼岸运到了武汉。

谈到战友们的支持，电话那头的李晓静哽咽了：战友们身在天南海北，有的素未谋面，但情同兄弟姐妹，再多的语言都无法表达我对战友们的感激。在前方时刻被感动着，我们只有更加努力，将这份爱心传递，才能不负战友们的拳拳盛意。"我坚信，我们一定能战胜疫情！"

资料来源：上海市退役军人事务局

"我是退役军人，让我上"

"我是来请战的！如果我们医院有支援武汉救治新冠肺炎感染者的任务，可以先让我去！"

"我在 ICU 工作多年，是一名共产党员，也是一名退役军人，让我上！"

这些简短、勇敢、坚毅的话语，出自福建省一位退役女军人、福建首批支援湖北医疗队队员游华之口。

游华，出生于闽西革命圣地龙岩上杭，现在是福建省人民医院心血管科副护士长。1998 年应征入伍，在部队期间获评优秀士兵；2000 年以优异成绩考入第二军医大学南京医学院；2003 年毕业实习之际直接投身抗击"非典"；2009 年转业到省人民医院至今，一直奋战在重症病患护理一线……

"离军不离党、退役不褪色"。多年来，游华的人生经历和工作岗位发生了变化，但她在部队练就的特别能吃苦、特别能战斗、特别守纪律、特别敢担当的军人本色始终没有变。

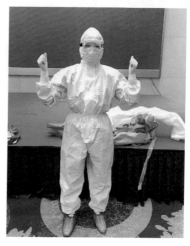

1 月 24 日，大年三十晚上，当游华从电视上了解到部队医务工作者从多个方向驰援武汉的新闻时，毫不犹豫地向所在医院领导提交了请战书。

这时候，她心里想得最多的是："我是一名党员、曾经是一名军人，经历过抗击'非典'医护实战，在重症护理岗位工作多

年积累了丰富经验，我得去支援武汉，我一定能完成任务！"然而，她却"忘记"了远在美国芝加哥学习的爱人，正搭乘国际航班回国，相约着初四一起回老家团聚。

当她的请战书获批即将出征时，游华在心里暗自寻思着"来不及和他商量了，他一定会支持我"，一边把两个年幼的孩子交给父母亲照看，一边匆忙准备着远征的必需物品……

1月27日，正月初三，万家团圆、欢度佳节的温馨时刻。游华与福建首批支援湖北医疗队135名"白衣战士"一起，领受省委、省政府的紧急指令，牢记福建人民的殷殷嘱托，毅然踏上驰援武汉救治新冠肺炎感染者的征程。

抵达武汉后，为了确保防护安全，降低感染风险，全身心投入救治"战斗"，游华和她的女队友们，还相互剪短了平日里最最珍爱的乌黑长发。真可谓"剪去青丝一缕缕，巾帼英姿最荣光"。

游华与她所在的英勇团队，经过紧张专业的实战培训，在武汉市中心医院全力救治新冠肺炎感染者的战斗中奉献了自己的力量。

资料来源：福建省退役军人事务厅

"老兵"李金海：最危险的时刻，
一定要冲锋在前

4月13日上午，江苏省人民医院重症医学科副主任医师李金海在自己的朋友圈发布了一条"送别战友"的信息，并写下了这样的话语："君问归期未有期，待到江城平安时。继续坚守，目前一切安好，亲友勿念！"

这是李金海2月4日抵达武汉后在朋友圈发布的第一条信息。此次"逆行"湖北，李金海没有敢告诉自己在安徽老家的父母。不过现在，家人已经通过媒体和朋友知道了他支援武汉的消息。

随着新冠肺炎疫情整体好转，武汉危重型病人全部集中到湖北省人民医院、武汉协和医院西院、武汉同济中法新城院区和武汉大学中南医院。4月14日，根据统一安排，李金海和江苏省人民医院（南京医科大学第一附属医院）的其他6位专家作为国家专家督导组的一员进驻武汉同济医院中法新城院区继续奋战。

记者： 送别战友后奔赴新的"战场"，也面临新任务，您怎样迎接新的挑战？

李金海： 4月14日，我正式进驻武汉同济医院中法新城院区。当时，心里有压力，也充满激情。当大部队离开后，我和很多同人们一起留在武汉继续战斗，这是我想做的事情。我希望可以用我所学，用我的专业、经验挽救更多患者的生命。然而，当前我们所医治的重症患者病情相对复杂，对我们来说，可能一个决策的失误，就会导致生命的逝去，所以一定要谨慎再谨慎，相信我们，一定能"啃"下"最难啃的硬骨头"，完成任务！

记者：你在 4 月 13 日朋友圈中发布的消息，不仅仅有与战友的合影，还有和很多普通人的合影，其中有一张是和一位民警的合影。可以和我们分享一下背后的故事吗？

李金海：武汉的情况逐渐好转，其实不仅仅是所有医护人员的努力，更重要的是武汉人民的坚持，还有来自全国各地、四面八方的齐心协力。

在这场战"疫"中，我看到了团结的力量。在方舱医院时，由于患者数量较多，他们的生活中的确存在一些不方便的地方。但他们没有怨言，积极配合支持我们的工作。在武汉市第一医院和金银潭医院的重症病区，我

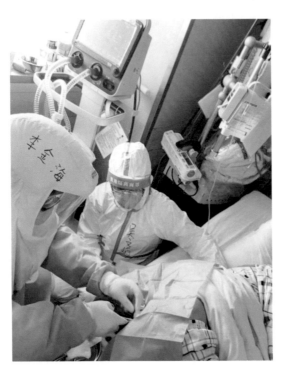

们感受到患者家属的绝对信任和支持。武汉人民是一个英雄的群体。在这场战"疫"中，唯有大家团结一致，才能取得胜利！

不仅仅是武汉，还有我们的大后方江苏。我们在这里工作，收到了很多很贴心的物资；我们的家人也得到了江苏省人民医院同事们和社区的照顾。正是他们解决了我们的后顾之忧，我们得以心无旁骛奋战在一线，谢谢所有人！

我为何会选择一张与民警的合影发朋友圈呢？其实我和这位民警并不认识。之所以发这张照片，是给我的夫人看的。因为她也是一名人民警察，我想告诉她，在这场战"疫"中，她也辛苦了，致敬！

记者：您曾经说过，ICU 是有温度的。在武汉同济医院中法新城院区，如何体现 ICU 的"温度"？

李金海：我们在治病的同时，还需要更多的人文关怀。在重症病区，有一位 70 多岁的婆婆（武汉人称老奶奶为"婆婆"）。由于住院时间较长，家人不在身边，气管被切开无法说话，她心里一定是会感到孤单、害怕，但是我们会把患者当亲人。当我握住她的手时，我能感受到她手上的力量；从她的目光中，我也能感受到她战胜疾病的信心。她有信心，我们也更有信心。所以，我一边握住她的手，一边轻拍她的额头，告诉她："你已经好多了，相信自己，相信我们，你一定能好！"

当看见病人一天天好起来，我们也越来越有信心，最终能够打赢这场没有硝烟的战争。

记者：您曾经是一名军医，您也说过"退伍不褪色"。多年的军旅生涯给您的人生带来了怎样的影响？

李金海：若有战，召必回！多年的军旅生涯在我身上刻下了深深的烙印。我是一名老兵，也是一名当年抗击"非典"的老兵，我告诉自己，最危险的时刻，一定要冲锋在前！

在方舱医院时，我当时在防护服上写了这样一句话——军人退伍不褪色，保家卫国是职责。这既是对我自己的鞭策，也亮明身份让患者安心。

进入武汉同济医院中法新城院区后，我们国家专家督导组的同人们会一起负责患者的会诊、分类以及疑难病例讨论等工作，也会走到重症患者床边去，与管床医师一起为患者制定精细化、个体化的治疗方案，争取挽救每一条生命！

我的父亲曾告诉我，作为医生，眼睛里要有活。看见自己能做的事情，就要努力去做并做到最好。我想对他说，爸爸，请相信儿子！

资料来源：江苏省退役军人事务厅

援鄂火线上的 6 篇入党申请书——
不忘初心跟党走

一个党员一面旗。为抗击疫情开展支援工作以来，党员的担当感染并激励着医疗队员们，队员们纷纷向医疗队临时党支部递交入党申请书，表达渴望加入中国共产党的心愿和决心。截至目前，援鄂医疗队临时党支部共收到 6 份江西援鄂医疗队队员的入党申请书。

"作为一名医护人员，在得知要支援武汉的时候，我义无反顾地报了名，成为众多支援人员中的一名，虽然我个人力量单薄，但众人拾柴火焰高！正是因为我们有着这种信仰，所以任何困难都压不倒我们……"作为一名 1994 年出生的南昌女孩，担任江西省荣军医院护师的小万，有着自己的理想追求。她说："作为一名医务人员，我有两年外科经验和两年 ICU 经验，

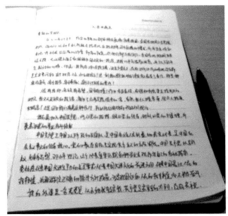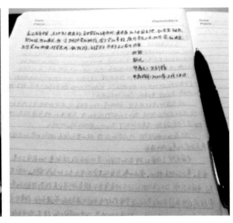

万刘杨同志入党申请书

武汉一线也是需要我们这样的医护人员，全国上下都在抗'疫'，像我们这样有专业知识的人，支援一线责无旁贷！我的父母家人也都非常支持我，没有后顾之忧。"一句"没有后顾之忧"，诠释了一个追随党组织多年的年轻女医务工作者的战地誓言和内心独白

"我是经过深思熟虑作出的决定，如果组织批准我的申请，我一定会戒骄戒躁，继续以党员的标准来严格要求自己，成为一名名副其实的党员。如果组织没有接受我的申请，我也绝不会气馁，会继续为之奋斗，努力克服自

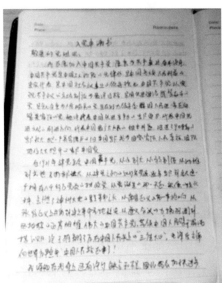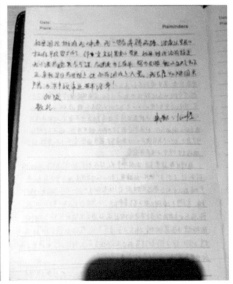

张腾同志入党申请书

己的缺点和不足，争取早日在思想上、进而在组织上入党。"1988 年出生的张腾，爱人也在樟树抗"疫"一线，家里的公公病重，另有 96 岁高龄的奶奶需要照顾，在出征前曾顾虑重重，但她一一克服，坚定前行。她唯一放心不下的就是她的儿子，她给自己打气：我要骄傲地站在党旗下照张相送给儿子，告诉他：儿子，妈妈是光荣的共产党员了。

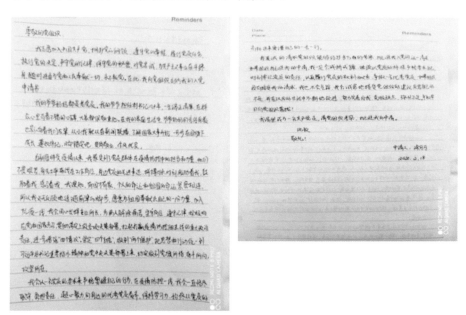

涂可可同志入党申请书

"自新冠肺炎疫情暴发以来，我感受到了党员群体在疫情防控中的担当和力量，他们不畏艰苦、身先士卒奋战在工作岗位，身边党员的先进事迹、拼搏付出时刻激励着我，鼓励着我，感召着我。我深知，有国才有家，个人的命运和祖国的命运紧密相连，所以我义无反顾地追随前辈的脚步，愿意为祖国奉献出自己的一分力量，加入抗'疫'一线，我会用心发挥专业所长，为病人解除痛苦、坚守岗位、遵守纪律，积极响应党和国家号召，扛起打赢疫情防控阻击战的重大政治责任。"1987 年 7 月出生的涂可可，是省荣军医院的主管护师，也是一个 6 岁孩子的母亲，如果没有疫情，她正计划孕育二胎宝宝。但是疫情当前，她和丈夫经过商议后决定推迟二胎计划，在丈夫支持下递交援鄂请战书。父母刚开始极力反对，后来涂可可夫妻一道做通了他们的思想工作，父母还承诺帮涂可可照料孩子。"我的爷爷奶奶都是老党员，爷爷奶奶的言传身教影响着我，我要向身边优秀的党员看齐……我渴望成为一名共产党员，请党组织考察……"这是涂可可的初心，一名向党组织靠拢的医务工作者的初心。

施力同志入党申请书

1978 年出生的施力，是江西省荣军医院副主任医师，学的是重症医学专业。这次获悉可以报名参战，就毫不犹豫地报名了。爱人也是医生，她所在的医院也是防控疫情的一线，几乎天天都是在医院度过，照顾不到家里。听到他说要去武汉，哭了好几次。他说："我是学重症医学专业的，是最适合去武汉帮助重症病人的。"爱人最终理解了他。"疫情期间，我切身感受到共产党员这四个字所赋予的责任与担当，感受到共产党员的先锋模范作用，看到周围党员同志的表现，让我更加坚定了加入中国共产党的决心和信念……我自愿加入中国共产党，全力以赴、抗击疫情、逆行而上，夺取这场疫情防控阻击战的全面胜利……"施力在申请书里这样写道。

聂爱珍，1983 年 4 月生，任江西省荣军医院主管护师。聂爱珍有两个小孩，第二个小孩不到两岁，夫妻两地分居，此次为支持援鄂抗击疫情，她说服了家人。加入中国共产党是她一直以来的心愿。同事们评价她，爱岗敬业，任劳任怨，团结同事，认真做好本职工作，平时严格要求自己。她在申请书上这样表达："为了成为一名光荣的共产党员，我会积极主动做事，与党员同志谈心、交流思想，力争向他们看齐。"

江西省荣军医院护师魏芳，可爱的儿子才一岁半，多年来夫妻两地分居。听说她要求去武汉，家人开始都不支持，说婆婆身患糖尿病、抑郁症，还要照顾小孩子，这怎么能行啊？小

聂爱珍同志入党申请书

魏说，国家遭此大难、武汉急需医护力量，如果我们都说有困难，国家难关怎么过得去啊！她得到了也在南昌抗"疫"一线的公公的支持，并最终说服家人都支持她援鄂。她在申请书上这样写道："这次新冠疫情暴发后，人民的生命健康受到严重威胁，很多人不幸染上这种病毒，不得不忍受病痛的折磨，作为医务工作者的我感同身受……我想通过自己细心与贴心的工作，为病患减轻一些病痛，给予他们活下去的信心，从而助力打赢这场疫情阻击

魏芳同志入党申请书

战……我志愿加入中国共产党，为共产主义事业奋斗终生！请党组织在实践中考验我。"

　　援鄂医疗队员们入党申请书上朴实无华的语言，表达了这些非党员干部积极主动向党组织靠拢，决心在这场没有硝烟的战斗中经受考验的愿望。他们纷纷表示，"不管党组织是否批准，我都会以一名共产党员的标准严格要求自己。我会努力在防控疫情斗争中经受考验，为夺取这场疫情防控阻击战的胜利不懈努力。"

　　　党旗飘扬　大爱无声，
　　　"逆行者"像冬日的阳光，温暖和感动着我们。
　　　在这场没有硝烟的战争里，
　　　他们扛起了疫情防控的政治责任和工作责任，
　　　默默地守护病人，静待春暖花开！

资料来源：江西省退役军人事务厅

六盘水：退役老兵把新婚爱女送上"战场"

"臭丫头，你是老爸的骄傲，也是我们盘州市柏果镇红旗村的骄傲。好好保重，为武汉人民服务；好好工作，为打赢这场抗击病毒阻击战贡献自己的力量。老爸相信你能成为一名合格的白衣天使。中国加油！武汉加油！盘州加油！我们两个家庭支持你，望你凯旋！"

这是盘州市柏果镇退役军人高忠诚鼓励支持女儿高秋赴武汉参加新冠肺炎疫情防治工作，在微信里写给新婚不久女儿高秋的文字内容。

高忠诚是一名退役军人，39年前，他积极响应国家号召，投身火热军营，成为中国人民解放军队伍里的一员，在云南省蒙自军分区下属某部服役。服役期间的1984年，他奉命与战友参加了对越自卫还击作战，从

高忠诚写给女儿高秋的微信留言

炮火硝烟中走了过来。在部队 4 年的历练与成长，让他深知当祖国召唤时，自己的选择是什么。所以，当这次作为医护人员的女儿高秋向组织提出驰援武汉申请，电话告诉他以后，他毅然决定支持女儿意见，把自己的爱女送上"战场"。

　　疫情就是命令，疫情就是召唤。高秋是盘州市第二人民医院内科的医护人员，在得知单位招募志愿者、组织专业医疗队奔赴武汉参加抗击疫情工作的消息后，新婚不久的她积极报名并第一时间向组织递交了申请。获得组

高秋出征

织批准后，高秋于 2 月 4 日下午 5 点 50 分，随贵州省援鄂专业医疗队从贵阳龙洞堡机场飞抵武汉。

　　高秋在单位工作时会经常与同事们聊起父亲的故事："36 年前，作为军人的父亲义无反顾，服从命令、听从指挥，扛起钢枪上了前线。父亲是我心中的英雄、心中的偶像。现在，突如其来的疫情，祖国需要我们，向我们发出了召唤，我将以父亲为榜样，到祖国需要的地方，贡献自己微薄的力量。"

　　高秋抵达武汉的第二天，被分配到了江汉方舱医院工作，每天下午 18 时至凌晨 24 时，她要在医院潜在污染 2 区进行查房、写病历、打针、输液、做雾化等工作。而下班后，在医生休息区域，与父亲电话视频报平安，则成了他们家每天的固定动作。看到女儿因长时间穿戴防护服和口罩，整个脸都已经变形时，这位从炮火硝烟中走出来的汉子也不禁流下了泪水。

　　在这场特殊的"战役"面前，我们看到了一家父女两代人在不同时期的共同选择。

资料来源：贵州省六盘水市退役军人事务局

我一直觉得我还是一名军人

——浙江退役军人驰援武汉侧记

"妈妈，今天要把爸爸让给我，让爸爸陪我睡一个晚上。"赵克开的儿子说。2月8日23时，赵克开接到了单位的电话，作为第四批赴武汉的医疗队将于9日出发，"妻子和儿子都很支持我。当知道宁波将派医疗队前往武汉时，我就报名了，我对我的妻子和孩子说，如果宁波有第二批医疗队，有我们的名额，我肯定要去。"赵克开妻子和儿子帮助赵克开一起打包"出征"前的行李。

赵克开是宁波大学附属医院感染科副主任医师，2016年底自主择业，2017年3月来宁波，"我处置过霍乱，2009年新型H1N1甲流大暴发，我主持过我们医院的发热门诊和隔离病房，从事感染病专业22年，经历过各种疫情。我觉得如果武汉需要人我去是最合适的，这是我当时请战时说的话。

我心里一直觉得我还没'退伍'，我还是一名军人，湖北是我的家乡，回到家乡，为家乡人民出一份力，我义不容辞！"

2月12日10时37分，赵克开从医院返回驻地。他在朋友圈留言，"我老家在湖北黄石，就离武汉半小时的车程，我84岁的老母亲，我的兄弟姐妹都在那里，我本来不想告诉母亲我来武汉了，怕她担心，后来我外甥和我说通过新闻看到了我，我昨晚才敢打电话给她。""2019年一整年没回家，春节也没回去，初二开始就一直在我们自己的医院战斗，2020年只能看看再说了，这次任务结束应该是要隔离观察，也回不去了吧。"

2月13日11点15分，他再次说道："好了，我要准备下午班了！有事给我留言吧。"我们期待着他们平安、凯旋！

资料来源：浙江省退役军人事务厅

守护家园　奋战一线

　　疫情就是命令，防控就是责任，挺身而出方是担当。新冠肺炎疫情发生后，习近平总书记要求各级党组织和党员、干部，要做到"守土有责、守土担责、守土尽责"，要"让党旗在防控疫情斗争第一线高高飘扬"。

　　全国退役军人事务系统上下联动、守土担责。一支支紧急集结的队伍，一份份摁着鲜红手印的请战书，一个个简陋的值班点，一个个疲乏坚毅的身影……无不诉说着退役军人为民而战的初心：军装在身保家卫国，脱下戎装奉献地方。

　　疫情发生初期正值春节期间，人员大范围密集流动，做好疫情防控工作十分紧要。"身为一名党员退役军人，关键时刻，我必须要站出来，冲上去！""我是一名老兵，一名党员，我要守好村子"……各地退伍老兵坚守在抗疫一线，参与排查、消毒、运输、值守等任务，不畏艰险、不辞辛劳、不计报酬，默默守护着人民的健康和家园安全。

　　——关口前移，做到早发现、早治疗

　　他们中有"医"心"医"意、坚守农村防"疫"线"夫妻兵"柳晓东、何姝茳夫妇。柳晓东是甘肃省平凉市庄浪县杨河乡沈岔村任帮扶工作队队长，何姝茳是县人民医院门诊采血室护师。自疫情暴发以来，夫妻二人春节不休齐上阵，坚守防疫第一线。

他们中有甘肃省华亭市城区疫情防控巡逻队伍志愿者服务队。他们分三班昼夜巡逻，食宿自理，无偿服务。杨永迪作为一名退伍军人，义务参加老旧小区防疫消毒工作。转业安置到华亭市中医医院总务科的退役士官张飞飞，疫情发生以来，吃住在医院，白天黑夜连轴转，为一线医务人员做好后勤保障。在派出所、在巡警队，许许多多的退役军人，战斗在抗击疫情的第一线，24小时室外轮流值守、维护疫情防控卡点、医院秩序、摸排辖区人员信息……

——关键点着力，控制传染源

他们中有"全国向上向善好青年""沂蒙最美退役军人"苏晓涛，他是一名曾在部队服役16年的退役军人，先后创办沂蒙儒将红色教育培训中心和临沂儒将创业大学。疫情以来，苏晓涛以就近原则部署应急队的成员，在临沂市各小区、路口和卡口参与值勤巡逻，利用"儒将"在安全防护方面的专业优势，组织师资为基层干部和社区值班人员就如何做好自我防护、规范检查，如何引导群众配合防护等相关工作进行培训，还自费印刷了抗病毒宣传单，分发给居民和群众，普及新型冠状病毒的防护知识……

——统筹兼顾，有序防范

他们中有昔日守疆功臣，今朝防疫先锋张智盛，他奋力投身到各项疫情防控任务中，用"上前线、下一线"的实际行动，成为"退伍不褪色"的最佳注解。从春节值班开始，他就奔赴在辖区重点超市商场、餐饮单位和零售药店，督促企业落实防疫工作。在落实"三个覆盖、三个一律"工作中，张智盛跑遍辖区1375户大小企业，并对已复工的144户企业逐一排查。每天的一只口罩是他的全部装备，而心中的责任和担当是他的强大武器。

面对新冠肺炎疫情，他们不是医者，却是战疫先锋。他们是退役军人，也是退"疫"军人……

人民网：永不遗忘的"嘀"声

——追记退役军人、湖北省荣军医院职工蔡绪强

　　每年的 3 月 8 日，蔡绪强都要给妻子送一束花，那是他们的结婚纪念日，尽管今年因为上了疫情前线而来不及送花，他还是跟妻子说，会补上的。可是，他失约了。

　　3 月 9 日清晨，这位疫情期间在湖北省荣军医院连续坚守 47 天的退役军人，心脏骤停，因公殉职，年仅 53 岁。

　　蔡绪强的工作是每天给医院的医护人员和患者配餐送饭。就在他牺牲的当天，湖北省荣军医院又有 15 位治愈病人出院，但那个每天笑呵呵送饭的蔡大哥，再也没能出现。

从军期间的蔡绪强

一名退役军人的初心

　　蔡绪强工作的时候，总喜欢在里面穿一件海魂衫，那是他最珍贵的纪念。

　　1985 年 11 月，19 岁的他成为海军广州基地的一名水兵，服役 5 年间，

他两次被评为"红旗车驾驶员"。1990年退役后，他成为湖北省荣军医院一名职工。

新冠肺炎疫情出现后，蔡绪强主要承担餐饮保障工作。当时正值春节放假，缺人缺物，他一个人前后奔忙。随着隔离病区从1个增加到7个，返岗的医护人员和患者不断增多，最高峰时一天的餐食将近700人份。蔡绪强做好统计和送餐工作，47天里，没有耽误过一名患者、一位医护人员的三餐。

和他并肩作战的省荣军医院总务科负责人谭学龙说，每天早上5点多，蔡绪强就起床了，要一直忙到晚上七八点，大家都吃完饭，他才能返回驻地。回到房间，他还要统计第二天送餐的份数，等忙完一切能休息的时候，已经是晚上11点多了。妻子在微信里问他害不害怕，他说，不害怕是假的，但如果退缩，那我们的武汉怎么办？我们的病人怎么办？战"疫"就是战斗，火线一定要人去闯，身为老兵，我不能害怕，我要再次冲锋！

一名共产党员的坚守

1988年10月，在部队服役期间，蔡绪强光荣入党，至今已有30多年的党龄。

这些年，在荣军医院，他先后做过司机，烧过锅炉，搞过基建，服务过供养。不管是哪个岗位，只要组织上有需要、有安排，他不怕苦、不怕累、不讲条件，坚决服从组织决定。无论在哪个岗位上，他都是最让人放心的那一个，默默地发光、发热。

随着疫情发展，地处武汉的湖北省荣军医院成为战疫最前沿。除了救治一线病患，为数百名医护人员和患者配三餐、保障战"疫""粮草"同样成为一项艰巨的任务，这份重担落在了蔡绪强身上。2月11日，退役军人事务系统援鄂医疗队抵达省荣军医院支援，为医疗队驻地配送三餐也成为蔡绪强的工作之一。此外，他还主动兼任为医护人员配齐生活物资的工作，比如热水瓶、脸盆、毛巾、牙刷、剪刀等等，每天来回在医院和医护人员集中驻地间奔波，从凌晨到夜深。

援鄂医疗队后勤保障组刘敏追忆：我记得刚开始的时候，蔡工来送餐食，因为有几十人份的餐食，所以都是整箱装好的，我们要和他一起搬，他不让，说这些太重了，他自己来，你们在救治一线已经很累了，要节省体力。后来日子久了，

蔡绪强（左二）在湖北省荣军医院为医护人员和患者送餐

蔡绪强和我们都形成了默契。他驾车送餐到酒店门口，轻按一下喇叭，"嘀"一声，我们就知道肯定是蔡工到了。刘敏回忆道。蔡绪强从心里心疼这些前线的医护人员，他说很多姑娘都跟自己女儿差不多大，因为疫情，现在都走到了前线，我一个共产党员更应该坚守不退！他留在世间的最后一段对话，是在湖北省荣军医院送餐微信工作群中，他是这个群的群主。

3月8日晚，他像往常一样统计全院医护人员和住院患者的三餐。只是往日十分乐观，经常在微信群里变着法子活跃气氛，给同事减压、鼓励大家的蔡绪强，当晚有些太"安静"了。同事说多加几份饭，他只是回复了一个"嗯"字。之后，最后一次发出了按同事加餐需要修改后的送餐表。送餐表上，他还专门为退役军人事务系统组织的援鄂医疗队取了一个简称："援爱团"。

一名退役军人工作者的热忱

湖北省荣军医院，是隶属于湖北省退役军人事务厅的优抚医院，平时主要为集中供养的一至四级伤残军人提供医疗服务。蔡绪强转业后一直在这里工作，成为一名光荣的退役军人工作者。

能够服务昔日的战友、服务退役军人，特别是伤残退役军人，他感到十分光荣。他一直把在荣军医院工作，当成是从军生涯的延续，"退役不褪

蔡绪强统计的每日送餐表

色、退伍不退志"，保持着军人的作风本色，用坚定的毅力，满腔的热忱，为负伤、病残的战友们服务，竭尽全力、尽己所能，关心关爱亲爱的战友。

和蔡绪强工作过的人，都深深体会到他的乐观、热情。平日里，作为一名退役军人工作者，为退役军人服务，他也是这样。因为他知道，荣军医院的工作，是在为负伤的战友、光荣的退役军人服务。

和蔡绪强一样，荣军医院的全体职工，也把为退役军人、伤残军人服务的满腔热忱，延续到救治新冠肺炎患者身上。他们把医院当家庭、把患者当亲人，全力救治患者的病痛，真诚关爱患者的内心。近两个月以来，湖北省荣军医院共收治住院发热病人800余名，其中包括471名新冠肺炎确诊患者，治愈出院359人。"救命之恩，无以尽报；仅以拙笔，愿君安好。"出院患者用饱含深情的诗歌，表达着对像蔡绪强一样，"用生命守护生命"的全院职工的真挚感恩。

前不久，蔡绪强还在工作群里分享了一首他演唱的《我爱你中国》。如今，他的歌声依旧在群里朗朗回响，可战友们再也吃不到他配送的饭菜。然而，正如电影《寻梦环游记》里的台词："死亡不是生命的终点，遗忘才是。"蔡绪强虽然离我们而去，但伴随送餐的那一声"嘀"响，他永远活在我们心中，永远不会被人们遗忘……

附：关于在全省退役军人事务系统工作人员中开展向蔡绪强同志学习活动的决定

各市、州、直管市、神农架林区退役军人事务局，厅机关各处室，厅属单位：

蔡绪强，男，湖北麻城人，1966年9月出生，1988年10月加入中国共产党，1985年11月入伍，1990年1月退役后到湖北省荣军医院工作，生前系省荣军医院总务科职工。2020年1月以来，蔡绪强同志连续47天服务保障一线医务人员抗击新冠肺炎疫情防控工作，于3月9日上午8时30分因突发心脏骤停，经全力抢救无效，因公殉职，时年53岁。

蔡绪强同志是抗击新冠肺炎疫情中涌现出的先进典型，是党为人民服务宗旨的忠诚践行者，是奋斗在湖北退役军人事务工作一线的"白衣战士"。省厅党组决定授予蔡绪强同志厅直系统"优秀共产党员"称号，新闻媒体对他的先进事迹进行了集中宣传，在全国全省系统产生了广泛影响，受到社会各界的积极评价。蔡绪强同志的先进事迹，具有鲜明的时代性、典型性和代表性。为弘扬他的先进事迹和崇高精神，万众一心、众志成城打赢抗击疫情人民战争、阻击战、总体战，厅党组决定在全省退役军人事务系统组织开展向蔡绪强同志学习活动。

一、学习蔡绪强同志对党忠诚的政治品格

蔡绪强同志始终满怀对党和人民的无限忠诚，在部队服役5年间，两次被评为"红旗车驾驶员"，并光荣入党。退役到省荣军医院工作后，他当过司机、烧过锅炉、管过供电、干过基建，不管在哪个岗位，始终不忘自己是一名共产党员，坚决服从组织安排，自觉践行党的宗旨，始终让组织放心。当冲在疫情一线，有人问他怕不怕时，他坚定地回答："如果这时退缩，武汉怎么办？我们的病人怎么办？身为老兵就要做得更好！"然而，就在他奋不顾身冲锋一线，家里还有患帕金森综合征的老父亲需要照顾，直到他牺牲也未提及。蔡绪强同志用行动和生命诠释了一名共产党员、退役军人忠于党、忠于人民的政治本色。

二、学习蔡绪强同志无畏逆行的责任担当

1月23日，湖北省荣军医院被确定为武汉市发热门诊定点医疗机构和洪山区新冠肺炎定点收治单位。面对来势凶猛的疫情，蔡绪强同志毫不畏惧、主动请战，承担起全院职工及病人的饮食配送工作。从1月23日起，他连续坚守工作岗位47天，每天早上5点多就起床，一直忙到深夜。当医务人员对他的辛勤付出表示感谢时，他说："我的工作就是给医务人员和病人送餐，我曾经是名战士，现在还是！"蔡绪强同志关键时刻挺身而出，危急关头迎难而上，不辞辛劳，连续作战，甘当"逆行者"，体现了一名共产党员、退役军人的大局意识和责任担当。

三、学习蔡绪强同志恪尽职守的奉献精神

作为一名普通行政后勤人员，蔡绪强同志始终把工作当事业来干，默默无闻，任劳任怨。疫情防控阻击战打响以来，医院发热隔离病区从1个增加到7个，随着援鄂医护人员的到来和患者的增多，高峰时就餐人数达700余人。蔡绪强同志每天天未亮就顶着凛冽寒风，准时出现在供餐操作间门口，检查质量、清点数量、搬运上车、驾车送餐。一个饭箱四五十斤重，他每天上上下下要搬1吨多的重量。每次都是等最后一名领餐人员离开，他才常常就着泡面解决自己的吃饭问题。2月11日，全国退役军人事务系统援鄂医疗队抵达医院支援，他用心用情做好服务，医疗队员们"真心感到家的温暖"。牺牲的前一晚，他还在加餐的送餐表上，专门为援鄂医疗队取了个暖心的名字"援爱团"。47天里，他从未耽误过一位医护人员、一名患者的三餐。蔡绪强同志以敬业之心对待本职，以奉献之心对待事业，在平凡的岗位作出了不平凡的业绩。

四、学习蔡绪强同志乐观向上的人生态度

蔡绪强同志具有乐观向上的生活情怀和工作态度。在单位，他是好职工、好同事，乐于助人，阳光开朗。工作间隙常在医院群里录歌，为一线抗疫战士解压打气。送餐期间，医护人员要帮他抬餐箱，他总是不让，说这些医生护士跟自己女儿差不多大，要爱护他们，尽力照顾好他们。在家里，他是好儿子、好丈夫、好父亲。他的父亲患重病、母亲年迈，他长年累月照料、细致入微；妻子身体不好，家务事他都主动承担，做饭、接送孩子已成习惯。蔡绪强同志积极向上的人生态度和良好的家教家风，是一名共产党员、退役军人的优秀品质在生活中的体现。

全省各级退役军人事务机构要广泛深入开展向蔡绪强同志学习活动，号召全省退役军人事务系统和广大退役军人坚持以习近平总书记考察湖北新冠肺炎疫情防控工作时的重要讲话精神和关于退役军人工作的重要论述精神为指引，全面落实党中央、国务院决策部署和省委、省政府工作要求，将向蔡绪强同志学习活动与推进"不忘初心、牢记使命"主题教育常态化制度化结合起来，与带领广大退役军人保持发扬人民军队光荣传统、永跟党走、建功立业结合起来，更好地做好退役军人服务保障工作，锐意进取，担当作为，奋力开创全省退役军人工作新局面作出新的更大贡献！

中共湖北省退役军人事务厅党组

2020 年 3 月 20 日

资料来源：湖北省退役军人事务厅

若有战，召必回！蓝天退役军人 投身抗"疫"战场

新冠肺炎疫情暴发后，张家口市蓝天救援队 31 名退役军人们主动请缨加入"抗疫先锋队"，充分发挥"召之即来、来之能战"的革命军人优良作风，筹集防疫物资，积极投身到防疫消杀第一线。

他们是发放防疫物资的志愿群众，

他们是宣传防疫知识的中坚力量，

他们是进行防疫消杀的"蒙面"卫士，

他们是昼夜值守检查的合格哨兵，

他们是开展辖区巡逻的战"疫"先锋！

初心如磐，使命在肩……

一声"到"，一生"到"！

这，就是蓝天退役老兵许下的铮铮诺言。

从 1 月 28 日开始至 2 月 27 日 23 时，张家口市蓝天救援队共出动队员 3302 名，车辆 1774 辆，累计服务时长 20870 小时，服务总里程 53909 公里，费用 94002 元。使用弥雾机 198 台，背负式喷雾器 316 台，大型

喷雾器 27 台，小型喷雾器 13 台，农用喷洒器 11 个，消耗汽油 778 升，消耗消毒液 10755 公斤。消杀记录面积 6890.35 万平方米，其中居民小区 490 个，3386 栋楼房，11416 个单元 184696 个住户，政府办公场所 170 个，学校 23 所，为做好疫情防控作出了巨大贡献。

面对疫情，他们一直奋战在防疫前线，他们顾不上喝水、顾不上吃饭、顾不上休息，顶风冒雪连续作战，任务参与率达到 29.6%，以实际行动践行了退役军人的使命和初心，让人们看到了他们的国家情怀，使命担当！

王东升：疫情不灭，蓝天不退

大年初四一早，蓝天救援队队长王东升就开始了队内应急备勤工作。他通过媒体发出"请战书"，提出"参加任务纯属自己主观自愿行为，如出现感染及意外由我个人自行承担责任，不给组织添麻烦。……疫情不退，我们绝不退！"

他带队开展本地防疫消杀，夜以继日参与全省各地战疫工作，组织省市县区人力物力，多方筹集防疫物资，几乎没有闲暇时间。下花园队员少，人力不足，他就带着家属、下夜班顾不上休息的儿子、还在上学的侄子、妹夫一起奋战在防控阻击前线，将军人的铮铮铁骨诠释得淋漓尽致。

王志强：用我的相机，拍摄最美"逆行"者

疫情就是命令，被评为张家口市最美退役军人的王志强，虽已年近 60 岁，任务却一次不落。他患有双肾结石，天气寒冷再加上忙起来顾不上喝水，他的结石经常疼痛难忍。但他咬牙坚持着，从没请过一次假。

在消杀间隙他背着相机记录现场，拍摄了上千张具有特殊意义的照片。作品被区文联、市文联、蓝天总部及多家媒体采用，为抗"疫"宣传贡献着自己的力量，用实际行动彰显了退役军人勇敢、无畏的本色和担当。

下花园队退役军人赵少明：我是一个兵，默默奉献冲向前！

退役军人赵少明，是个热心公益的志愿者，在战友的带动下毅然加入蓝天，是跟随队长的"满勤"队员之一。他随叫随到，认真仔细清点保管队部物资。快60岁的人了，每天背着几十斤的药桶扛着机器进行防疫消杀，从不叫苦喊累。

每天脱下防护服后，内衣都湿透了。他说："我是一个兵，能够为社会做点有用的事，就是我最开心的事！"

宣化队退役军人史宏伟：履职尽责，争做抗"疫"急先锋

当蓝天救援队宣化队响应区委区政府号召投入防疫一线时，他第一个报备执勤。每天早7点30分上岗，到次日凌晨，连续17天无空岗在执勤岗位，每天17小时，他像战士一样守卫着自己的岗位，始终把小区居民的生命安全和身体健康放在首位，仔细核查每一位居民的身份信息，做好登记，坚决履行职责。执勤小区里面有些老人是自己居住，子女只是平时探望，防控期间购买生活

用品成了独居老人的一大难题。子女可以帮老人采购但是不能送物上楼，为了整个小区的安全，为了整栋楼不受传染，在确保自己防护措施全部到位的情况下，史宏伟把自己变成了送货工，为老人们一趟趟送货上楼。期间因为天气寒冷，饮食不规律，长时间的疲惫他犯了急性肠炎的旧疾，经过短暂的休息后，不顾家人的劝阻，毅然又回到了执勤的岗位上。在他心里，疫情无小事，防控就是上战场。宣化北高速口车辆消毒，隔离楼道消杀，小区执勤岗位，都能看到他与队友们并肩作战，无私奉献的身影。

宣化队退役军人温迎春：火线入队，奋战在抗"疫"一线

春节前夕，他由天津宝坻返乡与家人共度春节，正赶上冠状病毒肆虐。在 14 天的居家隔离期，他通过微信、电话与家人及亲属联系，提醒亲人们积极响应国家号召，待在家少外出，不给国家添麻烦。同时每天关注新闻媒体疫情的动态，做好准备，时刻准备着响应国家号召，为抗"疫"工作贡献自己的一分力量。

隔离结束后，他经多方查找联系到蓝天救援宣化队白文龙队长，希望以"蓝天救援队"志愿者的身份投入抗"疫"战斗之中。在接到战"疫"告知后，迅速进入执勤岗位负责小区大门口设卡防疫管控任务，主要检查人员出入、登记及劝导工作。在执勤中难免会遇到胡搅蛮缠的人，他时刻提醒自己要耐心沟通，耐心解释，争取获得更多居民的理解和支持。经过大家的不懈努力，有效降低了疫情传播隐患，保障了小区内居民的人身健康安全。执勤间隙，他还与队友们背着满载消毒液的喷雾器负重到社区进行防疫消杀任务。家人和朋友很不理解，但他知道，保护百姓不受病毒侵害是他作为一名退伍军人和党员义不容辞的责任。

宣化队退役军人孟涛：国家兴亡，匹夫有责

疫情突袭，当他得知需要到小区、街道去排查登记住户信息，防止人员流动交叉感染时，主动请战到前沿阵地去。他毫不犹豫地把不上班的时间都用在了执勤岗位上，每次在10个小时以上，累计出勤约137小时。鉴于这次疫情的特殊性，开始家里不同意到一线上，害怕他有危险，但是他说自己是一名退役军人，国难当前，保护乡亲们是他义不容辞的责任。经过多次和家人沟通，亲人的态度也由刚开始的反对转而支持。因为这次病毒的传染性较强，在执勤的过程中需要接触不同的百姓，为了保护好家人的安全，在20多天的执勤过程中他主动和家人"隔离"，最长的一次10天没有见到家人。

在不同的执勤点都有小区居民的嘘寒问暖，还有送慰问品和一些生活用品，这些让他很感动，更加坚定了他继续执勤的决心。他说：身为一名退役军人，退伍不褪色，我一定会坚持到底，国家兴亡，匹夫有责。

市区队退役军人舒利军：退伍不褪色，责任勇担当

自接到防控命令开始，舒利军就准时出现在需要防疫消杀的社区。他利索地穿好防护服，背上装满几十公斤消毒液的消杀桶，拎起喷雾机，健步如飞地穿梭在社区每栋楼中。由于防疫消杀的工作量大，仅一个社区中的住宅楼宇就多达二三十栋，每个单元、每个楼层都需要进行消杀。他背着沉甸甸的消杀设备，走步梯上去，每一层都进行消杀，确保到位不留死角，他的衣服一会儿就湿透了。每天结束消杀回家，脱下衣服，爱人总打趣地问他是

不是跳进盐湖洗澡去了，他总是呵呵地憨笑。消毒液腐蚀性大，舒利军的一身蓝色队服褪色成了一片一片的空军迷彩。因为戴着眼镜，又穿着防护服，喷出的哈气没几分钟就模糊了眼镜，对消杀工作造成了很大的困扰，这可把舒利军急坏了。他回到家，顾不得爱人端上来热

气腾腾的晚饭，在眼镜上涂牙膏、抹洗涤剂，一次一次反复实验，终于找到了眼镜不会被水气模糊的好办法。等他和爱人分享这份成功的喜悦时，饭早已重新热了两遍了。

　　"我是党员，又是退役军人，我家门口挂着'光荣之家'的光荣牌，时刻提醒我必须挺起脊梁冲在前。而且，我们经历过部队的教育、培养和锻炼，关键时刻，我必须上！"铮铮誓言，道尽以舒利军为代表的退役军人的心声，他们用实际行动，书写最美的人生历程。

沽源队退役军人陈国良：退伍不退场　退役勇冲锋

　　陈国良作为一名退役军人，毫无动摇地担负起抗"疫"志愿者的责任。

20多天来，他坚持在卡点轮流值班，为过往车辆进行病毒消杀，坝上的天气年后寒冷依然不减，虽常常需要"风餐露宿"，但陈国良依然坚守岗位，他知道需要人来守护群众，他用责任和担当诠释了曾为军人的正能量。

张北队退役军人张忠山：退役不褪色

在蓝天救援队里有一位退役"老兵"，他义无反顾地投入到疫情防控中，变当初的"招之即来，来之能战"，成为现在的"主动请缨，共抗疫情"，用他的果敢坚毅书写着属于退役军人的赤胆忠诚，用实际行动，展现军人本色。

崇礼队退役军人路志有：退伍不褪色，国家有难匹夫有责

面对新冠疫情防控战，作为一名退伍军人的他一直在想：能为国家为人民做点什么？他在河北省张承高速公路沽源工区上班，年后正赶上了一场强降雪。他心里很着急，除完雪后，立即和工区领导沟通后回来准备加入蓝天救援队伍的应急防控工作。妻子和孩子对他说：这次可以多休息几天了，又是疫情防控时，在家就是为国家做贡献！他坚决地回答说：我是蓝天人又是退伍军人，还是预备党员，不能在家待着，我要上一线和蓝天战友去需要我们的地方！第二天早上他便和蓝天队友们来到崇礼西甸子怡甸庄园执勤，做小区人

员的管控排查工作。他每天帮助解决居民各类问题，中午来不及回家，就着寒风吃着泡面，却很开心。

他说：退伍不褪色，国家有难匹夫有责！

赤城队退役军人邵怀海：勇于担当，退役不褪色

他是赤城蓝天救援队一名新加入队员，可是他一直以军人的作风要求自己。消杀任务时，主动要求去最远点，爬楼层要去最高点。任劳任怨。他说："一次当兵，终生光荣！只要你从军，那么你这一生就永远都是一名军人。"

在他的影响下，他的儿子邵巍，一名在校大学生，也积极加入了赤城蓝天救援队的防疫消杀任务中。邵怀海带领儿子邵巍，自觉主动要冲在最需要的岗位上，继续发扬着军人义无反顾主动冲锋在一线的过硬作风。在这场没有硝烟的战"疫"中，他们发挥了应有的作用。

怀来队退役军人薛飞：竭尽全力，诠释责任与担当

作为退役军人的他，还保留着军人的风格。心直口快、热心助人，每每队里大事小事，他都看在眼里、记在心上，为这个大家庭出主意想办法。自怀来县疫情防控行动启动后，他早早跟队友们讲授防疫的注意事项，用行动告诉大家"我就站在这里，疫情不可怕，来吧：亲爱的队友们！"

在完成单位安排的防控岗哨测温等任务后，只要队里有消杀任务，都少不了他的身影，哪怕是下了夜班不休息，第二天也要与队友们并肩作战

在消杀一线；哪怕是维护器械也积极参与，俨然忘记了还没养好的腿伤，把自己的时间排得满满的。在疫情防控的关键时期，他用实际行动诠释了一名党员退役军人的责任和担当。

蔚县队退役军人段志刚：大义"逆行"践行军人担当

在这场没有硝烟的疫情防控阻击战中，他在蓝天救援队还没有接到具体任务前，就主动找到所在小区物业经理对接后成为小区第一名防疫志愿者，做了安全保卫工作。四天时间共排查出入车辆将近7000余次，受到小区业主及小区物业公司高度赞扬。

当蓝天救援蔚县队接到县政为有效管控小区人员流动的工作后，他积极报备参与。协助小区物业进行新冠病毒防控工作，对进出人员进行体温检测和排查。在张石高速蔚县南收费站进行过往司机测量体温工作，工作中沉着冷静严格把控，受到卫生部门的高度赞扬。参与东盛苑、水西家园、蔚州能源家属楼3个小区以及人民路裕民市场粮食局家属房进出人员体温检测和排查工作，同时对以上3个小区进行消杀工作，消杀面积7000多平方米，惠及1000多户居民。

看吧，这些铿锵的誓言……

"蓝天救援，此去意欲何为？"

"战病疫，救苍生！"

"若一去不回？"

"便一去不回！"

"着蓝衫，破楼兰，切记平安还！"

我们坚信：团结一致、众志成城、齐心协力、同舟共济，一定会取得战"疫"的全面胜利！

待春暖花开，让我们一起拥抱美好明天！

资料来源：河北省退役军人事务厅

身为军人就该上"战场"

"若有战，召必至！我责无旁贷，随时听候调遣！"疫情就是命令，大年三十，他放弃与家人团聚的机会，穿上厚厚的防护装备，与丈八街道众多基层干部一起，"逆行"奔向战"疫"第一线。他就是西安高新区丈八街道党建科干部田力。

身为丈八街道疫情防控指挥部应急组第一组组长，田力负责处理疫情防控工作中的突发事件，哪里有需要就第一时间奔赴哪里。逐户摸排、宣传引导、转移隔离人员……除夕至今，田力一刻也没停，最忙的时候三天三夜没回家，24小时坚守在岗位一线。

在收到需转移留观隔离人员的消息时，田力第一时间找到领导主动请缨，自愿肩负起转移职责。他说："我不仅是一名公职人员，也是一名党员、一名退伍军人，在这种紧急时刻，毫不犹豫冲上去才是应有的担当！"田力与领导同事们协调来十几辆车，并充当起司机，一趟趟奔波在转移留观隔离人员的路上。

身穿着厚厚的防护装备，让日常的喝水、吃饭都成了困难。"防护装备的穿着要求十分严格，只要摘下手套、脱掉防护服，就得全身消毒，这身装备也得换

新，太浪费了。"田力说，为防止穿脱中造成污染和物资损耗，他常常一天都不喝水，就是为了减少去卫生间的次数。

忙起来的时候，田力和领导同事们更顾不上吃饭。"同事们看我穿脱装备不方便，也担心我身体撑不住，经常喂我吃饭。"田力笑着说。自己冲在一线真的没啥，领导同事以及家人的关心支持才是最让他感动的。"在疫情面前，看着大家团结一心、通力协作、顽强拼搏，我也深受鼓舞，相信我们一定能够打赢这场疫情防控阻击战！"

"田哥，药和饭放你办公桌上了，先喝药再吃饭；壶里的水接好了，回来直接烧开。""田哥，注意安全，也注意休息！""兄弟，我那儿有瓶五粮液，等疫情过去咱们喝了它！""坚决冲上去，不掉链子，爸妈为你自豪，给你点赞！"……每当工作暂时告一段落时，田力掏出手机，总能看到这一条条来自领导、同事、家人、朋友们的暖心留言，一句句关切的话语汇成一股暖流，让他感觉又充满了力量。

"身为一名退伍军人，我参加过抗洪抢险、地震救援、森林救火、抗击'非典'等众多战斗，身为军人就该上战场，疫情防控，我绝不能缺席！"田力说，这是他内心一直都有的信念。

什么是党员？什么是军人？什么是基层干部？疫情面前，像田力一样奋战在疫情防控一线的人还有很多很多，他们的身影凝聚成一幅幅动人画面，也给了这些问题最好的答案。

资料来源：陕西省退役军人事务厅

赞！这群可爱的退役军人，
用这样的方式支持抗疫

深圳

自疫情发生以来，深圳市坪山区退役军人在社区和卡口、在一线和后方，筑起了疫情防控的红色堡垒。

坪山街道六联社区有这样一个退役军人党员的"组合群"：社区党委委

员、退役军人黄天养，社区工作者、退役军人彭勇辉，有着 20 年党龄的退役军人黄碧峰，有着 11 年党龄的退役军人胡泽森，还有镇守防疫关口的退役军人党员"双剑客"陈雅文、方仕坚，温情呵护业主的退役军人党员"兄弟连"黄正午、罗创金，他们排查登记、信息核实、体温测量、情绪疏导，跑遍了社区的每个角落，在疫情面前"严防死守"。

坪山区碧岭街道退役军人刁建文等战"疫"一线的"粮草兵"，用一份份饭菜、一句句暖言传递自己的力量和温暖，风雨无阻、精准无误，

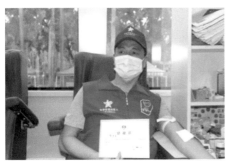

龙华区退役军人事务局副局长贺平光
参与献血活动

民治、龙华、大浪街道红星志愿服务
队授旗仪式

民治街道领导向胜代表民治街道接收
深圳市血液中心颁发的感谢状

龙华区退役军人事务局副局长贺平光
（右一）、龙华区红星志愿服务队队长刘
建军

做好每日 190 份饭菜装箱派送，确保不漏一人、不凉一份。"吃饱、吃好，才有信心和能力战胜疫情！"退役军人刁建文这样嘱咐卡点战"疫"人员，保证卡点、岗亭等一线人员保持充沛的体力和旺盛的战斗力。

3 月 7 日上午，龙华区退役军人事务局在民治公园广场举行第二场龙华区退役军人红星志愿服务队授旗暨龙华区退役军人"百站千兵"志愿服务活动启动仪式。

随后，由民治街道退役军人服务站发起的"无偿献血，战'疫'先锋我先行"系列活动如期举行。

民治街道"无偿献血"活动留影

据统计，3月7日共有近50名退役军人志愿者参与无偿献血，还有20余名市民在退役军人热血援战的感召下，也加入到无偿献血的队伍中。两次献血共有130多人参与，累计献血量超过43000毫升，献血者年龄介于22—58岁之间。

珠海

金湾区退役军人事务局成立企业复工复产疫情防控督导组，从2月11日起，对区内29家企业进行督导。

在了解到部分企业因防疫物资缺乏而无法顺利复工后，金湾区退役军人事务局积极协调金湾区关爱退役军人协会，联系医药公司等相关企业，加大口罩、消毒用品等采购力度，共为21家企业解决口罩20800个，先后向46家协会会员单位发放140公斤消毒液原液，经1∶100稀释后可消杀面积达840万平方米。

区退役军人事务局工作人员指导企业复工复产

结合落实精

准扶贫工作任务，积极对接怒江州贡山县相关部门，成功为天达科技输送该县贫困户务工者，有效解决给公司招工难问题，第一批 21 人已于 2 月 28 日抵珠。积极组织区、镇、村（居）三级退役军人服务中心（站），实时收集掌握辖区企业复工时间和用工信息，及时推送至辖区退役军人，推动广大退役军人参与到复工复产大潮当中。

21 名贡山务工人员于 2 月 28 日到达天达公司

贡山务工人员经培训已经上手开始工作

随着疫情防控工作进入关键期，香洲区南屏镇广昌社区及周边社区的近 50 名退役军人积极响应社区党委号召，主动担当无私奉献，在疫情防控的不同岗位上冲锋在前、守卫家园，在岗点值守、宣传防疫、排查流动人员工作中，到处都能看到退役军人的身影。

广昌社区地处城乡接合部，地域广阔，外来人口多，流动性大，给社区防疫工作带来极大压力。在实行封闭管理的过程中，各个检疫岗点需要大量人手值班，社区退役军人冼铭斌、冼铭健、郑健辉等闻讯后，主动申请到岗点值守，严格落实为出入人员进行体温测量、信息登记工作，同时加强核查来自疫情严重地区的外来人员，筑牢防疫第一"战线"。

退役军人在检疫岗点值守

退役军人到出租屋走访居民并登记相关信息

　　为让疫情防控宣传家喻户晓、做好居家隔离人员回访和服务，社区的退役军人每天协助社区工作人员开展各项工作：为独居困难老人上门发放防疫告知书，上门走访居民，讲解防疫政策和有关措施，呼吁居民配合政府工作，尽量不外出不聚会，注意保持个人和家庭卫生等，为居家隔离人员购买生活用品。

汕头

　　参加贵屿镇防疫工作的蔡开团、翁槟是两位退役军人，他俩刚转业就立即投入防疫工作，被称为"USB型"退役军人。

　　蔡开团、翁槟主要负责向各村（社区）发放消毒液，对各村工业企业复工情况进行调查，同时给从贵屿镇返回湖北过年的人员一一打电话，细心、耐心地跟他们做解释工作。随后，他们主动请缨，到浮草桥防疫卡点，对所有从陈店进入贵屿人员和车辆逐一排查和测量体温。面对一些防疫意识淡薄不愿意戴口罩的群众，他们就对其耐心劝说。遇到下雨天气，他们就穿着雨衣，顶着阴雨，一直坚守岗位，一站就是几个小时。

佛山

为抗击新冠肺炎疫情、应对临床抢救用血不足的情况，佛山市南海区狮山镇官窑的 10 位退役军人积极行动，自发参与到无偿献血中，以别样的方式再上"战场"。

参加献血的退役军人在医护人员的指引下，严格按照献血程序，有条不紊地填表、测血压、化验、采血，整个献血现场井然有序。在参加无偿献血的 10 位退役军人中，经检查，有 8 位符合献血条件，每人献血 400 毫升，8 人共献血 3200 毫升。

据不完全统计，疫情发生后，南海区狮山镇官窑管理处已有 243 名退役军人参与疫情防控。南海区全区有近 8000 多名退役军人，以各种方式参与到疫情阻击战。

中山

受新冠肺炎疫情影响，中山市无偿献血人数骤减，血液库存不足，无法满足临床用血需求。3 月 9 日上午，中山坦洲镇退役军人服务中心组织的一场"聚力抗疫、为爱逆行"义务献血活动在该镇杰士美广场举行。

上午 10 时许，30 余名退役军人早早来到了坦洲镇杰士美广场，并整齐列队，等待献血。献血车到来后，工作人员向退役军人们发放了献血资料和宣传单，并向他们讲解献血常识。退役军人们认真填写表格，配合医护人员

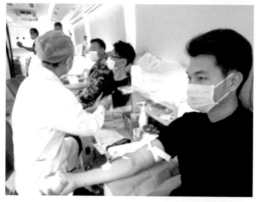

测量血压、化验血液。通过验血检查，最终有 25 人符合献血要求。经过两个多小时的采血，25 名退役军人累计献血 10000 毫升。

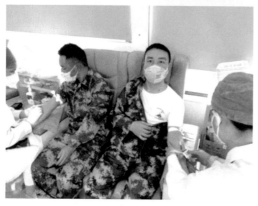

　　参与献血的退役军人们纷纷表示，在抗击疫情的过程中，无数现役和退役军人，他们以不同的身份，和医务工作者、公安干警及广大人民群众一起冲锋在防疫防控最前线。也有一部分退役军人因为各种各样的原因，无法前往战"疫"一线，他们希望通过无偿献血这一关爱他人、回报社会的爱心举动，为处于病痛中的人传递一份温暖和希望。

　　"在这个特殊时期献出自己的热血，是作为退役军人特别是党员义不容辞的责任。"在中山市公安边防支队服役了 16 年的退役军人梁华表示。

江门

近日，恩平市退役军人事务局两位副局长吴国义、陈育文带队到退役军人创办的恩平市永联康精密铸造锆业有限公司、恩平市广东大广农牧集团有限公司实地调研疫情防控、复工复产、就业创业情况。

调研中，该市退役军人事务局向企业宣传新型冠状病毒防控

恩平市退役军人事务局到永联康公司调研

指引，要坚持以人为本，做好重点人群检测、体温监测、减少聚集性活动、开展环境卫生整治等，坚决打赢疫情防控阻击战。深入了解疫情对企业生产、复工的影响，向企业负责人宣传《广东省人民政府关于印发应对新型冠状病毒感染肺炎疫情支持企业复工复产若干政策措施的通知》《关于应对新型冠状病毒肺炎疫情企业复工复产的若干措施》等政策、措施，指导企业在有效防控疫情的情况下有序复工复产。

同时，认真听取企业负责人、退役军人员工代表对该市落实退役军人就业创业政策的意见建议，了解退役军人就业培训需求，下一步，该市退役军人事务局将根据退役军人的意见和建议，为退役军人提供更加优质、全面的服务，拓宽就业渠道，加大创业扶持力度。

茂名

"开饭喽、开饭喽……"在荷花镇茶山岭与信宜市边界联合检疫检查站，每天到早、午、晚的饭点，就有一个胸口别着党员徽章的人，双手抬着一个白色的泡沫箱昂首挺胸走来，泡沫箱内装着一份份热乎的饭菜。从设立

防控站始至 2 月 24 日撤点共 28 天，这位荷花镇党员志愿者，每天从早上 6 时出发，晚上 8 时返回，风雨无阻，开车翻越山路，每天行程 120 公里，义务给该镇 9 个检疫检查站的工作人员送快餐。28 天共约行走了 3300 公里，将 1600 多份热乎乎的饭菜，送到检疫检查站一线"战士"手中，在附近传为美谈。

这个荷花镇志愿者就是邓伯贤。他是退役军人，现已是一名有着 33 年党龄的共产党员。退役后，他本可以有很多选择，但却选择回到了家乡工作，现为荷花镇自来水厂厂长。无论是在部队时还是参加工作后，他踏实工作，任劳任怨，多次获得"高州市先进共产党员""先进职工"等荣誉称号。

茂名高州市荷花镇由于地处"两广四市六镇"交界，地理位置十分特殊，"两广"群众来往频繁，肩负着疫情防控重任，为此辖区内省际边界的联合检疫检查站增设到 9 个。邓伯贤了解情况后，主动向镇领导提出每天给检疫检查站的同志送快餐。他除了到检疫检查站去参与值守，进村入户去宣传之外，义务负责 9 个检查站一日三餐和物资的运送工作。就这样，一人一车，风雨无阻、从早到晚，行驶在荷花与广西一带边界蜿蜒崎岖的山路上，每天送餐路程 120 公里甚至更多。

为了保证站点的同志每天都吃上热饭热菜，邓伯贤专门将盛饭的保暖箱加厚，外套二层塑料袋；为了不让饭盒的汤水外溢，他一一细心检查每盒汤水是否合得密闭，开车时尽量匀速慢行；为了车辆安全准时到达，他专门掏钱更新了两个旧轮胎……

每当人手紧缺，检疫检查站缺少生活物资时，邓伯贤就在送餐时"顺路"把检查站需要的纸巾、饮用水等物资也顺便运上去，不用他们辛苦跑一趟。

邓伯贤是荷花镇自来水厂的厂长。在每日按时送餐后，他回到水厂，对供水池进行巡查，不厌其烦地检测每一级泵房，细听机泵的声音，看电流电压表的数值，查看出水情况，检测变压器运行情况和维护，加大对辖区内供水管网巡察，发现漏点及时抢修，并对老旧的供水闸阀和消防铨进行维护更换，及时解决群众反映的用水难题，全力以赴确保生活饮水稳定安全。在疫情防控紧要关头，他严格按照镇防控办的要求，严禁非当班人员及外来人员、车辆入内，同时对水厂和办公区域进行消毒作业。据了解，自来水厂日供应 3000 吨，覆盖圩街及周边的木一、木二等村的群众用水，安全服务人口 15000 余人。

在这段特别的日子，每天晚上约 8 时，邓伯贤才匆匆忙忙地赶回家照顾生病卧床的妻子。他的妻子在去年不小心跌伤了腰，此前已在医院卧床一个多月。他细心地帮妻子擦身体，洗衣做饭、家里面的农活全部扛在他一个人身上……

对群众的交口赞扬，邓伯贤说，他是一个平凡的人，做的也是一些平凡小事，人人都可做到，不值一提。

肇庆

当年，她接过烈士兄长的钢枪，奔赴前线，保家卫国，接受血与火的洗礼；今日，她的儿子听从号召，投身新冠肺炎疫情防控工作中来。

不管时代怎么变化，肇庆市高要区蚬岗镇蚬二村烈军属林瑞兰一家舍小家顾大家的家国情怀始终不变。疫情发生后，这个光荣之家的成员义无反顾，参与疫情防控阻击战。

林瑞兰原籍肇庆四会，1979 年，她的兄长林文华在对越自卫反击战中壮烈牺牲。她带着报效祖国的满腔热情，毅然接过烈士的钢枪，奔赴战场，在前线救护所参加了实战救护工作。

转业后，林瑞兰与高要区蚬岗镇蚬二村复退军人李佐明组建起军人之家。两人的从戎事迹，深深影响着他们的下一代。

林瑞兰的大儿子李俊彪，2009 年大学毕业后，在父母的支持和鼓励下，回乡报名应征入伍，光荣地成为中国人民解放军驻港部队的一员。

李俊彪冒雨执守

慕容毅欣（左二）参与防控工作，1 个多月没回家

李俊贤（列队右五）在广佛肇高速端州出口检查站执勤

现时，李俊彪是高要区司法局的一名党员干部。新冠肺炎疫情防控阻击战打响后，他主动请缨，奔赴疫情防控第一线参加防控工作。

防疫期间，李俊彪在金利镇一处车流量最大的执勤岗驻守。他发扬革命军人不怕苦不怕累，勇于担当的作风，日夜坚守岗位，不惧寒风冷雨。每天凌晨 12 时交班，再驱车 1 个多小时回到住处，躺下休息之时往往已是凌晨 2 时许。

李俊彪的妻子慕容毅欣是怀集县怀城镇人民政府的一名干部。春节假期，她响应组织的召唤，把两岁多的儿子托付给家中长辈，匆匆与家人告别后，奔赴怀集参与防控工作，1 个多月没回家。

林瑞兰的小儿子李俊贤大学毕业后通过招录成为端州区公安局巡警大队的一名干警，大年初一接到紧急通知后，立即结束春节休假，在广佛肇高速端州出口检查站执勤，风雨不改战"疫"一个多月。

疫情防控阻击战打响后，这个军人之家，一家几口分别在四个不同的地方，怀着同一个目的，共同战"疫"。

资料来源：广东省退役军人事务厅

疫情当前，这个市有 9381 名退役军人"站岗"

"娘家人"振臂一呼

2020 年 1 月 27 日，黑龙江省黑河市退役军人事务局通过市政府网、东北网、中国北安网和今日头条、市直机关工委、黑河封面、今日黑河、各县（市、区）退役军人事务局微信公众号等多家政务新媒体，向全市退役军人发出《积极应对新型冠状病毒肺炎疫情倡议书》，号召退役军人积极发挥弘扬正能量，积极参与所在单位、所在城乡社区防控工作，积极投身到抗击新冠肺炎疫情战斗中，为社会、为家乡贡献力量！

振臂一呼得以"万"应

截至 2 月 19 日，黑河市 9381 名退役军人冲锋疫情一线，按照黑河市政府 2018 年发布的人口普查数据计算，相当于在每 200 个人中，就有一位退役军人站出来。他们中，有村党支部书记、村"两委"成员、农村党员、城市社区干部、社区党员、党政机关企事业单位工作人员，满天星聚成一团火辐照疫情前线，指挥防控、广泛宣传、发放物品、值守卡口、走村入户、深入排查，为城乡居民健康保驾护航，为战胜疫情倾情奉献，共谱感人的疫情防控赞歌！

黑河市自主择业军转干部组成志愿者服务队参加网格化疫情防控值守，

平均年龄 55 岁，不畏严寒，毅然矗立在社区防护第一线，宣传防控知识，为居民竖起第一道保护屏障。2 月 18 日，嫩江市退役军人事务局向全市退役军人发出《疫情防控期间志愿者招募令》的当天，就有 126 名退役军人报名，第一梯队选出了 45 名志愿者，在指挥部统一调配下，投身抗"疫"一线志愿服务，每 3 人一组，为 15 个社区、120 个小区的居家隔离人员、行动不便的低保户、特困户、孤寡老人、重点优抚对象等提供采买生活必需品和药品运送服务，解决百姓"菜篮子"问题。

476 名"娘家人"与退役军人共同捐款 85114 元

守望相助共克时艰，关键时刻更见真情。全市退役军人系统干部职工、自主择业军转干部、军队离退休干部、退役士兵、无军籍职工、优抚对象等群体心系疫情，胸怀大爱，积极捐赠，慷慨解囊，万众一心，助力战胜疫情。截至发稿，476 人为抗击疫情捐款 85114 元（个人捐款 1 万元的 2 人），捐赠口罩、酒精、纯净水、方便面、水果等物资 58 件。2 月 10 日，嫩江市退休多年、平日勤俭持家、生活简朴的退伍老兵怀长顺，在老伴陪同下，捐款 1 万元。他说："作为一名共产党员、一名退伍老兵，我们见证了国家的建设发展；国家有难，我们不能不管，要尽一份能力，帮助国家共渡难关。"2 月 11 日，北安市退役军人尚玉山捐款 1 万元。他说："我知道这些钱放在现在不算多，但这是我的一点心意，希望能对现在疫情防控有些作用。"2 月 12 日，孙吴县退役军人事务局发出抗击疫情募捐倡议后，就收到 63 人捐款 16350 元。居住在哈尔滨市的马丽为自己不能参加抗击疫情战斗深表遗憾，在防疫物资紧缺情况下，主动寄来防护口罩和洗手液，表达自己为家乡抗击疫情的一份心意。

典型之光烛照全"线"

黑河市首届最美退役军人——武庙屯社区退役军人党支部书记葛沿江

第一时间成立30人退役军人党员突击队，疫情突发初期，利用叫车平台为居民提供援助，为过往行人发放口罩、酒精，为过往行驶车辆消毒，为环卫工人送棉衣；疫情防控关键时期，深入社区悬挂条幅，入户为居民发放防护物资，为返回人员提供生活品，开展居民小区卡点值守，解决社区工作人员紧缺问题，为居民提供有效便利。黑河市交警支队纪检督查室主任徐振海在锦河农场路段卡点执勤，连续加班加点，对过往车辆人员逐一排查，累计排查车辆1500余台，人员2800余人，避免了疑似人员进入市区，筑起了疫情防控第一道防线。

为降低因人口流动带来疫情传播风险，市疫情防控指挥部决定对城区车辆实施临时交通管制。黑河市区出租车司机赵明伟奋不顾身请缨出战，24小时随时待命，不计报酬，不顾个人安危，穿梭于大街小巷，按照黑河交通12328统一调配，2月8日以来，接送市区孕妇等急重症患者90人次，为居民提供了安全、高效出行保障服务，满足了百姓突发疾病出行不便、急需就医的实际需要。他说："我是一名党员，也是一名老兵，受党培养多年，作为黑河出租车爱心车队队长，国家有难我必须冲在前面，这也是一名中国老百姓的初心和使命，保卫我们美丽的黑河，奉献自己微薄的力量，我相信一定能打赢这场疫情防控战。"

资料来源：黑龙江省退役军人事务厅

吉安县 19 个镇成立退役军人志愿服务队，600 余名退役军人抗"疫"

战争年代，军人们为国家抛头颅、洒热血，用生死诠释着他们的忠贞；和平时期，他们为社会建家园、用践行躬亲着他们的价值。

征战沙场血犹热

41 年前的今天，他们肩负着祖国的重托，牢记亲人的期盼，为了国家的安危和人民的财产义无反顾一往无前走向硝烟弥漫、炮火连天的战场，用勇敢和忠诚释怀了人生的豪迈与壮丽。岁月如歌，光阴似箭，41 年弹指一挥间，当年英俊青年，虽然已是苍颜皓首、两鬓斑白，可他们壮心不已，义薄云天。庚子年首，新冠肺炎疫情来势汹汹，这场没有硝烟的战争，依然牵动着这群参战老兵的心，他们积极参与抗击疫情，慷慨解囊，踊跃捐款，奉献爱心。

防控疫情献真情

3月6日，2名参战老兵代表在江西省吉安县退役军人事务局，将参战老兵自发捐赠的3700元善款交到县退役军人事务局财务人员手中，表达对打赢疫情防控阻击战的支持。

在抗击新冠肺炎疫情这场战"疫"中，这些参战老兵虽然不能冲锋在前，但他们用不同的方式做着自己的贡献。"平时都是党和政府关心我们，现在疫情来了，作为参战老兵也要贡献自己的力量，虽然不能上战场，但是也要用这种方式支持前线，我们相信这场没有硝烟的战争肯定能赢。"捐赠老兵代表袒露道。

截至发稿前，吉安县19个镇都成立了退役军人志愿服务队，600余名退役军人自发参与到村组和社区组织的疫情防控工作中去，以实际行动诠释着"离军不离党、有战召必回"的军人本色。

资料来源：江西省退役军人事务厅

一声到，一生到

——看新疆退役军人的"疫"无反顾

穿上军装，你就选择了责任；脱下军装，责任就选择了你

在天山南北，面对来势汹汹的新冠肺炎疫情，除了医护人员、军人、警察和基层工作者冲锋在前，还有一个特殊的群体，在防疫前线战场"疫"无反顾，他们就是新疆退役军人。

天山脚下，退役军人把"疫情不退，我也不退"这个口号喊得当当作响。

在乌鲁木齐，沙依巴克区退役军人事务局积极动员广大退役军人，以力所能及的方式参与疫情防控战斗，截至发稿前，共有315名退役军人向区红十字会捐赠51366元。

在昌吉，新疆军区某部干部施瑞，向武汉医护人员和战"疫"女性捐款5100元，并把6300元高原补贴全部捐赠给家乡的医护人员。昌吉市退役军人志愿服务队队长、自主择业干部潘多胜，号召60余名志愿者，奔赴20个社区开展抗击疫情、为民服务工作。

　　从伊犁河谷到阿尔泰山山脉深处，再到赛里木湖畔，退役军人抗击疫情的动人故事一直在上演

　　在伊犁，六旬退役军人冯昌贵，第一时间发出为疫区捐款倡议，得到战友的积极响应，短短1天就募捐到6000余元。霍尔果斯德利国际物流公司总经理景海波，也是一名退伍军人，他捐款8万元，并从哈萨克斯斯坦采购27000个口罩和500件防护服，捐赠给霍尔果斯市防疫一线。

　　在阿勒泰，富蕴县退役21年的老兵王建新，主动请缨，自带车辆成为小区封闭式管理后的第一批志愿者，送病人去医院，送县城内经商的居民到店铺中充电买水，查看暖气都是他的日常。布尔津县退役军人冷·毛吾肯，自发与好友加那尔别克·昆巴斯一起为居民送蔬菜、

日用品，帮助倒垃圾，冲在这场防疫阻击战的最前线。

　　在博州，博乐市南湖社区辖内活跃着一支8名退役军人组成的疫情防控志愿服务小队，每天都要为866户2396人送上米面油、蔬菜、药品等生活必需品。温泉县自主择业军转干部陈学军缴纳抗疫特殊党费1000元；自主

择业军转干部杨良军发动企业助力打赢防控疫情阻击战，把 20 吨消毒石灰送博州驻地单位，受到了社会各界的广泛好评。

新疆东大门，退役军人一致认为"若有战，召必回"，既是他们的誓言，也是不变的军魂

在哈密，54 岁的哈密市"模范退役军人"赵文年，是该市老兵机动车驾驶员培训有限公司董事长，自费购买价值 12000 元的 100 多箱水果送到了防疫值勤点；他发挥驾校车辆多的优势，安排员工帮助居民采购新鲜果蔬，第一时间送到居民家中。家在外地的军队自主择业干部陈小刚，主动放弃与家人团聚的机会，参加铁地疫情防控联合协调组，对乘坐火车进哈的人员进行体温测量、身份登记、分类处置，是唯一的退役军人志愿者。

 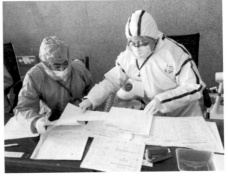

帕米尔高原上，退役军人用自己的行动践行着"离军不离党，退伍不褪色"的庄严承诺

在喀什，作为"留疆战士"的莎车县城中街道武装部副部长杨洋，临危受命迅速转变角色担任社区党支部副书记，有效地防止了 11 起疫情防控工作中的突发事件，为当地的疫情防控工作作出自己的贡献。麦盖提县 1382 名退役军人响应县委、县政府安排部署，在公安，交通运输等各条战线、各行各业的疫情防控一线，认真开展疫情防控工作。

　　祖国西极，集体退出现役的新时期移民管理警察，继续用忠诚谱写着卫国戍边的新篇章

　　在克州乌恰县，吐尔尕特出入境边防检查站，第一时间建立防疫物资"全时段"绿色通关保障机制，吉尔吉斯斯坦籍货车载运的30余万件防疫物资均实现了通关"零延时"。克州边境管理支队木吉边境派出所民警，了解到辖区内学生存在"网课掉线"的问题，组织孩子们分批次学习，利用学习强国软件给孩子们上课，大家轮流为孩子们辅导。

　　使命来了，责任来了，那颗不灭的入伍初心就来了。疫情发生后，新疆退役军人用自己的方式抗击疫情。褪去的军装诉说着昨日的故事，而他们坚毅的目光却闪烁着不朽的军魂。

　　致敬，冲上"疫"线的新疆退役军人！抗疫路上，感谢有你！

资料来源：新疆维吾尔自治区退役军人事务厅

大爱无私　彰显担当

——湘军战"疫"系列报道

寒风虽料峭

冬日已渐远

没有硝烟的战场

弥漫着爱的芬芳

急难险阻的身旁

总有军人的担当

当前，正值新冠肺炎疫情防控的关键期，无数的医疗工作者、解放军武警指战员、基层防控人员，舍身忘我、夜以继日地奋战在一线，他们为抢救生命而争分夺秒，他们为人民的安危与病毒抗争。前方打胜仗，后方有保障。我省广大退役军人以各种各样形式，一点一滴、涓涓细流，汇聚起波澜壮阔爱的海洋，驰援这没有硝烟的战场。

韶山退役老兵缴纳"特殊党费"不留名

"我来缴特殊党费，给银田镇疫情防控贡献一点力量，这是 10000 块钱。" 2 月 3 日上午，韶山银田镇银田寺社区 74 岁老党员退役军人黄老步履蹒跚地走进银田镇便民服务大厅。

"我 1965 年入伍，1970 年入党，复员后在棉织厂工作直到退休，现在

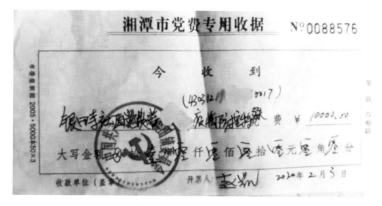

黄老"特殊党费"的收据

的生活，都是党给予的。国家目前有困难，我作为一名党员退役老兵，必须尽到一点我的责任，钱虽不多，是我的心意，请组织收下。另外，请不要对我宣传报道。"黄老对工作人员说道。

据了解，黄老为人低调，患有脑萎缩等多种老年疾病，长年服药，妻子前年因严重腰椎间盘突出花去近15万元，缴纳的这1万元特殊党费，是近两年省吃俭用才积攒下来的。

像黄老这样不求名利，交纳"特殊党费"的退役军人还有很多。他们崇高党性的背后，是退役军人的责任与担当，也是共产党员的初心和使命。

耒阳退役军人曾筱彬海外采购"曲线"援助

2月1日，退役军人、衡阳耒阳市恒屹地产董事长曾筱彬向耒阳市政府捐赠医用口罩20000个、N95口罩3000个、医用防护服200套、医用手套2000副、消毒粉6000包，总价值30万元医疗应急物资，用来援助当地防控一线。

据悉，由于国内医疗应急物资

曾筱彬向耒阳市政府捐赠抗疫应急物资

紧缺，这批物资是曾筱彬和公司通过多方面途径，想方设法从国外采购，漂洋过海运回国内的，再连夜从长沙托运到耒阳。曾筱彬表示："我是一名受部队培养成长起来的老兵，虽然退役21年了，但军人的使命不曾忘记，积极响应市委市政府号召参加抗击疫情，也是保家卫国的一种方式，更是我义不容辞的责任。我将继续秉承'抗击疫情，万众一心'的理念，用更多的实际行动，为耒阳防疫工作贡献出自己的一分力量。"

邵东最美"婚礼"甜蜜抗"疫"一线

许汉回、谢艳平夫妇俩在医院捐助喜宴物资

许汉回，湖南邵东人，中共党员，2011年入伍，服役8年后复员返乡。妻子谢艳平是邵东市简家陇镇堆头小学的一名教师。两人原定于2月4日举办结婚典礼，但因疫情发生，两人积极响应号召将婚礼延期。同时，许汉回提议，在2月4日这天，将原本为结婚喜宴准备的喜糖、水果等物资，捐赠给疫情防控一线的医护人员，此举得到了妻子谢艳平和双方父母的大力支持。2月4日上午，他们来到邵东市冬华医院门口，亲手把他们准备办结婚喜宴用的喜糖、水果、瓜子、花生等物资捐赠给了医院。他们的善举让医护人员们感动不已，纷纷给小两口送上自己最美好的祝福，并动容地说："都说吃喜糖沾喜气，我们吃了小许和小谢的喜糖，更有信心打赢这场硬仗！""作为一名党员退役军人，积极响应不聚集、不添乱号召，是义不容辞的责任。若有战、召必回，只要党和人民需要我，我随时准备上一线、打头阵！"许汉回的话语朴实而铿锵。"东西其实并不多，只能代表一点点心意。医护人员为了守护我们的安全非常辛苦，所以当我老公提出这个想法后，我们全家人都特别支持。"虽然隔着口罩，但我们依然能够看到这个美丽善良的女孩脸上洋溢的笑容，似冬日里的一抹暖阳。在这个疫情严峻的冬日里，虽然没有亲朋好友之间的觥筹交错，但在邵东市冬华医院全体医护人员诚挚的祝福中，许汉回和谢艳平举行了一个最美的"婚礼"。

宁乡志愿老兵、好人张德强忙走奔波助力一线抗"疫"

宁乡市楚沩之家志愿者协会在退役军人、会长张德强的统筹带领下，广泛筹集防疫物资并第一时间送至物资紧缺的医院和乡镇（街道）等单位。1 月 23 日，他与协会理事会成员商议，决定将库存的 5000 只医用口罩全部捐赠给宁乡市中医院等抗"疫"一线急需物资的单位。协会库存的应急物资捐赠完毕后，

张德强（右一）为宁乡 26 家小区物业赠送消毒液

张德强又自筹资金采购第一批 400 斤高浓度消毒液和 100 斤高浓度医用酒精，全部配送给白马桥街道六个社区。1 月 30 日，在他的带领下，协会秘书长任泉发动曾经就读的高中班级同学为回龙铺镇人民政府认捐 1 吨消毒液原液。2 月 3 日，他与协会理事会再度商议，决定用协会备用金再次采购 1.5 吨消毒液原液，免费捐赠给宁乡市城区急需消毒防疫的小区。2 月 4 日，他与协会志愿者兵分四路，为宁乡市 26 家小区物业每家免费赠送 100 斤消毒液。……疫情不退，他们不停。张德强和他的志愿者战友们，将会一直为助力打赢这场防疫阻击战贡献自己的力量。截至发稿前，宁乡市楚沩之家志愿者协会在张德强等带领下，已经组织志愿者共计 35 人次，服务时间共计140 小时，派送物资 6 批次，价值 67870 元。

株洲退役老兵熊卫军　爱心套餐送"疫"线

退役军人熊卫军，在株洲市荷塘区经营着一家小餐馆。这段时间，他

熊卫军（左一）带着爱心套餐送往一线防控点

每天担心的不是他餐馆的生意惨淡，而是担心奋战在抗"疫"一线的同志们能不能吃饱饭的问题。他多次打电话主动联系市、区退役军人事务局，希望能无偿为一线人员提供饭菜和水果，以自己的方式来支援抗"疫"。在荷塘区退役军人事务局多方沟通协调下，选定了离他餐馆最近的两个防控点，作为他保障的两个定点单位。2月1日中午，熊卫军在荷塘区退役军人事务局陈乐红局长的带领下，先后驱车来到沪昆高速株洲东收费站和211省道浏阳交汇处，带着精心烹饪、满满爱心的营养套餐和新鲜水果送到了抗击疫情一线防控人员手中。防控点工作人员、荷塘交警大队二中队辅警张晓帆端着手里的爱心套餐说："吃了他的饭，很暖心，很亲切！我自己也是一名退役军人，看到他这么不计报酬地支援我们一线，我感到对打赢这场'硬仗'更有信心，更有劲了！"熊卫军憨憨一笑说："我不能跟你们在一线并肩战斗，但可以保证你们24小时都能吃到一口热乎饭。只要疫情不退，我和我的饭，随叫随到！"

郴州宜章老兵李志鹏　抗"疫"一线的老好人

李志鹏，1996年入伍，1999年入党。现任宜章县天骄幼儿园董事长、宜章县玉溪镇好人分会会长、宜章县工商联副会长。新冠肺炎疫情袭来，李志鹏以军人的果敢和坚毅，责无旁贷，第一时间投身防控一线。他每天只睡四五个小时，奔跑在防控第一线。他第一时间捐款3万元慰问一线的医生和值班值守人员以及贫困隔离人员。他第一时间花了3万元制作了500条横幅宣传标语发放到各村社区网格。他积极配合县好人协会奔赴20个一线医院、15个值守路口、36个村委会（社区）送温暖，到57个居家隔离人员家进行心理疏导和物质慰问。他安排100名玉溪分会会员到社区网格配合政府

李志鹏（右三）带领好人协会向宜章县中医医院捐助爱心款

发放告知书和走访摸底 3000 多户居民。他安排玉溪分会、各好人工作站近500 名会员参加玉溪镇抗病毒大清扫活动。他还动员家人和身边人，支持支援抗击疫情工作。……据统计，疫情发生后，李志鹏家人和老师共上门走访1532 户 / 次，发放告知书 1738 份，摸排出武汉进入宜章或返回宜章人员 26人，为打赢疫情防控阻击战作出了积极贡献。

常德石门：一则倡议书引发的爱心"红包雨"

2 月 5 日下午，常德石门夹山镇马塔桥村村民、中共党员、退役军人贺云林在村里的党员微信群发出一则倡议书——"马塔桥村的各位党员及父老乡亲新年好！一场突如其来的疫情袭击了我们，我们村的党员同志应当积极响应，有钱出钱，有力出力，所有捐献物资将公开透明，上交政府用于疫情防控……下面，我带头捐赠……"有人将他的倡议书转发到村里的网格管理微信群，随后，一场范围更广的"爱心红包接力行动"在马塔桥村悄然展开。困境面前的善意显得更加温暖明亮。在这场"红包雨"中，捐款数额多则上千，少则几十，捐款人有党员，也有一般群众，有外来务工人员、学生，甚至还有建档立卡户和残疾人。截至 2 月 7 日晚，共有 225 户、接近全村一半的农户参与了捐款，在两天的时间里共筹集了 54000 余元。

贺云林在党员微信群内倡议爱心捐助得到拥护

长沙退役军人刘雅浪"技"援长沙"小汤山"

1月30日，长沙市按照"集中患者、集中专家、集中资源、集中救治"原则，修缮和重启长沙市公共卫生救治中心，及时收治长沙及周边新冠肺炎的确诊病人。该中心被誉为长沙的"小汤山"医院，救治中心已投入使用，但信息的及时有声传播手段还是十分欠缺。疫情就是命令，防控就是责任！退役军人、湖南康通电子股份有限公司刘雅浪董事长在得知这一情况后，当即决定为救治中心捐建应急广播系统。他自己任组长，牵头成立了项目小组，组织查勘现场、拟制方案、与院方确定应急广播建设事项。根据院方需求和现场实际情况，最终决定：采用公司最新研发的云广播系统，为救治中心提供最好的广播全覆盖保障服务。2月3日一大早，公司技术支持员工按照既定部署方案，携带连夜准备好的全套设备器材，奔赴长沙市公共卫生救治中心，争分夺秒地展开设备安装施工。经过两天的奋战，高质量完成了云广播系统的设备安装、系统调试和操作培训等工作，项目顺利交付并投入使用。

刘雅浪迅速组织公司技术骨干驰援长沙"小汤山"

一滴水可以折射出爱的光辉，千万滴水就能汇成爱的海洋。疫情不退，爱心不减，我省广大退役军人的爱心捐助还在持续。

在长沙市开福区，134名退役军人募集爱心款26850元，支援抗击疫情。株洲市退役军人事务局采购2万只防护口罩，捐赠给驻地部队、抗"疫"一线退役军人、疫情重点社区、定点扶贫村等疫情防控一线。在衡阳市，136名退役军人在市退役军人事务局号召下纷纷解囊，共计捐款23150元用于支援武汉抗击疫情。

岳阳平江县退役军人事务局发动局机关党员干部与退役军人积极参与"抗击疫情，你我同行"爱心捐款活动，通过"大爱平江"基金会平台，捐

天心区 94 名退役军人募集爱心款 16000 元支援抗击疫情

永州江永县六旬环卫退役老兵何春福捐款 4000 元支援抗击疫情

助爱心款 39668 元。岳阳楼区五级伤残退役军人危李，向当地防疫单位捐赠口罩 23000 个，被褥 26 套，爱心款 2000 元。

张家界永定区抗美援朝老兵姚官清捐款 1000 元支援湖北抗击疫情。娄底双峰县退役军人、灯塔米业有限公司董事长龚洪轩向县红十字会捐赠精制大米 10 吨，用于支持新冠肺炎疫情防控。益阳桃江县退役军人陈再潮号召自主择业军转干部党支部党员集体募捐爱心款 6000 余元，支持当地抗击疫情。

怀化洪江市退役军人事务局组织干部职工开展"众志成城　共抗疫情"爱心捐款活动，共募集爱心款 4300 元，用于支持当地抗击疫情。

湘西永顺县退役军人创业协会积极投身抗"疫"一线，5 名会员直接参与疫情防治，累计筹集捐款捐物近 4 万元，先后为 300 多名一线抗"疫"人员送上慰问物资。……有爱就有希望，有爱就充满力量。我们坚信，在党中央的坚强领导下，只要我们心往一处想、劲往一处使，形成一道阻挡病毒、抵御疫情的钢铁长城，就没有翻不过的山，没有跨不过的坎，就一定能打赢这场疫情防控的阻击战。

资料来源：湖南省退役军人事务厅；整理：杨宁

退役不褪色

——"连心桥"志愿服务队防疫战中争先锋

"目前疫情如此严峻，正是需要排忧解难的时候，我们怎么能袖手旁观呢？""值岗排班里一定得算我一个！"正当社区为联防联控工作经验不够、人手不足发愁之时，北京市石景山区八角街道退役军人"连心桥"志愿服务队响应号召，服务队队长刘兴、副队长陈志基来到社区代表全体服务队员主动请缨，带着对党的事业"有召必回，在所不辞"的忠诚信念，积极参加社区防疫工作，为打赢防疫阻击战贡献力量。

据悉，八角街道退役军人"连心桥"志愿服务队成立于 2020 年 1 月 15 日，由 40 人组成，志愿服务队以"自我服务、自我管理、自我教育、自我监督"为宗旨，在帮助退役军人维权、主题宣讲、接待来访、化解矛盾、服务社会等方面做好志愿服务。

而在抗"疫"期间，"连心桥"志愿服务队主动参与到八角北里、八角北路、杨中社区防疫工作中。他们奋战疫情一线，走访入户发放疫情宣传告知书、对网格化管理的楼栋逐户打电话询问有无鄂籍接触史、张贴疫情防控宣传专报、为出入人员测量体温、耐心为居民讲解防疫知识、"白加黑"执勤值守、按时消毒灭菌等工作……他们就像一道钢铁防线屹立在社区门口，绝不让新型冠状病毒肺炎侵蚀社区的任何一人。

不仅如此，他们有着丰富的人生阅历，更有参加 17 年前"非典"防治的亲身经历，他们以攻城拔寨的奋斗姿态，以永不懈怠的拼搏状态，向着病毒出发、迎着疫情而上，以中国军人的豪迈气概，把自己的担当奉献融汇到阻击疫情、保卫家园的战"疫"中。

"我们的队伍会不断壮大，以后各社区都要安排十人以上的小分队，凝聚退役军人的力量，把这次抗击疫情作为服务队战斗堡垒的迎考，退役不褪色、退伍不退志，用实际行动彰显了退役军人永葆本色，听党指挥，勇于奉献的时代风貌，履行若有战、召必回、战必胜的铮铮誓言。"服务队刘队长说道。

有这样一群人，褪去戎装，坚守初心；有这样一群人，奋战一线，勇担使命，他们就是八角街道退役军人"连心桥"志愿服务队。这群最可爱的人用实际行动，成为"退役不褪色"的最佳注解，让这场没有硝烟的战斗燃起温暖，充满力量，看到希望。

资料来源：北京市石景山区退役军人服务中心；采访联系人：李东

疫情面前不退役

——长沙退役军人抗击疫情掠影

"脱下军装，我还想上一次战场。""作为一名退役军人，为了广大居民的健康和人身安全，我有责任有义务要这样去做……"

新冠肺炎疫情发生以来，在湖南省长沙市总能见到一群人的身影冲在前方，他们上街面、入社区，完成各项疫情防控任务；他们以各种形式，一点一滴、涓涓细流，汇聚起波澜壮阔的爱的海洋，驰援在没有硝烟的抗"疫"战场。

"我是一名老兵，接受的教育就是冲锋在前"

"我多年得到医院照顾，享受了美好人生，现已无所顾虑，愿意付出一切！"新冠肺炎疫情暴发后，宁乡市中医院70岁的退休医生吴冰，立即向医院领导请战。

吴冰21岁参军，从军20年后转业到宁乡市中医院。看到汹涌而来的疫情消息，这位老医生坐不住了，连续3次向医院申请，请求驰援武汉。

但吴冰的年龄实在太大，医院无法同意她的请求，这下可把她急坏了。她带着按下手印的请战书直接敲开了医院领导的房门："我是一名老兵，接受的教育就是冲锋在前。别看我人老了，心还热着呢，上战场不可怕……"

医院领导深受感动，但仍然无法同意吴冰的请求。经过反复沟通，吴冰只好接受医院的安排，留在本院担任诊疗志愿者。

在疫情抗击一线，像吴冰这样主动请求冲锋在前的老兵不计其数。

"当年我们的同年兵都上过战场，就是没要我上，这次总该安排我了吧？脱下军装，我还想上一次战场！"面对疫情，天心区黑石铺街道创谷社区 57 岁的退役军人范国盛找到了社区，1981 年入伍、当了 5 年兵的他，抱着当年未能参战的遗憾，主动申请上战"疫"前线。获批后，他在疫情防控检测点值守，核查外来人员；走家串户，走访排查，宣传防疫知识和政策；走上街头，发放宣传知识手册……他用自己的实际行动，体验了一次真正上战场的滋味。

"不管穿不穿军装，为人民服务的心永远火热"

疫情发生以来，长沙市众多退役军人主动请缨，源源不断地加入到抗击疫情的志愿者队伍中。他们英勇无畏，做到了退伍不褪色，抗"疫"显本色。

岳麓区梅溪湖街道骑龙社区居民李开是一名退役军人，疫情一开始，他就主动申请加入志愿者队伍，始终坚守在疫情防控一线，深入小区楼栋张贴、发放防疫知识宣传单，做好疫区返长人员及车辆的摸排登记，上门入户调查外来人员，帮隔离人员量体温，用小喇叭向居民广播宣传疫情知识。

小区居民问李开："你过年都不休息，累不累啊？""每天面对疫区回来的人，你不害怕被感染吗？"……李开笑着说："跟在武汉疫区工作的医护人员比，这点事算不了什么。作为一名退役军人，为了广大居民的健康和人身安全，我有责任有义务这样做！"

目前，随着返工复工潮的到来，战"疫"形势严峻，规范管理开放式小区难度很大。开福区花城社区红商小区原有 27 个出口，一夜之间缩减到 5 个。今年 56 岁的退役军人刘国辉利用自己会开水车的技能优势，勇当志愿者，深夜加班加点为小区所有的隔离护栏注水加固。他说："不管穿不穿军装，为人民服务的心永远火热。"据统计，该小区防"疫"期间共有 158 位退役军人伸出援手，主动助战。

"尽自己的能力做点有意义的事"

"无公害蔬菜免费领取，病毒无情人有情，抗疫战疫大家共同努力。"2020年2月12日，退役军人王紫豪开着面包车，满载着刚从菜地里摘的蔬菜，从长沙高桥镇送到长沙县星沙城区，供市民免费领取。为让大家知晓，他特意做了一块牌子放旁边，提醒市民可免费领取蔬菜。

今年25岁的王紫豪去年9月退伍回到老家高桥镇维汉村，和家人准备在星沙城区开一家快餐店，前期他们便在老家种了几亩小菜。"现在家里小菜长得好，也比较多，但是目前店还不能开业，便有了免费送菜的想法。"王紫豪告诉记者，现在他能做的就是尽能力给需要的人们送点蔬菜。从2月8日开始，他和父母一起将蔬菜摘好并包装好，每天备有300袋左右，再驱车一小时从高桥镇送到星沙城区供市民领取。"不能跟战友们一起战斗是我的遗憾，只能尽自己的能力做点有意义的事。"王紫豪说。

在长沙，还有很多像王紫豪一样的退役军人，疫情来临，他们用自己的实际行动，践行着军人的初心和本色。

1月30日，长沙市按照"集中患者、集中专家、集中资源、集中救治"原则，修缮和重启长沙市公共卫生救治中心。救治中心几天后就投入使用，但信息的及时有声传播手段还十分欠缺。曾在国防科技大学服役的自主择业军人、湖南康通电子股份有限公司董事长刘雅浪得知这一情况后，当即决定为救治中心捐建应急广播系统。他自己任组长，牵头成立项目小组，组织查勘现场、拟订方案，经过两天的奋战，高质量完成了云广播系统的设备安装、系统调试和操作培训等工作，项目顺利交付并投入使用。

在疫情面前，长沙广大退役军人勇敢"逆行"，冲在一线，用大无畏的军人本色照亮了疫情笼罩下的这段灰暗时光。

资料来源：长沙市退役军人事务局；整理：周小雷

戎装虽解心未改 无烟战"疫"勇冲锋

——唐山市退役军人全力抗击疫情工作纪实

庚子年初，新型冠状病毒感染的肺炎疫情突袭神州大地，牵动着亿万中华儿女的心。此时此刻，唐山市有着这样一群队伍，始终奋战在抗击疫情的第一线，争做抗"疫"战场的急先锋，用实际行动诠释了"人民子弟兵"的英雄本色，他们拥有一个共同的名字——退役军人。

坚持政治站位，进入战时状态

疫情就是命令，防控就是责任。为全力做好新冠肺炎疫情防控工作，唐山市退役军人事务局迅速行动，深入贯彻习近平总书记关于抗击疫情的重要指示精神，全面落实省、市和省厅有关决策部署，把疫情防控工作作为增强"四个意识"、坚定"四个自信"、做到"两个维护"的现实检验，高效有序开展工作。

强化组织领导。成立了由局主要领导任组长、班子成员任副组长的新冠肺炎疫情防控工作领导小组，网格化指导调度全市14个县（市、区）退役军人事务部门的疫情防控工作，为疫情防控工作有力有序开展奠定了坚实的组织基础。

固化制度机制。制定完善应急预案，建立"零报告、日报告"疫情防控机制，党组班子成员每天按时调度，认真落实24小时值班、领导干部带班和双人多人在岗等制度，及时向市委市政府和省厅报告情况，为全市疫情防控工作贡献了部门力量。

优化服务保障。下发通知公告，公开设立政策释疑电话，采取非接触方式开展退役军人服务工作，确保退役军人政策保障不停、服务保障不乱、维权工作不断。同时，向全市广大退役军人发出倡议书和招募令，鼓励全市军创企业、退役军人投身疫情联防联控主战场。

战"疫"打响以来，全市退役军人事务系统落实疫情防控领导责任分工，深入一线督导检查、解决问题，坚定了抗"疫"必胜的信心决心，为全市退役军人事务系统和广大退役军人注入了强大力量。

冲锋是军人最帅气的姿态　一线是战士最坚守的阵地

战争年代，他们视死如归、保家卫国！

和平时期，他们练兵备战、捍守疆土！

灾难面前，他们挺身而出、冲锋在前！

在战"疫"集结号吹响后，唐山市退役军人系统及广大退役军人不畏数九严寒，积极参与到"党委政府＋社会组织＋人民群众"的立体防控"人民战争"中，全力抗击新冠肺炎疫情。

有召必应。古冶区退役军人事务局第一时间发出组建"疫情防控志愿服务队"招募令，广大退役军人踊跃报名，仅用两天时间便招募志愿者360名，年龄最大者已74岁；路北区机场路街道退役军人服务站向域内180名退役军人公益岗人员发出紧急召回书，当天就有148名退役军人到社区报到，全区1211名退役军人公益岗人员全部充实到抗击疫情第一线，他们从电话询问到入户排查，从出入监测到清洁消杀，轮流上岗24小时不间断。

无召请战。迁安市退役军人自发成立的"抗击新型冠状病毒肺炎义务宣传巡逻队"，广泛宣传疫情动态、防疫知识，打通了宣传动员"全民抗疫"的"最后一公里"；开平区623名退役军人主动加入"退役军人抗击疫情军魂志愿先锋队"，开平街道"老兵驿站"的退役军人更是自发集结，走上街头、深入巷尾，争当社区守门员、信息宣传员、秩序维护员；古冶区晟冶第一社区的韩利等9名退伍军人以社区为阵地，义务服务、值岗备勤。广大退役军人用自己的"苦"，克抗"疫"工作之"难"，保千家万户之"安"，赢得了广大人民群众的衷心点赞。

战霜斗雪抗"新冠"，出力献情送温暖。在这场战"疫"中，全市广大退役军人舍小家、顾大家，以"卸下戎装志不改，抗击疫病建新功"为己任，以"召之即来、来之能战、战之必胜"为目标，行大爱、扛重任、显担当，展现了新时代退役军人的昂然风采。正如唐山市路北区三益新村老党员刘纪唐赋诗《七律·赞退役军人公益岗志愿者》：

> 解去戎装徙故园，军魂未减毅如山；
> 心怀社稷忠诚献，身负民生血汗湍。
> 自律清廉严寸尺，内存使命洞危安；
> 但闻号角一声唤，再赴征程万缕烟。

让党旗高高飘扬，让党徽熠熠闪光

唐山市退役军人事务局全面落实市委《关于在防控工作中发挥党组织战斗堡垒作用和党员先锋模范作用的通知》要求，将疫情防控作为践行"不忘初心、牢记使命"的具体实践，广泛动员倡议全市退役军人党员发挥模范带头作用，冲锋在前、战斗在前，书写了"一个支部就是一个坚强堡垒，一个党员就是一面鲜艳的旗帜"的退役军人新篇。

机关党员奋发作为。路北区退役军人事务局党员干部主动报名组成"党员先锋队"，在市"两站一口"义务值岗，严守唐山重要门户。丰润区退役军人事务局开展党员承诺活动，号召广大党员干部发挥先锋模范带头作用，为打赢疫情防控战加油助力。

基层党员奋战一线。路北区果园乡退役军人服务站充分发挥基层战斗堡垒作用，动员各村退役军人党员带头抗"疫"、捐款捐物、支援前线。截至发稿前，共收到267名退役军人捐款27876元；滦南县庞清水村党支部书记、退役军人庞洪波，身患肾衰竭 4 年，在每周需要三次血液透析的情况下，捐献对讲机、红外测温仪等设备用于摸排和来人检测；滦州市包麻子峪村党支部书记陈立春，及时组织全村防控疫情，在大年初一早上就号召全村禁止串户拜年，有效起到了疫情防控作用；丰南区孟庄村党支部书记董国利时刻牢记党员、军人双重身份，率先捐赠现金 10000 元、消毒液 3 吨、防寒大衣 10 件，带头冲在抗击疫情第一线。

"两新"党员奋勇争先。党员王永岭，自解放军第二五五医院烧伤科主任岗位上自主择业后，组建了以退役军人为医疗骨干的唐山博仁医院。疫情暴发后，有较高职业素养的王永岭于 1 月 24 日便组织医院骨干人员（5 名原军队系统河北省医疗防疫救援队队员）递交请战书，主动要求一线抗击疫情，并于 1 月 30 日，以退役军人医疗志愿者服务队的名义发出《致全市退役战友的倡议书》，在全市广大退役军人中引发强烈反响，纷纷表示将立足本职、发挥特长，为阻击疫情贡献力量。

没有一个冬天不可逾越，没有一个春天不会到来。有这样一群可亲可爱可敬的退役军人党员，有一个个坚强的战斗堡垒，必将如冬日里的暖阳，终将驱散黑夜与阴霾。

苟利国家生死以，岂因祸福避趋之

习近平总书记盛赞唐山为"英雄的城市"，唐山人民为"英雄的人民"。全市广大退役军人"退伍不褪色、退役不退志、离军不离党"，在疫情面前，主动请战、慷慨解囊，以家国情怀续写着军人本色、英雄荣耀，有家有国有情怀。

一方有难，八方支援，唐山退役军人踊跃捐献。1 月 27 日，"全国模范退役军人""河北省最美退伍兵"河北瑞兆激光再制造技术股份有限公司党总支书记韩宏升率先捐款 200 万元，助力疫情联防联控工作；乐亭县退役军人刘瑞自掏腰包，采购捐赠总价值 150 万元的新鲜蔬菜支援抗疫前线。2 月 2 日，首批采购的 20 万斤爱心大白菜，顺利抵达湖北黄冈，后续还有近 80 万斤蔬菜分批抵达湖北；路北区关爱退役军人基金会副理事长高建忠、遵化市退役军人刘泽明，分别带头捐款 20 万元，鼓励带动退役军人竞相捐款捐物；滦州市 6 名参战老兵主动捐款 3000 元，形成了"心系武汉、千里驰援"的浓厚氛围。

有取有舍有抉择。不计得失，无惧生死，唐山市退役军人以实际行动践行着"若有战，召必回"的铮铮誓言。古冶区农林局 24 名公益岗退役军人自发捐款 6400 元，并递交了请战书，志愿冲锋到抗疫最前沿。高姗姗是其中唯一的女兵，家有年幼的孩子，疫情来临，她毅然选择请缨出战，彰显了"巾帼不让须眉"的豪情。滦州市 25 岁的退役军人党员张剑阳，农历大年初三儿子降生、初为人父，但在家人的支持和期许下，他响应号召、告别妻儿，重返抗"疫"火线。有情有义有担当。属地防控，物资先行，唐山退役军人不但有着深厚的家乡情怀，还肩负着一份对社会的责任与担当。"抗疫父子兵"陈清玉、陈金柱，无偿捐助消毒原液 3 吨，缓解了消杀工作燃眉之急；"奉献夫妻档"潘存业、杨智丽，一对军人伉俪，在防疫物资极其紧缺的情况下，发动自营企业上下游产业链客户端优势，连夜从外地紧急调运酒精 5 吨，助力本地抗疫物资供应；唐山市"最美退役军人"于海龙、刘宝忠、李向帅，"最美双拥人物"霍天军，71 岁高龄的吴树宝，诚信企业家杨福印，顾大局明大义，以军心做善举，累计捐款捐物近百万元，生动诠释了退役军人的"最美"、大爱和担当。

面对疫情，唐山市退役军人没有恐惧、没有退缩，而是万众一心、无私奉献，以军人特有的方式，为唐山加油，为武汉加油，为中国加油！

截至 2 月 10 日，在抗击新冠肺炎疫情这场没有硝烟的战斗中，唐山市退役军人事务系统下沉一线参与抗击疫情 1815 人；组建退役军人疫情防控志愿队、突击队等组织 246 支；每天坚持在一线参加战"疫"的退役军人 11858 人，其中党员 7606 人；来自全市军创企业、退役军人个人等捐款捐物合计 635 万元，其中直接捐款 362.57 万元。

前方后方同气连枝，全国上下众志成城。在这场人民战"疫"中，唐山退役军人在冲锋！

资料来源：河北省退役军人事务厅

昔日守疆功臣，今朝防疫先锋

他曾经身着军装，满腔热血、守卫家国；如今他脱下战袍，初心不改、铁血依旧。

在新冠肺炎疫情的严峻形势下，来自上海市南京东路市场监管所的军队转业干部、四级高级主办张智盛，奋力投身到各项疫情防控任务中，用"上前线、下一线"的实际行动，成为"退伍不褪色"的最佳注解。

他的战场从新疆到上海，不变的是对党的忠诚

张智盛曾6次参加多国部队反恐演习，3次投身防洪抗震抢险救灾，并7次荣获三等功。只要国家需要，他总是闻令而动、勇挑重担，铮铮铁骨诠释军人本色。自2014年从部队转业，张智盛多次变换岗位，无论是在执法大队还是在南东所，他都以钉钉子精神在新岗位上不断提升专业素养和履职能力。

这次，他的"战场"从新疆转移到了上海市黄浦区。在此次疫情蔓延伊始，张智盛就发扬"冲锋在前、责无旁贷"的部队精神，作为一线执法人员积极投身到各项疫情防控任务中。作为一名有着近30年党龄的老党员，张智盛向党组织递上"军令状"："不畏艰难、不计得失、不讲条件，疫情就是命令，我的脚下就是战场！"

他的装备从武器到口罩，不变的是责任担当

张智盛在排查中

由于疫情防控工作需要，张智盛所在的网格有两名干部正居家观察。组内执法力量锐减，张智盛主动承担起监管重任。从春节值班开始，他就奔赴在辖区重点超市商场、餐饮单位和零售药店，督促企业落实防疫工作，保障产品质量和价格稳定，坚决打击市场违法行为。

在落实"三个覆盖、三个一律"工作中，张智盛跑遍辖区 1375 户大小企业，并对已复工的 144 户企业逐一排查，对未开工的企业通过微信做好防控信息和相关要求的告知，同时绘制详细的检查情况汇总电子表格，为防止疫情蔓延提供了有力的动态数据支撑。每天的一只口罩是他的全部装备，而心中的责任和担当是他的强大武器。

从政委到"老娘舅"，不变的是为民情怀

从政委到"老娘舅"，不变的是为民情怀

由于疫情迅速发展，由此产生了大量相关的投诉举报。从年夜饭退订到旅行取消，从生活用品价格到防护商品质量，张智盛总是不厌其烦地跟商家和消费者做着解释工

作。处理疫情期间的"消费退单"时，有的商家并不是很配合，此时张智盛总会耐心地说服企业从大局和社会责任出发，为疫情防控作出应有贡献。

截至发稿前，张智盛已处理各类疫情关联投诉举报十余件，为群众挽回经济损失万余元。从雷厉风行的部队政委化身为帮助企业和消费者化解矛盾的"老娘舅"，面对同事们偶尔的调侃，他笑说："政委也是做思想工作，这两个身份没什么本质区别，为人民服务的宗旨是一致的。"

就像曾在军中承诺的那样——"召之即来，来之能战，战之必胜！"张智盛凭借着军旅生涯练就的优良作风成为南京东路市场监管所的"硬核"力量，鼓舞着干部们坚定信心、履职尽责，坚决打赢这场疫情防控阻击战。

资料来源：上海市退役军人事务局

用生命践行退役军人热血誓言

——记以身殉职的安徽省淮南市大通区城管局干部陈在华

    2月3日凌晨5时，因坚守防疫一线劳累过度，突发心梗入院治疗的安徽省淮南市大通区城管局大通街道中队副中队长陈在华同志，终因病情严重，抢救无效，不幸以身殉职，终年48岁。

    陈在华，1972年2月出生，1994年10月加入中国共产党。1992年12月在沈阳军区某炮兵旅服役，1995年12月退役，1996年至2003年在淮南市规划监察大队工作。2003年至今先后在淮南市大通区城管局大通区洛河镇中队、上窑镇中队、大通街道中队工作，现任大通街道中队副中队长。

    作为一名退伍多年的老兵，陈在华始终退伍不褪色，保持着军人的严谨作风，工作认真负责，任劳任怨，不计名利，深受大通区城管局干部职工的信任和尊敬，也得到了驻在乡镇、街道领导和广大群众的赞誉。

陈在华生前工作照片

    2020年春节，新冠肺炎疫情来势汹汹，淮南市启动重大公共突发卫生事件一级响应，全市城管系统积极响应，全局干部职工立即行动，全力投身到疫情防控第一线。

    陈在华第一时间返回工作岗位，投入紧张的疫情防控工作，巡查取缔辖区主次干道活禽交易市场，关停饮食摊群点，宣传疫情防控科学知识和政策等，连续奋战多个昼夜，每天工作时长都在 10 小时以上，充分发挥着党员干部的先锋模范带头作用。

1 月 31 日下午 4 时，正在带队巡查的陈在华感到身体不适，气促、胸闷。他抽空给爱人打了个电话，爱人劝他身体不适就不要坚持工作了，早点回家休息，但他深知疫情防控责任重大，防控工作不能有丝毫松懈，仍然坚守工作岗位，带领队员巡查值守至晚上 7 点，直至完成交接班后，才返回家。

陈在华的爱人是一名社区工作人员，近段时间同样坚守在疫情防控工作的第一线。1 月 31 日晚她值夜班至次日早晨 6 点，回到家中，看到正在起床的陈在华脸色不好，一再劝他停下工作，在家休息。但陈在华坚持表示，单位疫情防控工作任务重，队员们都坚持在防控一线，自己作为中队领导，还是一名党员，不能掉队。"我身体扛得住，坚持过这段时间，疫情结束后我再请假休息。"跟妻子短短几句交谈后，陈在华便离开家门，踏上上班路途。途中陈在华感觉身体出现严重不适，无法坚持到岗，便就近前往新康医院就诊。医生诊断其急性心肌梗死并立即安排住院治疗，但终因病情严重，抢救无效，于 2020 年 2 月 3 日凌晨 5 时不幸去世。

陈在华同志去世后，其爱人悲痛欲绝。在市城管局领导前往探望慰问时，她反复说道，如果他 4 点钟去医院治疗就不会这样了，言辞间充满自责、后悔。

疫情就是命令，防控就是责任。陈在华同志用生命践行入党誓言，用使命担当为百姓生命安全和身体健康保驾护航，用一名退役军人的家国情怀履行自己的热血誓言。

资料来源：安徽省退役军人事务厅；整理：戈广宇

用行动诠释军人本色　疫情面前勇担当

——记北京市退役军人周志平抗击新冠肺炎疫情先进事迹

　　周志平，2001 年北京市自主择业军转干部，曾在部队服役 28 年，转业后继续学习深造，获得金融学博士学位，先后被评为北京市军转干部劳动模范、全国军转干部劳动模范，曾受到习近平总书记亲切接见；作为全国模范代表受邀参加中国人民抗日战争胜利 70 周年大阅兵；受聘全国自主择业军转干部就业创业导师、清华大学继续教育学院导师。

　　春节前，随着新冠肺炎疫情在全国各地的迅速扩散，周志平面对疫情责无旁贷，坚守军人铁的纪律，忠实履行职责，主动担当奉献，始终奋战在抗击疫情、服务口罩生产一线。他冲在前、做在先，用实际行动践行着一名退役军人、共产党员的初心。

抗击疫情——时刻准备着

周志平的团队时刻准备着

　　2020 年 1 月底，新冠肺炎疫情一天天增长的确诊人数和武汉防疫前线的"战况"，牵动着全国人民的心。周志平时刻在关注着疫情的发展变化，时刻准备着"冲锋"。在他的号召下，他的公司从大年三十就在收集疫情相关资料、联系病毒库确认、讨论探针引物设计，全速进入新冠病毒检测试剂盒的研发工作，相关部门质控、生产体系"整装待发"，时刻做好"战前"准备。

公司上下紧绷着一根弦，周志平带领公司全体党员、积极分子和员工，坚决贯彻落实北京市重大突发公共卫生事件一级响应，与全国人民共同抗击突如其来、快速蔓延的新冠肺炎疫情。

军人承诺——时刻践行着

军人出身的周志平始终对部队、对军人有着难舍的情怀，因为他的到来，凝聚起许多与军人割舍不断的"情缘"。他的公司既有不少退役、退休的"老兵"，还有军人家属、军人子女，这支和军队、军人紧密联系的公司，可以说是兵种齐聚，陆、海、空、火箭军、战略支援和武警部队全都有。

当新冠肺炎疫情来临时，周志平带领团队一直奋战在抗击疫情的战线上。

大年初二，公司在召开研究加速研发检测试剂盒网上会议时，突然接到北京经济技术开发区电话，征询能否帮助外地一家生产口罩等防疫相关产品的企业腾出洁净生产空间场地，在京生产防疫一线急需物资。周志平迅速集结公司管理层作出决定，并在办公平台向全体人员发出通知："面对突如其来快速蔓延的疫情，坚决贯彻落实北京市重大突发公共卫生事件一级响应是我们每个人义不容辞的义务和责任。我公司决定为该企业火速提供生产用地及厂房，全力支持和协助其做好生产相关的各项工作。"

责任担当——时刻铭记着

大年初六的晚上，公司工作微信群里再次响起战"疫"号召："生产设备和原材料即将进场，接着连夜安装调试，24 小时必须要开始生产，我公司全力配合，要求 24 小时不停歇进行场地准备、设备安装和配合生产，每日至少保证两人值班，这是死命令！"

瞬间，群里炸开了锅。"明天后天我来值班！""我马上回京，我可以去公司！""我们部门无人离京，随时可以上岗！""我可以值班，大家一起努力！""我在老家，现在马上把家里安排一下，即刻回京。"……

那一夜，群里的消息仿佛没有停过，协调车辆进园，设备、原料、叉车、电缆、应急灯等每一个节点都有人支持；生产员工吃、喝、住、用、防护等每一个细节都有人保障；特殊时期，内外部人员进出登记、健康监测、消毒防护等每一个细节都有人想到。

头发花白的生产总监蹲在地上给老师傅打下手接电缆；头上打着绷带带伤上阵的女同志，铆足了劲儿把硕大的机器设备往前推……一时间，接线的接线，打扫的打扫，搬运的搬运，场景令人感动。48 小时，硬是将公司一层办公区搬离拆除，完成消毒、接电、改造、防护工作，提供了 1000 平方米的标准厂房。直到凌晨，当群里弹出一个视频——视频中，一副副雪白的医用口罩在生产线上测试生产成功时，大家无不为之感到欣慰和自豪，无不为之欢欣鼓舞。

"当了几十年的军人，虽然脱下了军装，但我身体里永远流淌着军人的血液！即便脱下军装，我还是要站在祖国需要我的地方！"在周志平心里，没有什么神奇无比的"制造狂魔"，只有争分夺秒的"生死速度"；不要毫无意义的震惊呼喊，只要决不放弃的咬牙坚持。

抗击疫情的战斗还在继续，这些退役军人和军人家属、军人子女、党员骨干们，还在夜以继日研制与疫情相关的检测试剂。周志平带领这些老军人、老党员把当初"若有战、召必回"的铮铮誓言转化为默默付出的实际行动。

资料来源：北京市退役军人事务局

战"疫"进行时　退役军人敢担当

—— 甘肃省华亭市战"疫"进行时

"卸下戎装志不改，抗击疫情建新功。"自新冠肺炎疫情发生以来，一个个爱心义举在甘肃省华亭市退役军人队伍中持续上演。他们退役不褪色，吹响"战疫集结号"，用实际行动践行承诺、展现担当，凝聚起了一股股众志成城、抗击疫情的强大力量。

根据疫情防控需要，华亭市2月7日筹组华亭市城区疫情防控巡逻队伍，市退役军人事务局需要招募30名退役军人，分三班昼夜巡逻，志愿者食宿自理，无偿服务。这条招募志愿者的信息通过微信和QQ群组发出后，全市广大退役军人纷纷请战，不到3个小时，志愿者队伍集结到位。

在疫情抗击一线，冲锋在前的老兵不计其数。

杨永迪作为一名退伍军人，义务参加老旧小区防疫消毒工作。转业安置到华亭市中医医院总务科的退役士官张飞飞，疫情发生以来，吃住在医院，白天黑夜连轴转，为一线医务人员做好后勤保障。在派出所、在巡警队，许许多多的退役军人，战斗在抗击疫情的第一线，24小时室外轮流值守、维护疫情防控卡点、医院秩序、摸排辖区人员信息……

"我是一名党员，还是退伍军人，越是在这样的关键时刻越不能退缩，这是我义不容辞的责任。"华亭市城市社区北大街社区退役军人、红色义工党支部书记李林学，在听说社区疫情防控工作人手不足时，主动与社区联系，志愿担任消毒员、宣传员角色，每天他都背着40多斤重的消毒设备，为辖区内所属楼栋进行每日两次的消杀工作并积极宣传相关防疫知识。

退役军人志愿服务队夜间巡逻

退役军人志愿者为无口罩老人戴上口罩

退役军人事务局干部张旭东参加疫情防控卡口执勤

华亭市退役军人事务局副局长刘燿晖、干部张旭东连日来坚守在疫情防控卡点，克服物资短缺、天气严寒等困难，登记人员信息、测体温，严防死守。

华亭市第一人民医院急救中心120救护车司机李贤军，退伍不褪色，积极请战，承担起了新冠肺炎疫情医学隔离对象接送工作。

在这场没有硝烟的战役中，处处都能看到退役军人们"逆行"的身影，感受到他们"保家卫国"的另一种方式。

2012年，自主就业的退役士官王永亮，经营着华亭市第一人民医院和中医医院住院部的餐饮。疫情发生后，累计捐赠方便面、矿泉水等物资7000多元支持疫情防控。由于医院餐厅的特殊性，一些员工担心感染冠状病毒而离职，为了疫情防控工作的饮食正常供应，王永亮动员家人和朋友来医院餐厅帮忙，保质保量低价供应饮食。在看到退役军人事务局招募志愿者的消息后，按捺不住一名战士的参战热情，主动报名，白天忙餐厅的经营，晚上参加街路巡逻工作。

这就是我们的退役军人！虽然已不在部队，但他们的身影仍活跃在防疫工作的各个"战场"，英勇地冲在抗击疫情的第一线。

资料来源：甘肃省退役军人事务厅

"兵支书"们奔走防疫第一线

自新冠肺炎疫情发生以来，一直工作在基层的贵州省安顺市普定县兵支书们始终坚守在各村村口，奔走在去农户家的路上，他们不畏惧、不恐慌；他们时刻牢记自己是一名共产党员、一名兵支书，在任何危难面前，都选择挺身而出，带头打赢这场疫情防控战。

杨守亮：带头开展多形式、全方位的防控工作

在白岩镇韭黄村，兵支书杨守亮带着一班人马早早地守在村口，戴着口罩、拿着电子体温计，逐一拦下过往行人和车辆，挨个对进村人员测量体温，对于体温异常的人员，禁止入村，等候复查。另外，他除了抽空走访村民家中开展摸底排查和宣传工作，还对沿街商铺逐一告知，避免漏掉一户。

杨守亮告诉记者，他作为韭黄村的一名兵支书，组织村支两委还有热血青年以及村里的退伍军人开展疫情防控工作，在村的路口和寨门口都设立了卡点；他拿着资料挨家挨户宣传，让所有的群众都知道疫情的严重性，让大家提高警惕、加强防范。

在韭黄村疫情防控的路上，杨守亮的工作作风深深影响着全村村

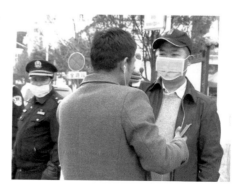

兵支书杨守亮在为过往群众检测体温

民，他的党员先锋模范带头作用和全心全意为人民服务的意识让村里的热血青年铭记于心，让很多青年志愿者主动加入。

杨守亮带头开展了多形式、全方位的防控工作，让韭黄村的村民过年期间都自愿待在家中，这就是为国家做贡献，大家齐心协力筑牢疫情防控堡垒。

褚代洋：挨家挨户宣传疫情防控相关知识

兵支书褚代洋在开展疫情防控宣传

在疫情防控的关键时期，穿洞街道靛山村兵支书褚代洋也带领村支两委干部走村串寨，挨家挨户宣传疫情防控相关知识，并再三嘱咐村民们切勿出门、切勿聚会，做好相关防控措施。

同时，为了节约宣传成本，褚代洋自己书写宣传标语，在公交站台、村民小组交叉处等位置张贴宣传标语；在村里显著位置悬挂醒目的宣传横幅，让过往群众人人知晓疫情的危害，了解有效的疫情防控措施，做到"人人心中有数"。

"重点是提高村民疫情防范意识。"褚代洋说，他作为一名兵支书，要为全村人民负责。为返乡人员，特别是从疫区返回的人进行普查和登记，做到村支两委心中有数，并及时上报街道办。挨家挨户地排查，发放宣传单，发放相关省市县的通告，将疫情的情况以及防范措施给农户讲清楚。

据了解，在这场没有硝烟的战斗中，该县共有 97 名兵支书主动扛起肩上的担子，展现军人本色，带头干，加油干，为早日打赢新冠肺炎疫情战役贡献力量。

资料来源：贵州省退役军人事务厅；整理：戈广宇

用生命和赤诚　　回报尊崇和关爱

2020年1月28日凌晨3点，58岁的退役军人刘大庆倒在疫情防控一线，突发疾病时他还穿着警服。

"最危险的地方让我们上……"在疫情防控阻击战中，面对最苦、最累、最危险的工作，"龙井老兵志愿者服务队"的退役老兵们这样说。

疫情来临，生死考验面前，他们再次"紧急集合"，身披"铠甲"，再燃"战斗"激情，在疫情防控阻击战中当先锋、打头阵，以实际行动诠释军人本色，用自己的生命和满腔赤诚回报党和政府、社会各界对退役军人那份尊重和关爱。

退役军人刘大庆：用生命诠释忠诚与担当

1月27日，刘大庆突感身体不适到医院检查，确认无事后，他仍坚持工作。1月28日3时，正在值班的刘大庆突发蛛网膜下腔出血，于当日20时去世。

刘大庆出生于1962年，1979年参军入伍，1983年转业至吉林铁路公安系统。2020年春运安保期间，随着疫情防控工作的不断深入，因为参与过"非典"防控，他主动请缨负责对辖区道口重点车辆的测温卡控工作。

"大庆走的前一天，还为大家准备了第二天的早饭。直到他走的时候，食堂的锅里还放着泡好的米。"吉林北车站派出所教导员樊雪峰说。

"本来想为大庆准备一个正式的追悼会，但因为疫情原因，一切只能从简，这可能是我们最大的遗憾！"所长刘罡说。

"我们看管的是个'火药桶'。"北车站派出所，常年与各类危险化学品相伴，自春运启动以来，刘大庆主动请缨承担吉舒5公里163米道口的整治工作。此处系重点高危道口，运输危爆化工品的重型卡车往来不断。在高峰期，短短一小时内有近千台重载车辆通过。为保证道口安全，刘大庆需要24小时维护道口秩序。

今年58岁的刘大庆从警37年，工作中，他始终保持着军人冲锋在前、敢打硬仗的作风，遇到危险，总是冲在最前面。有一次抓捕，犯罪分子突然捡起地上的一块碎玻璃刺了过来，把刘大庆的腿划出一道十几厘米长的口子。尽管受伤，他还是忍着剧痛，制服了歹徒。

面对严峻疫情，刘大庆在道口主动担起防控工作。因工作重、人员少，他主动承担起派出所疫情防控的后勤保障工作。道口执勤结束后，他都会返回派出所参加备勤值班，为同事们做饭。今年春节，刘大庆放弃休息，让妻子和女儿在家照料九旬母亲，大年初一就戴上口罩上岗执勤。

刘大庆病逝后，公安部发来唁电，对其在春运安保和防控疫情工作岗位上突发疾病、因公殉职表示慰问，对其多年来扎根基层、无私奉献、爱岗敬业、忠诚履职的工作态度给予高度肯定，并被公安部授予全国公安系统二级英雄模范称号。

龙井市15名退役老兵：最危险的地方让我们上

"我强烈要求参加援助武汉医疗队到抗击疫情第一线战斗！"退役军人王军2005年自主转业成为军医。他在部队曾任防疫所长，内科副主任医师，呼吸内科专业。武汉急需相关专业人员，作为一名退伍军人、老党员，拥有多年临床经验的医生，他毅然决然写下请战书。

连日来，面对新冠肺炎疫情的严峻形势，各地区退役军人工作部门向退役军人发出倡议书，得到了广大退役军人的积极响应。

"胡冠争，报到！""李林林，报到！……"吉林省龙井市退役军人事务局于2月2日连夜发出了《关于招募退役军人组建"龙井老兵志愿者服务队"的倡议书》，在短短8个小时里，由15名退役军人组成的"龙井老兵志愿者服务队"正式成立。

"在服役期间，多数军人都学习了战场救护、消杀作业等防疫知识。当前，在防疫的关键时期，组织起来一支由退役军人参加的志愿者服务队，并投身到居民生活区进行消杀作业，能有效地发挥退役军人的特长，还能缓解一线防疫人员不足的压力。"龙井市退役军人事务局局长于耀程说出了组建志愿者服务队的初衷。

2月3日，龙井老兵志愿者服务队一经成立便立即投入到战"疫"当中。当天，他们跟随安民街道的工作人员深入龙延世家小区，对小区15栋居民楼、84个单元，共计1423户的楼道进行了消杀作业。

"最累的活儿，最危险的地方，让我们上……"防疫期间，面对苦脏累的活儿，他们总是和身边的其他防疫人员争着、抢着。他们要背起40多斤的消毒水，深入居民楼，逐层对楼道进行消杀。几个小时下来，一双手冻得红肿，棉衣早被洒漏的消毒水打湿，但他们没有叫过一声苦、喊过一声累。

"平时党和政府、群众关心我们的冷暖，我们都记在心里。疫情面前，我们责无旁贷、义不容辞！"2月4日，龙井老兵志愿者服务队再次出发，配合安民街道天图社区工作人员进行防控疫情工作，用实际行动践行"战'疫'不停，退役军人不退"的誓言。

面对严酷的疫情阻击战，退役军人用宝贵的生命、昂扬的斗志、浓浓的爱心……在吉林省疫情防控一线筑起铜墙铁壁，用"逆行"的身影书写着退役军人的责任和担当，展现着新时代吉林退役军人的风采。

资料来源：吉林省退役军人事务厅；整理：隗公海、赵建龙

脱下的是军装，扛起的是责任

"脱下的是军装，扛起的是责任。"在抗击新冠肺炎疫情战役中，甘肃省平凉市退役军人当先锋打头阵，做勇敢的"逆行"者！他们用行动吹响"战疫集结号"，凝聚起了一股股众志成城、抗击疫情的强大力量，筑牢疫情防控坚强堡垒。

抗"疫"夫妻：两个岗　一条心

在庄浪县有一对夫妻，一位是白衣天使，奋战在病疫围歼一线的战场上，一位是供电使者，战斗在乡村疫情防控的阻击战中。

"何护士，麻烦你帮我采一下血。"

"好的，可能有点疼，您稍微忍耐一下……"

这是庄浪县人民医院门诊采血室护师何姝莛的日常操作规程——消毒、穿刺、采血、标本收集，期间还要进行"三查八对"。每采一位患者的血液标本，她都会全神贯注，来不得半点马虎。

在新冠肺炎疫情来临的日子里，何姝莛放弃了春节休假，第一时间返回，值守在岗。每天，她全身武装，忙碌在抗疫一线，用温和的声音疏导和抚慰心理有压力的患者，汗流浃背、口干舌燥却还顾不上喝水，上班尽量不喝水，以便减少甚至不上厕所。

白天与何姝莛一样坚守在岗的还有她的丈夫——从初一一大早就忙着抗"疫"的柳晓东。1996年12月入伍到陇南消防支队的柳晓东，2017年转业到国网庄浪县供电公司，2019年到杨河乡沈岔村任帮扶工作队队长兼第一书记。

作为医护人员的何姝苙忙碌中没忘记给丈夫拨通电话，嘱咐他戴好口罩，勤洗手，做好防护，注意身体……虽然有些絮叨，但妻子关心的话语，还是让在部队20多年、常年与妻子分居两地的柳晓东深感慰藉。

深夜，还在灯下忙碌的柳晓东，梳理着日常工作中不完善的地方，思谋着共产党员、退役军人、扶贫队员如何做好防疫中的重点环节。

虽说工作忙，但妻子的电话还是让柳晓东心里多了一些感动，不免心中几分酸楚，增添了许多对父亲和妻儿的愧疚。在部队无法常年在家，转业地方，又常年驻守乡村，现如今从大年初一直等到县公司领取配发物资时，才匆匆回过一趟家。

连日来，按照乡党委和供电公司党支部的安排，柳晓东配合村党支部，带领全体党员，身先士卒，为全村人筑起一道安全屏障。

"柳队长，王风其老人住院，家人担心是老病，快不行了，孙子赶回来于昨晚到了卫生院。"

"刚好，在医院，就检查一下。"

这是柳晓东在四社检查落实"网格化"管理时，与网格长柳德志的对话。

"大爷大娘，非常时期不要出来闲逛了，赶紧回家洗手抱孙子去。"

防疫宣传、消毒、值班……大大小小的事情，让柳晓东恨不得把一个人当两人用。

从大年初一到现在，已经两周多了，夫妻俩在各自的岗位上忙碌着。虽说相隔两地，但夫妻同心，共抗疫情，奋战在防控一线。

66岁老兵：疫情不灭我不退

今年66岁的刘万瑞是灵台县独店镇中庆村党支部书记，这个有着44年党龄的退伍老兵面对新冠肺炎的疫情，他表示疫情不灭我不退。

刘万瑞1973年入伍，在中国人民解放军陆军某部服役，先后任战士、副班长，多次受到表彰奖励。1979年3月回到家乡独店镇中庆村曾任文书、会计、村主任。1991年11月任村支部书记，一干就是30年。全村413户，1651人，从当初的达不到温饱，到现在吃穿不愁，住房、上学、就医样样有保障。

刘万瑞清晰地记得，1976年10月1日，连队组织几个预备党员登上嘉兴的红船，他和几个战友一起在红船上进行了庄严而隆重的入党宣誓。这是他终生难以磨灭的记忆。

疫情防控工作开展以来，刘万瑞作为村支部书记以身作则，带头设点检测疫情，值班摸排省外返乡人员，全力以赴做好监测防控工作。特别是面对特殊时期群众家里操办丧事的难题，他主动协调，上门吊唁，耐心劝说，为全镇疫情防控期间丧事简办开了"第一枪"，给全镇喜事缓办、白事简办开了头。

他对村上落实疫情监测任务的有几人、责任分工是咋样、卡口怎样工作、接受捐赠物资使用等情况都是一口清。

有人劝他："你年龄大，眼下的疫情又这么紧，少跑些。"可刘万瑞却说："时间不饶人，年龄大了，也许今年我就要离岗休息了，但我作为一名老兵，怎么也要站好最后一班岗。"

资料来源：甘肃省退役军人事务厅；整理：戈广宇

一朝戎装在身 终身都是军人

——清镇市退役军人战"疫"纪实

当前，新冠肺炎疫情形势依然严峻，居民们都在闭门不出防止感染，而有这样一群人，他们挺身而出，冲锋在前，戴着红袖标，分赴在街头、巷尾、小区、村寨，开展疫情防控排查、宣传、监测、守卡等各项工作，像战士一样在各条战线上向疫魔发起冲锋，他们就是清镇市退役军人，他们用实际行动践行"一朝戎装在身，终身都是军人"的铮铮誓言。

若有战 召必回

"我是一名退役军人，国家需要，有召必回。我要求参与当前的疫情防控工作，请给我安排工作任务。"这是一名来报名参与抗击疫情退役军人的请战。在没有硝烟的疫情防控战场上，为动员全市退役军人积极参与疫情防控工作，进一步充实基层一线疫情防控力量，清镇市退役军人事务局发出招募组建退役军人抗击疫情防控志愿服务队倡议书，号召全市广大退役军人投身疫情防控阻击战。公告一出，连日来，全市退役军人纷纷响应号召，主动请缨，投身战"疫"。

清镇市新岭社区的退役军人胡健，在园林绿化公司忙碌了一年的他，一年到头就盼着春节这几天假期在家好好休息，没想到疫情突然来袭，在网上看到招募退役军人公告后，他第一时间就报了名。2月4日以来，全市已有200余名退役军人报名，他们有来自新岭社区将近60岁的朱方林，百

花社区 40 多岁的苏薪件和 20 多岁刚退役的年轻士兵陈崇升，还有红新社区女退役军人甘婧等。疫情面前，没有职务高低，没有年龄大小，没有男女性别，只有抗"疫"战士，仅三天时间就有 200 余名退役军人报名，通过对身体素质条件进行筛选，目前已有 73 名被招募组建志愿服务队。按照市委统一部署，清镇市退役军人事务局分别对四批共 73 名退役军人志愿者开展疫情防控培训，制定讲解疫情防控志愿服务中的注意事项及规章制度，并签订了志愿服务承诺书，确保每名退役军人志愿者都能够有效、有序、有力参与疫情防控工作。

"我愿意成为一名光荣的抗击疫情志愿者。我承诺，遵守纪律，服从安排，尽己所能，不计报酬，服务社会，践行志愿服务的精神，为清镇市抗击疫情工作作出自己应有的贡献……"这群退役军人志愿者在铿锵有力、热血沸腾的宣誓声中分赴在各条战线上投身战"疫"。

73 名退役军人组建 16 支疫情防控志愿服务队，按照市新冠肺炎疫情防控办统一调配，分别下派到新岭、红塔、巢凤、时光、红新等社区参与疫情防控宣传、卡点值守等工作。同时，市区以外的各个乡镇，根据属地管理原则，组建了一支 640 余人的退役军人志愿者队伍，覆盖全市各乡镇 210 余个卡点开展疫情防控工作。

战疫情　保安宁

2月 7 日，在清镇云岭大街街道，一支由 8 名退役军人组成的志愿队伍，戴着口罩、红袖标，手持喇叭，在街道边排查边宣传，从喇叭里传出"多居家、少出门；不拜年、亲不怪；勤洗手、戴口罩；讲卫生、多通风……"宣传顺口溜响彻街道、小区、村寨。每天，他们都会来回、反复进行巡回宣传，看见有不戴口罩或没有通行证明外出的居民，就进行劝返，为各个小区居民的生命安全和身体健康保驾护航。

"领导，我年轻，身板壮，我能守夜，请安排我值守晚班。"这是新招募的刚刚退役的年轻军人志愿者陈崇升，他在向卡点负责人主动申请值守夜班。一个帐篷、一张桌，一张板凳、一笼火成了他们疫情防控值守的阵地，他们在以天为被、以地为床的各交通要道、小区进出路口卡点，对进出车辆人员进行严格的检查、测量体温、消毒和劝返等，严守每道关口，坚决防止疫情输入，全力守住居民生命安全。

自疫情防控阻击战打响以来，全市各街道、社区、乡镇在疫情防控排查、宣传、入户、监测，党员干部人手捉襟见肘时，73名退役军人志愿者在市退役军人事务局的指导下参与战"疫"，他们一直坚守和持续奋战在疫情防控第一线，协助各街道、社区、乡镇对公共场所进行清扫消毒，宣传劝导居民不外出，发动市民群防群控，对湖北尤其是武汉人员进行排查、监测，参与卡点值守严守防线。他们没有防护服，没有执法证，有的却是有家不能回，整天风餐露宿，全天候坚守在疫情防控一线。

脱下军装，脱不掉的是军魂；放下钢枪，放不下的是初心。哪里有需要，哪里就有他们的身影，他们用实际行动诠释着"退伍不褪色，退役不退志"的军人品质！

资料来源：贵州省退役军人事务厅；整理：戈广宇

47 名"兵支书"＋282 名"兵委员"

我们是共产党员！我们是退役军人！我们是村民的守护者！面对疫情，我们冲锋在前、决不退缩！

这是鄠邑区坚守在疫情防控一线 329 名"兵村干部"的庄严承诺！这 329 人当中，有 47 名"兵支书"和 282 名"兵委员"，他们用军人的本色筑起了全村群众安全的"防护墙"。

陕西省西安市鄠邑区为做好疫情防控工作，鄠邑区委组织部第一时间下发《致全区广大共产党员的一封信》及《关于进一步发挥党组织及党员作用做好疫情防控工作的通知》，全区广大党员干部主动请战，冲锋在前，把党支部建在抗击疫情一线，把党员干部安排在抗击疫情一线，把党旗悬挂在抗击疫情一线，努力筑起病毒和群众之间的安全墙。

据了解，鄠邑区退役军人事务局组织退役军人党员成立"兵支书"工作队，47 名"兵支书"冲锋在基层疫情防控第一线，与相关部门和镇村干部一起，全面组织开展本村（社区）的疫情防控工作。

渭丰镇联合镇派出所、卫生院成立党员应急队，全镇干部 65 人、民警 20 人、村干部 200 余人深入全镇全面细致摸排，发放《致群众的一封信》5800 余份，对辖区所有群众、企业挨家挨户进行入户走访登记，做到有措施、有回执、有台账。

在被隔离者安置点第一线成立临时党支部，充分发挥基层党组织战斗堡垒作用和党

员先锋模范作用，亮出党员干部身份、树起党员干部形象、扛起党员干部责任，坚守防控疫情第一线，以高度的责任心和使命感，为群众竖起保障生命健康的安全屏障。

"我是退役军人，是群众选出来的村支部书记，在疫情面前我首当其冲，拿出军人的战斗力，保卫我的村民！"祖庵镇郝村"兵支书"李伟铿锵有力的声音，让村民们心里温暖而又踏实！

针对当前疫情，利用广播将疫情的防控知识和相关措施进行了不间断的宣传。发动年轻党员积极分子村内劝导聚集人员。三委成员党员对各入村口进行设障，执勤。有保洁员每天进行两次消毒。针对外地返乡人员进行隔离监管并于每晚5点准时向村委报告体温监测情况。

"兵支书"和"兵委员"分布于全区各村（社区），他们始终把群众的安危放在第一位，响应区委、区政府号召，组织村里的党员和退役军人，充分发挥党组织的战斗堡垒作用和党员、退役军人的先锋模范作用，始终坚守在疫情防控第一线。

飘扬的党旗、耀眼的党徽、军人的本色，以及兵支书工作队里战士们的战斗决心和骁勇善战的身影，成为这场没有硝烟的战争中最靓丽的风景线。

资料来源：西安市鄠邑区退役军人事务局

军魂永铸不忘初心使命
危急时刻尽显忠诚担当

一场突如其来的疫情，让所有人都感到焦虑和恐慌。危急时刻，有这么一群人，不退缩、勇担当。他们深知：此刻虽没硝烟，但这是生命的战场；虽没阵地，但却是近身的搏杀，是到了该冲锋陷阵的时候了。他们有一个共同的名字——退役军人。疫情面前，在云南省，有许多退役军人，他们秉承军人的初心使命，保持战斗的英勇姿态，全力冲锋在打赢疫情防控阻击战的第一线。

镜头一：老党员送来 1000 元

2020 年 2 月 2 日一大早，镇沅县田坝乡瓦桥村一位老人把带着体温的 1000 元钱交到了村委会，他要为抗击疫情捐款。

他叫李龙生，1944 年生，1963 年入伍，1967 年入党，1969 年退伍，如今已是 70 多岁的老人。这 1000 元，他省吃俭用多日才能攒下。

望着这些钱，大家的眼眶湿润了。李大爷的声音也哽咽了，他深情地说："我家儿子，还有我弟，我们有 3 个当过兵的人，都是党和军队培养的，组织上给了我们一切，现在国家有难，身为一名党员，一名老兵，我应该站出来，我要为抗击疫情出份力。"

李大爷的一番真情告白，瞬间给人无限力量。12 年前的汶川地震老人家就曾慷慨解囊。深藏在老党员、老军人心头的初心和使命，让人深深触摸到了那份庄严和厚重。

镜头二：抗疫战场上的双飞燕

吴亚磊，2017 年从军队转业，现为玉溪市公安局巡特警支队的一名警察。妻子吴思颖，2019 年转业，现在红塔区退役军人事务局拥军优抚股工作。

疫情来临，小两口分别向所在单位递交了请战书，巡逻防控、消杀防疫、值班备勤、宣传排查，他们夫妻冲在第一线。尽管也操心父母，担心孩子，但他俩依然步伐铿锵，因为身后有个理解支持他们的父亲，他们的爸爸也曾是一个兵。

保山市隆阳区汉庄镇有个"田有贵诊所"，这儿的主人名叫田有贵，他曾是武警保山边防支队卫生队的一名军医。妻子赵小波是保山市隆阳区兰城社区卫生服务中心的医生。疫情暴发后，两人在各自战位上担起了同为一名医务工作者的神圣责任，加班加点排查诊治，全力防控。当隆阳区卫生防护用品紧缺时，田有贵主动将 500 只口罩捐赠了出来。他说："25 年的军旅，使命永刻心底。"田有贵在部队就是优秀军医，2003 年抗击"非典"，曾获得过腾冲县委、政府"先进个人"的表彰。

两对夫妻，两对双飞燕，他们奋战在抗"疫"一线，虽顾不上一个家，但却为大家守护着一座城。

镜头三：大街小巷的别动队

"闻令而动，积极防控，勇挑重担，敢打硬仗！"这是东川区退役军人

群体在疫情防控中叫响的口号。汤丹镇20名退伍老兵在疫情来临时主动请战，要求到抗"疫"最需要的地方去，为打赢这场疫情防控阻击战发挥先遣队作用。经汤丹镇党委授旗，成立了一支"退伍老兵突击队"。

　　他们在当地党委的领导下，活跃在抗"疫"的大街小巷，成了名副其实的抗"疫"一线别动队。他们配合公安、卫健做好堵卡测温、留置观察等管理和保障工作，随时做好一切应急准备。2月1日晚，全体同志在鲜红的党旗下进行了集体宣誓，再次重温初心，再次表白"退役不褪色，离队不离党"的忠心。

镜头四：滞留游客温暖的家

　　和新海是维西塔城加母壳村的村民，也是一位退伍军人。退伍后凭着在部队摔打磨炼的一身硬气毅然回乡创业，成立了香格里拉啦比龙巴土特产公司和腊普茸专业合作社。作为维西乡村创新发展的探路者，他是"见过世面"的退伍兵。他带头共同致富，发展乡村旅游，开办精品酒店。2019年11月新办酒店才正式开业，就在喜迎新年，憧憬美好未来之时，疫情暴发了。和新海立即响应政府号召，生意关张，主动担负起眼下最重要的抗"疫"工作，指导村民做好疫情防控，妥善安排滞留旅客，按要求做好隔离，细心安排食宿保障，让这些异乡客人虽在忐忑中，但却在温暖帮助下，在美丽的香格里拉，度过了一个不一样的温暖春节，共同迎接春天的到来。

　　疫情吓不垮英雄的老兵，镜头记不完奋战的身影。他们积极投身防疫一线，勇当先锋，用钢铁一样的身躯和意志凝聚起"万众一心、众志成城"的磅礴力量。

资料来源：云南省退役军人事务厅

坚守在"疫"线9天 他错过与父亲的最后一面

程华明，2000年12月入伍，2012年退役，现为浙江省安吉县杭垓镇农办副主任，也是姚村的下派副书记。自新冠肺炎疫情发生以来，作为与安徽宁国相邻的入境村，杭垓镇姚村防控压力非常大。作为一名有着12年兵龄的老兵，他把全部精力放在了战"疫"上，连续奋战了9天。

早在2020年1月27日，程华明就知道父亲病重住院，随时都有生命危险，但大"疫"面前，程华明没有选择小"家"，去陪伴病重的父亲，而是选择了大"家"，坚守在"疫"线。

1月31日凌晨，程华明接到父亲病危电话，急匆匆冲赶往医院，本想见父亲最后一面，可还是晚了一步。他怎么也没想到，先前与父亲的约定"爸，您好好养病，不用担心我，我忙完这段时间就回去陪您"竟成了与父亲的诀别。

2月1日下午，匆匆交代好父亲的后事，程华明忍着悲痛与愧疚，再次赶往姚村一线坚守。重回"战场"，他的眼中坚定而执着。他说："这场仗，我们一定要打赢，也一定会打赢。"

据不完全统计，疫情防控以来，安吉县先后有近800名退役军人战斗在疫情防控的第一线，他们有的是宣传员，有的是观察员，有的是勤务员，他们用自己的忠诚为人民群众筑起一道远离疫情的坚固防线。

撰稿：陈卫利

烙着"军"字的爱心捐赠

——记内蒙古最美退役军人王金达

离开部队,内蒙古首届"最美退役军人"王金达继续保持着军人的特质,把荣誉、命令和责任始终放在心头、扛在肩上,通过多年的艰苦创业成为一名成功的企业家的他并没有忘本,没有忘记从部队退下来的战友,实打实,成立了自治区最大的企业退役军人服务站,先后吸纳近百名就业困难人员和退役军人。在疫情严峻复杂的关键时刻,他响应党的号召,菲言厚行,以实际行动积极投入到战疫情当中,积极捐款捐物,为打好疫情阻击战贡献力量。

面对疫情思想站位高,群策群力早部署

作为1000多人的瑞达化工企业董事长,疫情牵动着老兵王金达的心,他时刻关注着疫情发展,随时准备"出击"。1月24日中午,获悉政府正着手采集消杀用品所需原料时,他主动请缨将次氯酸钠产品加入到阿拉善盟、阿拉善开发区工信部门物资储备目录并承诺所需原料无偿捐赠。24日正值中国农历除夕,以往此时应是阖家欢乐、举杯欢庆的时候,面对疫情的蔓延,他召开紧急会议,强调:"疫情当前消毒用品是最急需的物品,大家要做好设备检修与维护。"这就是行动的命令。一是安排两家具备生产次氯酸钠的企业做好设备检修和下达排产计划,二是在做好节日安全生产的同时要考虑疫情可能的影响,三是对居住小区、班车、宿舍等人员聚集场所进行定

时消毒，四是将自己原返乡计划取消，关口前移亲自指挥疫情阻击战。当时很多人不理解，认为有些小题大做，内蒙古这么荒芜病毒是无法侵入的。1月25日12时，内蒙古启动重大公共卫生突发事件一级响应，"生命重于泰山、疫情就是命令、防控就是责任"。他再次召开专题会议进行紧急部署，做到了早部署、早安排，包括对探亲职工乘坐公共交通工具的排查、现有岗位人员的核定、减少聚会等控制手段开始启动。

发挥党员、团员、退役军人等先锋模范作用为疫情　防控守土担责

"我是党员，自治区又把最美军人荣誉给了我，疫情面前我必须责无旁贷，必须站出来。"1月31日，他组织在岗党员举行了特殊党日活动，向在岗党员发出公开信，号召大家在抗击疫情阻击战中共克时艰，在大疫面前要敢于担责。面对大量人员无法返回或者进入隔离的现状，他主动做好安全生产调整，在防控中"严、深、细"地做好每个环节，自觉践行初心与使命。从1月25日开始，集团所属企业连续生产成为下游制药企业在消杀用品中的坚强后盾。公司退役军人事务站自2019年成立以来先后有百名退役军人就业，现有退役军人24名，"若有战、召必回"成为退役军人不忘的心结。他向退役军人发出倡议组建了先锋队和志愿队，参与其中人员达到20人，承担起对居住小区、宿舍和人员聚集场所的消毒喷洒工作，无论是寒风还是春雪都留下了他们的脚印，成为防控疫情的守护者和值得信赖的人，他们用实际行动诠释了退伍不褪色、转业不转志的本色。他们的行动也感染着身边的职工，先后有5名职工郑重地向党组织递交了入党申请书并表达了要以实际行动在抗击疫情阻击战中接受考验的愿望，党组织的战斗堡垒作用得到有效发挥。

体现民营企业社会担当，疫情面前彰显大爱无疆

根据疫情防控的需要，王金达安排专人积极与政府相关部门进行对接，就消杀、防护用品等紧缺物资进行沟通，按照自治区工信厅、盟、开发区的统一调配，向内蒙古自治区捐献消杀用品的原料88.42吨。为进一步做好盟内的疫情防控，通过工商联按照阿盟卫健委的需求捐赠12.67吨小包装次氯酸钠。当得知高新区医护人员紧缺防护服、隔离服后利用北京资源紧急调运服装100套。随着社区管控、高速路口检查工作不断深入，为这些舍小家为大家忙碌的人做好防护措施，向阿盟退役军人事务局捐赠防护服120套。此外，他还通过其他方式向社会相关方捐款和84消毒液等物资，从不同侧面体现出民营企业在抗击疫情面前倾心竭力、凝心聚力，展现了民营企业无私奉献、同舟共济战胜疫情的信心与决心。来自外地的企业到厂接收捐赠时，他更是指示企业开辟绿色通道优先予以灌装，争取第一时间将原料变成消毒产品投入抗疫一线。小包装次氯酸钠分装不仅耗时而且造成包装成本的上升，但考虑到需求方使用的需要，在寒冷的冬日里，他亲力亲为、组织工人30余人在露天作业，齐心协力耗时两个多小时进行灌装贴签，直到看到满载抗"疫"物资驶出厂区。

战疫情、稳发展、关爱职工、在守土尽责中众志成城

面对疫情王金达和他的瑞达人从没有动摇，从疫情初期制定的"科学防控、精准对接、加强自我防护意识"到做好"稳经济、保安全，打好疫情阻击战"的转变，通过他亲自宣讲和对疫情告知书的解读，大家从最初的恐慌、担心转向科学、主动的防控。随着疫情发展的态势，口罩、红外体温计成为紧缺物资，他一方面将库存应急储备口罩第一时间进行调配，另一方面安排人员在河北、北京、河南等地进行异地采购，确保在初期防控时防疫物资能够得以保障，为职工上班创造了安心的保护条件。对于被隔离的无论是

公司领导还是普通员工，都一视同仁在生活上关心照顾；很多职工都表达出希望放弃隔离尽快投入到一线的愿望，但他本着"以人为本"的精神给予安慰与倾听，希望他们承担起社会责任，做好隔离也是抗击疫情工作环节的重要一步。同时，对于在居家隔离中无法做到自律擅自离开的人员更是紧盯行踪，用最严厉的措施将其人员管好、管到位，绝不给政府添乱。为确保一方平安守候这块来之不易的净土，在对返程人员隔离14天的基础上更是对乘坐公共交通人员的返回实施了24天的超长期隔离，这里面包括3位高管和5位中层干部，体现了"硬核"管理。职工也从一开始对体温检测的抵触到后期的积极配合，实现了公司全员众志成城抗击疫情的局面。疫情期间他更是加强安全生产管理工作，时常告诫周边人员克服麻痹、懈怠心理，"化工生产安全环保无小事"成为其最常说的一句话。面对人员紧缺等不利局面，他合理调度确保重要物资的生产连续进行。

为了进一步做好2020年经济工作，他积极响应中央和内蒙古自治区关于复工复产的号召，疫情期间积极协调交通、公安、政府、社区和客户，保障重点原料、物资卸的下、运的走。为减少返程人员乘坐公共交通可能带来的交叉感染危险，他鼓励有条件的自驾车返回，对于人员聚集的区域通过包车返回等方式，确保了复工人员及时到位。作为一名党员、老兵和企业家，他坚信中国经济持续向好的方向没有变，几年来为适应供给侧结构性改革的需要在产业链上做文章，在强链、补链、延链上谋发展，先后引进多家企业到高新区投资建厂，已建和拟建项目总投资近100亿元，建设用地规模超过1000亩。他在项目引进中明确提出项目必须是安全、环保、可控；工艺设计符合规范且具有前瞻性，不是掠夺地方资源而是要依法诚信纳税的三项基本原则。在疫情冲击的大背景下他和他的企业敢于"逆流前行"，在共克时艰抗击疫情的同时已经启动产品扩产项目，预计8万吨氢氧化钾项目、金属钠产能升级项目有望在年内实现落地，这将为地方经济发展创造出新的贡献，更是对习近平总书记在2018年11月1日在民营企业家座谈会的重要讲话的有力践行。

资料来源：内蒙古自治区退役军人事务厅

抗击疫情西藏退役军人在行动

　　新冠肺炎疫情突袭神州大地，牵动着无数人的心。作为祖国大家庭的一份子，西藏各族干部群众也义无反顾地参与到这场疫情防控的人民战争，其中有这样一股"力量"，他们或宣传劝导，或解囊相助，或筹集物资，各尽所能争做抗"疫"战场的急先锋，用实际行动尽显担当，诠释了退伍不褪色的新时代内涵，他们有一个共同而响亮的名字——退役军人。

他，坚守"生命线"撒播温暖

　　次军，一名普通的藏族"80后"，退役后在海拔5100多米的青藏公路雁石坪养护段从事道路养护工作，在这条被誉为西藏"生命线"的要塞一干就是20年。

　　2020年1月初，刚刚在人民大会堂做完全国"最美退役军人"先进事迹报告，他看到疫情来袭，顾不上回味荣誉带来的喜悦，立即返回养护段投入到紧张的工作当中。与平时不同，除了做好道路养护保通工作，次军又主动请缨、自加砝码，为过往物资运输车辆司乘人员义务当起了疫情防控"宣传员""劝导员"，自费购买并向群众免费发放口罩等防护物资，印发传单普及防疫知识，耐心劝导司机佩戴口罩、做好个人防护，尽己所能守好西藏的"北大门"。这些看似简单的举动，在本就人迹罕至的高海拔生命禁区温暖了人们的心，为冰天雪地带来融融暖意。

　　在次军的示范带动下，养护段上越来越多的道路养护工人正踊跃加入到疫情防控队伍中来，充分体现出退役军人在这场"战役"中特有的凝聚力、感召力。

他，尽绵薄之力演绎人间真情

朱祥务，原籍四川南充，55岁，中共党员，现在是西藏亚东县一家药店的药剂师。从入伍算起，他在亚东度过了整整35个春秋，那里早已是他的第二故乡。退役后，他没有躺在自己"五级革命伤残退役军人"的功劳簿上，而是投入到热爱的医疗卫生事业，守护生命、救死扶伤。多年来，朱祥务用医者仁心践行初心使命，让亚东的各族群众无不为之动容，特别是在这次疫情发生后，他用尽绵薄之力主动投身疫情防控，再次演绎了一段感人至深的人间真情。

2月24日，藏历新年初一。一大早，环卫工人、公安民警来到朱祥务所在的药房，有序领取N95口罩和消毒用品，他们说，这已经是朱大夫第二次为大家免费发放防疫物资了，做好事从来少不了他！

2020年1月疫情警报拉响后，原定回家过年的朱祥务，为了在疫情防控工作中不缺席，毫不犹豫退掉机票坚守岗位，这是他连续第22个在工作中度过的春节。由于全县防疫物资有限，朱祥务最挂心的就是医务人员、环卫工人、公安干警等一线防控人员的物资供应。他早早行动，自掏腰包10余万元，多方筹购了一批防疫物资和药品，先后向一线人员发放N95口罩400个，医用酒精、消毒液等400瓶。看似数量不大，但这小小的善举却解了大家的燃眉之急，已经在人口不到2万的亚东县引起热议。人们说，朱大夫派发的物资让大家更有信心、更有决心战胜这场疫情！

善举虽小，但日积月累就能汇成爱的海洋。离开部队后，他自发带头组织"爱国拥军"活动，号召当地个体工商户筹集资金80多万元，为驻地部队捐送食品等保障物资；2011年9月西藏日喀则地区发生地震后，朱祥务陆续资助5名灾区困难学生继续学业，孩子们亲切地称呼他"阿爸"。有付出必有回报，这份回报就是党和人民赋予的崇高荣誉。朱祥务曾先后当选政协第十一届西藏自治区委员会委员、亚东非公经济联合党支部书记，获得全国模范退役军人、全国优秀个体工商户、西藏自治区民族团结模范个人等荣誉。

然而，朱祥务却把这些荣誉视作使命担当，他说："作为一名党员和模范，这种时候自当站出来，为抗击疫情发挥自己的绵薄之力，这对我来说是一种责任。"他还公开承诺，会继续为一线防控人员免费提供医疗用品，直到战胜疫情。

他，以慷慨疏财传递人间大爱

扎塔，一个地地道道的藏族汉子，曾怀揣青春梦想走进绿色军营，脱下军装后，又以军人的果敢勇毅转战商海，做过建筑工，当过包工头，历经22年的拼搏，现在已经是坐拥4家子公司、固定资产达10亿元以上的西藏某建设集团公司董事长，商海沉浮始终没有褪去他军人的本色。

新冠肺炎疫情发生后，扎塔积极响应号召，以集团名义向日喀则市人民政府捐赠疫情防控资金200万元，用于筹集采购应急防控物资。在捐赠仪式上，他谈到了自己的想法和初衷，表示在这场突如其来的疫情面前没有局外人，作为一名商人、特别是一名退役军人，有责任、有能力为疫情防控献一份力。他说："我脱下的是军装，脱不掉的是军魂。疫情当前，我们必须致富思源、回馈社会，这是应当履行的社会责任。"

扎塔的军人情怀还体现在很多方面。创业成功后，他没有忘记昔日的"战友情"，旗下公司累计吸纳退役军人30余名，并积极投身脱贫攻坚事业，落实扶贫济困公益资金2000余万元，带领江孜县困难群众精准脱贫、增收致富，成为远近闻名的退役军人企业家和致富带头人。到目前，扎塔已先后荣获西藏劳动模范、西藏第二批优秀中国特色社会主义事业建设者、日喀则四讲四爱最美人物、日喀则优秀青年致富带头人、感动江孜人物、江孜县民族团结进步模范等殊荣。

在扎塔诸多的"光环"背后，退役军人始终是不变的身份，冲锋陷阵始终是不变的本能，他已向更多企业和爱心人士发出呼吁，力争汇聚更多社会力量共同抗击疫情，相信这份由扎塔点燃的"爱心火炬"还将传递下去！

他们，集点滴之力送出人间温情

在这场疫情防控战役中，也不乏西藏退役军人工作队伍的身影。日喀则市退役军人事务部门充分发挥自身引导力和号召力，在全区市、地一级中，率先动员 763 名自主择业退役军人和军队转业干部，通过 QQ 群、微信群组织自愿捐款，不到 3 天时间募集资金 29 万余元，直捐武汉防控新冠肺炎疫情定点医院，用于为医护人员和病患购买医疗防护物资。这些退役军人离开部队后分散在祖国各地，但在退役军人事务部门发出倡议时，都能第一时间作出回应，从四面八方把点滴之力汇聚成河，向湖北抗击疫情最前线送出人间温情，践行了"若有战、召必回"的誓言，描绘出一幅"一方有难、八方支援"的感人画面。

资料来源：西藏自治区退役军人事务厅

疫情面前不退役 抗"疫"战场再冲锋

2020年春节将至，新冠肺炎疫情突袭神州大地，牵动着无数中华儿女的心。西藏各族干部群众第一时间投入到疫情防控这场人民战争中来，其中有这样一股抗"疫"力量，他们或想尽方法倾囊相助，或身在风雪之中宣传劝导……他们各尽所能争做抗"疫"战场的急先锋，用实际行动尽显担当，成为对抗疫情中最平凡却又最坚不可摧的力量，他们有一个共同响亮的名字——退役军人。

"口罩爸爸"实力"颠覆"商人形象

日喀则市亚东县最繁华的下司马镇，这儿有一位抗"疫"主心骨，一位退役军人，一位医生，朱医生大药房经理朱祥务。他的药房门口的大招牌特别醒目，上面写着"为您免费提供口罩"。

招牌上的字和承诺一样，医用口罩一直免费供应给到药店的每一位客人。起初，朱祥务马力全开，想尽各种办法，寻找各种途径，采购疫情防控急需医药用品，为减轻亚东疫情防控工作压力作出积极贡献。

从春节前开始，药房没关过一天门，每天送出去的医用口罩，少则几十个，多则上百个，免费领到医用口罩的人有自驾游回家的游客，有清洁工人，有农牧民。有人说他是"抗'疫'及时雨"，有人说他"颠覆了商人的形象"，还有人戏称他为"口罩爸爸"。

2020年1月中旬，从新闻中得知暴发疫情，他瞒着家人退掉春节回家的飞机票，决定留在亚东，履行起非公企业的社会责任。他开始与时间赛跑，第一时间联系拉萨市及内地药厂采购疫情防控急需的医药用品——没有人知道，这是他退役22年后第一次能和父母团聚的机会，他放弃了。

亚东地处西藏南部，外来人口流动性大，疫情防控任务重，一线疫情防控条件艰苦，防控医药物资消耗量大，尽力保障全县防控医药用品是从医经验丰富的朱祥务心里天大的事。

临近春节，每批疫情防控急需医药用品都尤其珍贵，快递、物流也要操心。白天一睁眼，他四处联系各种防控医药用品，一有消息他就死死盯着，等到凌晨四五点，等到声音沙哑，等到疲惫不堪，他也绝对不放弃。"古人为'伊'消得人憔悴，你是为'医'消得人憔悴。"妻子看着想方设法采购防控医药用品的他，总在一旁说道。他却常常安慰妻子"一切都会好起来的"，果然如他所说，现在防控医药用品的保障恢复正常了，大可不用担心。

从1985年在亚东参军到1999年开了属于自己的药房，如今已是35个年头，这位没有接送过自己孩子一次上下学，没有参加过自己孩子一次家长会的退伍老兵，把无私的爱献给了亚东，献给了仁心仁术。

"80后"阳光坚守西藏"生命线"

次军，一名普通的藏族"80后"，2000年退役后，他成为一名路政执法者，在海拔4800多米的青藏公路局雁石坪公路段从事道路养护工作，一干就是20年。因为与青海省交接，这里被誉为西藏"生命线"的要塞，是西藏的"北大门"。

2020年1月初，刚刚在人民大会堂做完全国"最美退役军人"先进事迹报告。疫情来袭，他顾不上回味这份荣誉带来的喜悦，立即返回雁石坪公路段，投入到紧张的防疫工作中。

与平时不同，除了做好公路养护保通工作，次军又主动请缨，为过往物资运输车辆司乘人员义务当起了疫情防控"宣传员""劝导员"。为防止外省输入型病例，筑牢西藏抗"疫"屏障，是他这位路政执法者的职责所在，也是他这位退役军人的信念所在。

不到5月，海拔4800多米的雁石坪公路段依然沉睡在风雪交织的严寒之中。"这里海拔高，风大天冷，紫外线还贼强，戴上口罩，做好了自身防护，还能保护皮肤。"这位天生乐观的"80后"，面对过往的司乘人员，乐呵呵地说，"看看，我戴上口罩上班，皮肤都比以前好了。"

次军的乐观与风趣让烦琐的防疫工作多出了几分有趣，让高寒缺氧也长出了些温柔的模样。除了和同事一起做好日常工作外，为来往的车辆和司乘人员消毒，提醒他们准备好通行手续，告诉他们，前面的工作人员也在辛苦忙碌，准备好手续，通行才更快。

现在，疫情一天比一天好转，进藏复产复工人员多了，雁石坪一路也一点点热闹起来。次军对同事说："我们的雁石坪早晚都会像以前一样车来车往。"大家纷纷点头。他们相信只要听党指挥，落实好每一项疫情防控工作，就一定能战胜疫情。

夯实战斗堡垒，支部集结在一线

在疫情防控阻击战中，西藏自治区退役军人事务系统各级基层党组织坚持走在前、做表率，全面落实防控措施，构筑疫情防控群防群治的严密防线，目前自治区系统所有湖北籍自主择业军转干部均无感染。日喀则退役军人事务系统在前期组建退役军人应急突击队的基础上，动员各县（区）退役军人应急突击队积极发挥作用，主动参与辖区应急防控工作。

抓好疫情防控期间法治宣传工作，区退役军人服务中心积极开展"防控疫情、法治同行"法治宣传活动，在法治轨道上推进疫情防控工作确保疫情防控依法依规进行。截至目前，组织系统内党员干部职工开展疫情防控知识培训28次，疫情防控宣传3000余场次。

病毒无情，高寒缺氧何足恃？忠于党、忠于人民的信仰深种，信仰的种子一种即坚定，一种即无畏。在这场疫情防控阻击战中，自治区广大退役军人与全国人民共克时艰，用智慧、坚毅、勇敢、无畏与乐观，精锐出战，科学参与，真正在"急难险重新"任务面前展现出了退役军人工作实、作风硬、形象好的军人风采，诠释了"离军不离党，退役不褪色"的时代担当。

资料来源：西藏自治区退役军人事务厅

他们是守护群众生命安全的堡垒围墙

新冠肺炎病毒来势汹汹，牵动着全国人民的心。在"不出门，不聚集"的号召下，广大居民自觉居家"休养"，而为了抗击新冠肺炎疫情，我们可爱的退役军人们冲在了最前线，他们用臂膀搭建起守护群众生命安全的堡垒围墙。

老兵退伍不忘担当，真心实意温暖人心

在天津市和平区劝业场街道兆丰路社区，有这么一位特殊的"逆行"者，他就是锦中大厦业委会主任、劝业场街关爱退役军人协会会长滕长祥。

今年已经 66 岁的滕长祥，是劝业场街道关爱退役军人协会会长，一位老党员。他在得知此次疫情的第一时间，主动要求参与到社区的疫情防控工作中来。当锦中大厦出现确诊患者后，他在安抚居民情绪的同时立即联系社区党委，并向居民们及时传达社区党委及卫生防疫部门的相关回复，有效地消除了居民的恐慌情绪。他每天把物业人员对小区进行消杀的照片、视频发到小区微信群里，让居民们安心、放心。

2020 年 2 月 7 日一早，滕会长再次和物业经理协商，决定将疫情防控时期的大厦管理规定打印张贴在各个楼门的电梯轿厢，便于居民阅知并自觉遵守，与社区党委共同做

滕长祥（左）

好大厦的疫情防控工作。同舟共济、共克时艰，滕长祥用实际行动践行着共产党员的初心和使命。

舍小家进万家，不眠不休逐户排查

在疫情防控的关键时期，作为一名共产党员、一名社区网格员、一名退役军人，和平区劝业场街道静园社区民政主任李雷坚守岗位。

"您好！我是劝业场街道静园居委会的。""谁呀？""我，李雷。请问您去外地了吗？什么时候离津，什么时间回家的？""现在是疫情防控的特殊时期，请您待在家中做好隔离防护，保护家人。""请您报一下现在的体温。"……

类似这样的对话，李雷每天都要说上几百遍，嘴都磨得脱了层皮。辖区的居民太多了，一天根本顾不上喝口水。他深知：此时此刻外地返津人员是排查的关键。他每天7点准时到岗，打电话、发微信、摸排登记各类人员情况是日常必修课，再加上晚上轮岗值夜，一个星期都回不了两次家。

在接到通知全员到岗的那一刻，他没有半点迟疑，拿上外套就往单位赶，从除夕夜至今，一天都没有停歇。为了将宣传工作全覆盖，引起居民群众高度重视，他逐门逐院入户发放疫情宣传材料，对家中无人的住户打电话问询情况，一字一行地念告知书，胡同里巷贴满疫情防控宣传海报。他为高龄老人测体温、勤关注，对于辖区开业的门店每日必查。他带着小喇叭走街串巷，履职尽责做好巡逻执勤工作。

不分日夜的宣传、巡查、登记，使他劳累过度，差点晕倒在马路上，被搀扶回社区做了短暂休息后又再次踏出社区的大门，再次踏上了为居民服务的道路。

在社区轮岗值班期间，他永远都是第一个冲在前面，最累最苦的活他抢着干。他每天和保洁队工作人员背起50多斤的药桶对

李雷（左）

所有管辖区域进行喷药消杀，84 消毒水的腐蚀性已经报废了他好几条裤子。

李雷的爱人也是一名社区工作者。夫妻二人同时坚守在一线，上班下班都没有固定时间，根本没法照顾年仅 2 岁的孩子，只能把孩子交给父母代为照看。想孩子了，就微信视频见见面，孩子把嘴贴在手机屏上，喊着亲亲。年幼的孩子哪里知道，也不会明白，为什么好多天都看不见爸爸妈妈，只能在视频里说"想爸爸、想妈妈，抱抱，亲亲"。

像李雷一样，静园社区的所有工作人员在这段抗击疫情的特殊时期，没有一个人退缩，也没有一句怨言。他们没有防护服，只有一只最普通的口罩，但一个通知下来，便义无反顾放弃休假，投入这场没有硝烟的战斗，用臂膀搭建起守护居民群众的堡垒围墙。

资料来源：天津市和平区退役军人事务局；整理：王丽丽、戈广宇

把"战士"的忠诚镌刻在特殊战场

2002年10月熊凤友从部队转业进入驻马店市确山县监察局工作、任确山县纪委监委正科级纪检监察员以来，不论在哪个岗位上，他都坚持把工作当战场、把岗位做考场，始终如一，勇挑重担，敢打硬仗，诠释着一名战士的忠诚和奉献，在一个个特殊战场上彰显着一名共产党员的政治本色。

舍小家顾大家　特殊时期的特别坚守

2020年初，新冠肺炎疫情考验着每一个地方和每一个人。

时光回溯到农历庚子年大年初一，确山县纪委常委会议室正在召开疫情防控紧急工作会议。任务明确后，熊凤友第一个站起来，朗声说："我到双河去，双河是咱们县和驻马店的南大门，是打好疫情防控阻击战的第一道关口。我是双河人，长期在那里带队扶贫，对双河的情况熟悉。"

"凤友啊，你50多岁了，双河是人口大镇，在武汉务工的人员多，情况复杂，任务险重，你要掂量掂量啊！"确山县委常委、县纪委书记、县监委主任魏华伟劝他说。"请魏书记放心，我以一个曾经的军人向您保证，坚决圆满完成这次疫情防控任务，守好确山的南大门，不让疫情向北扩散一米！"熊凤友的回答斩钉截铁。

疫情就是命令，时间就是生命。熊凤友回到家，与妻子打个招呼就出发了。正月的双河镇风厉寒重，疫情到来更如同雪上加霜。在双河镇疫情防控指挥部，在镇设立的各个卡点上，到处都活跃着他的身影。从白天到夜

晚，从这个卡点到那个卡点，他一刻不停，认真检查管控是否到位，防控物资是否充足，值班人员是否在岗，人员、车辆往来盘查是否细致，还有哪些困难需要解决……

在这场没有硝烟的抗"疫"战争中，他既是一线指挥员，更是战斗员。他常说的一句话就是："疫情一天不退，我就一天不下火线！"熊凤友是这样说的，更是这样做的。从正月初一到正月十二，他一次家也没有回，与一线人员同甘共苦。谈到熊凤友，双河镇纪委书记最有发言权："熊常委不愧是军人出身，每天都身先士卒，冲在最前面，工作有经验、有方法，再急难险重的事也难不倒他。"

2月6日，正月十三。熊凤友正在"明正路"的卡点上督查，家中突然来电，说妻子突发脑溢血，情况很严重，连日的疲劳加上突如其来的惊吓，有高血压的他差点晕倒。到了医院，看到躺在重症监护室里的老伴，熊凤友不禁老泪纵横。老伴转到普通病房后，熊凤友忙前忙后地照顾。面对不能动弹、无法言语的老伴，他唯有以一个丈夫的守护，来弥补对眼前这个陪伴了自己大半辈子的女人的亏欠。

老伴病后第三天，熊凤友看到妻子的病情稍有稳定，就对儿子熊涛说："涛，你长大了，也成家了，你妈就交给你了，替我照顾好她。现在防疫任务重，我得回双河。"熊涛点点头，他明白父亲作为一名退伍军人，防疫的战场更需要他，也更让他放心不下。

2月10日，熊涛的电话再次打来，妻子病逝的噩耗随电而至。熊凤友踉跄了一下，靠在卡点简易板房的墙壁上才没有摔倒。想不到，老伴竟去得如此匆匆，连最后看她一眼、与她说句话的机会都不给自己！

悲痛阻挡不了这位曾经的军人、现在的纪检人前进的脚步。熊凤友简单料理了老伴的丧事后迅速返回抗"疫"一线，继续投入疫情防控的"大事"中。他微胖的身影又出现在王老庄和陈上庄村的卡点上，给两个卡点送去了大衣、火腿肠、方便面等生活用品和酒精、84消毒液等防疫物资，给一线人员送去了党和政府的关怀和温暖、信任和力量。

2月9日，双河镇王堂村因武汉返乡人员中出现新冠肺炎确诊病例，全村被及时采取封闭管理；2月13日，确山县盛世华庭小区2号楼因出现新冠肺炎确诊病例被封楼隔离。熊凤友得知消息后，及时筹措了米、面、油和新鲜蔬菜送给王堂村和盛世华庭小区2号楼居民，并嘱咐居民配合管理，挺过难关，防止疫情扩散。在大家都避之不及的情况下，他义无反顾"逆行"的身影，正是他对党和人民最深情的告白。

严律己正家风　两袖清风的本色卫士

无论在部队还是在纪检监察战线，干净干事、清白做人，一直被熊凤友视为圭臬。2018年的秋天，正在研究案件的熊凤友接到战友电话，提出自己的儿子准备当兵，担心被"刷下来"，想让他帮忙"打招呼"。战友情是生死情，纪法尊严比命重。他当即拒绝了战友的请求，并嘱咐说："老伙计，一切都得按程序办，对不住了！"多年来，他生活节俭、朴实纯粹。一件衣服穿了好多年仍不舍得丢，每天乘坐公交车上下班……根本看不出他曾是驰骋沙场的老兵，看不出他是铁面无私的"纪检人"。

他不但对自己要求严格，也以同样的标准要求家人。妻子是确山籍著名烈士中耀东的堂侄女，一直秉承先辈的家风遗志。儿子打小就勤奋刻苦，为人朴实，硕博连读后自谋职业，到一家跨国公司工作。他们一家人都传承和发扬着淳朴节俭的家风，即使妻子离世的最后一程也不例外。妻子逝世后，他决定，最后再对不住老伴一次，从简料理老伴的"后事"。他说服老伴的娘家人："现在是疫情最严重的时候，保护活着的人更重要。党和政府为了严防疫情扩散，连聚餐串门都不让，我作为纪检监察干部咋能带头违纪、破格操办？还是一切从简吧，一不向亲友报丧，二不开追悼会，三不搞车队，就用一辆灵车送她……"

最终，送行人只有他的弟弟和妻子娘家的几位至亲，连自己的妹妹都没让去。按照农村葬俗，人离世后要停灵三天才能出殡，火化当天要下葬，让死者入土为安。他摒弃旧俗，打破常规，第二天就把老伴的遗体送去了火葬场，把骨灰盒暂寄存在殡仪馆，待彻底战胜疫情后再安葬。

这就是熊凤友，一个曾经的人民子弟兵，一名退伍不褪色的纪检监察干部，一名心系群众的共产党员。不论在哪个战场上，他都始终用满腔热血和赤诚情怀，践行着共产党员的初心使命，践行着纪检监察干部"做忠诚干净担当、敢于善于斗争的战士"的铮铮誓言。

为学习宣传熊凤友同志的先进事迹，激励引导广大党员干部学习先进、争当先进，进一步坚定信念、担当作为、克难攻坚、干事创业，全面打赢疫情防控阻击战和经济社会发展保卫战，实现确山高质量发展，2020年3月9日，中共确山县委印发了《关于开展向熊凤友同志学习的决定》，学习他坚守初心、对党忠诚的政治品格；学习他牢记宗旨、一心为民的公仆情怀；学习他秉公执纪、敢于担当的斗争精神，学习他严于律己、清廉淡泊的高尚情操。

资料来源：河南省退役军人事务厅

退役军人"代购"小分队冲锋在前

"1003 乐事薯片原味一袋，谢谢。""512 冰糖橘二斤，谢谢。""501 削水果的小刀来一把。"……2020 年 2 月 1 日上午，重庆朝天门街道退役军人服务站站长王亚非，如前几日一样，在微信群"华夏一家亲服务群"里收集着某宾馆湖北来渝人员住客的需求，然后赶到超市代为采购，再逐一为他们送去。

这是王亚非在宾馆坚守的第 6 天。连日来，他和其他 11 名退役军人一起，每天向湖北来渝人员住客送去一日三餐，早中晚分三个时间段通过微信群收集并采买他们所需的物品，闲暇时间又为宾馆的电梯轿厢、住房门把手等进行消毒，每一天都忙忙碌碌。

"疫情当前，使命在肩。"王亚非说，即便他已从部队退役，但军人责任感和使命感促使他行动起来，加入到这场没有硝烟的疫情防控阻击战中。

当疫情来临时，他第一时间向朝天门街道党工委书记范小华请缨，"我既是一名党员，也是一名退役军人。我请战，请派我上！"在获得批准之后，王亚非迅速组建了一支由退役军人组成的 12 人服务小分队，分两班轮流住在宾馆里为集中医学观察的湖北来渝人员提供送餐、采购等后勤保障服务，配合医务人员、警务人员开

朝天门街道退役军人服务站

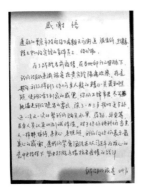

展公共区域消毒、住客外出活动劝阻等医学观察协助工作。

"面对严峻的疫情，每个人都有责任，都要有所担当。我的妻子是一名社区工作者，她和我一样，也战斗在疫情防控阻击战一线。"王亚非自豪地说。自除夕以来，他和妻子就一直为防控疫情而忙碌着，家中9个月大的孩子只有请年迈的父母帮忙照看，虽然觉得亏欠自己的小家，但为了大家他必须如此。同时，他也坚信，"只要大家团结起来，拧成一股绳，一定会打赢这场疫情防控阻击战！"

2月1日中午时分，驻守在朝天门街道集中医学观察点的服务小分队队员们的手机纷纷响起，"华夏一家亲服务群"的微信群中发出了紧急求购药品的消息，居住在白象宾馆704房间的一位患有糖尿病的74岁老人急需三种药品。看到信息后，王亚非立即安排服务小分队队员兵分三路前往药店、社区卫生中心和医院购买药品。

在购买的途中，在医院的队员又收到了503房间求购长效胰岛素的信息。经过全面搜寻，最终在详细询问了药品的规格、剂量，参照医生建议后为他们买到了药品并送到了房间，及时解决了湖北来渝人员的燃眉之急，让他们感受到了退役军人的贴心服务。

"战'疫'不停，我们不退！"这支由12名退役军人组成的服务小分队一直在集中医学观察点奋战，他们践行初心，勇当先锋，用实际行动彰显了军人的本色和担当，展现了新时代退役军人的风采。

"你们把我们当亲人一样对待、关心、照顾，我们向你们表示最衷心的感谢。""大家的辛苦付出，让我们感到家一样的温暖！"……近日，渝中区某宾馆湖北来渝人员住客在离渝时，留下了一封封感谢信，向渝中区卫生健康委、朝天门街道、望龙门派出所、渝中区精神卫生中心、大溪沟街道社区卫生服务中心、宾馆的所有工作人员表达感谢之情。

在404房住客的感谢信中，细数着这段时间以来工作人员对她和丈夫的关心与关爱："在这期间，我们得到了你们亲人般的精心关爱和照顾，使我们有了到家的感觉，你们不辞辛苦，尽可能满足我们提出的要求，除了一日三餐准时送餐外，还一次又一次帮我们购买水果、药物、外卖……"

1102 房住客郭先生也在离开前留下了一封感谢信，诉说他对所有工作人员的感激。"疫情无情，人有情。"郭先生说，这段时间以来，朝天门街道退役军人服务站的工作人员对他们的悉心照顾，医务人员对他们的关心关爱，他都看在眼里、记在心上，"我是个不善言辞的人，所以就把自己心里的话写在了感谢信中，交到工作人员手上，以表心意。"

这一封封的感谢信，让工作人员觉得十分暖心。朝天门街道退役军人服务站站长王亚非说除了感谢信外，还有很多人在微信群里向工作人员表示感谢，让大家十分感动，"这也激励着我们全力以赴做好湖北来渝人员住客的服务和保障工作，让住在宾馆的所有人员在渝中感觉到温暖，不觉得孤单。"

资料来源：重庆市退役军人事务局；整理：王丽丽、戈广宇

任达国：退伍老兵从容战"疫"

少出门，特殊时期莫乱走；

勤洗手，病毒通通都赶走。

多通风，室内空气要流通；

不聚集，宅家就是做贡献。

……

峨岭街道城南社区主任任达国拿着小喇叭，在各个小区里喊着，宣传疫情防控知识。自疫情发生以来，他每天带领社区干部挨家挨户走访宣传和走访排查，提醒大家做好自我防护和摸排返乡人员信息成了当前的重点工作。

主动请战，他退伍不褪色

疫情就是命令，防控就是责任。43岁的任达国，是一名退伍军人，是街道民兵应急分队队员，是城南社区主任。1996年12月参军入伍，在部队的5年中，他靠自身努力一路从普通士兵到一级士官。退伍之后，他开始个人创业，开过餐馆、副食批发、酒类销售等，靠着自己的努力，一家人的日子过得还算滋润。2016年街道组建民兵应急分队，他毅然报名成为其中一员，始终以"服从命令为天职"，多次参与国庆70周年安保维稳、治理滥办酒席、殡葬改革等综合执法工作。春节前夕，一场新冠肺炎疫情不期而至，全国各地先后启动重大突发公共卫生事件一级响应机制。本来已经回老家过年的任达国，在党工委、办事处的号召下，毅然舍小家、顾大家，从与家人欢庆余年的喜悦中奔赴战"疫"一线，带领社区干部开展疫情防控工作，用行动践行了"若有战、召必回"的军人承诺。

任达国（左二）在防疫执勤卡点执勤

疫情防控，他变身突击队员

2007年12月，任达国当选为峨岭镇城南社区主任，在这个工资待遇几百元的岗位上一干就是13年，他始终无怨无悔、服从安排、履职尽责。城南社区是峨岭街道主城区，有小区楼宇共27个，3万余人，人口密度大，返乡人员多，人员密集场所多，导致整个社区应对新冠肺炎疫情工作难度加大。

面对这些困难，任达国没有怯战，在街道领完任务后，他立即组织社区干部、网格员、社区党员，与街道干部一道深入小区楼栋挨家挨户排查返乡人员情况，并登记在

任达国（左二）在宣传防疫知识

案，确保每个小区、楼栋每户人口全部管控到位，做到全覆盖、无死角、无遗漏；在宣传上利用小喇叭、贴宣传标语、致广大市民的一封信等，让社区群众知晓疫情、了解疫情，提高自我保护意识。

作为党员，他争当先锋员

一名党员就是一面旗帜。有着13年党龄的任达国，始终保持初心、认真践行使命，用坚守保护群众的健康和安全，用敬业诠释对党的绝对忠诚！

"喂，刘某某是否是社区居民，是否一直在印江生活？请你核实一下，是否放行。"这是街道党工委副书记、政法委书记杨秀珍接到全县交通管理组高速值勤人员信息后，与任达国的通话。

"好的，我马上去核实。"任达国的回答干脆利落，犹如他的工作作风。这样的电话，任达国每天会接到很多个，但回答都是一样的干脆，信息核实都是一样的快速有力，为全面落实好"外防输入"作出了积极贡献。

同时，按照街道重点人员"社会包保责任人＋医务人员随访""双包保"制度安排，任达国有5名包保对象，他每天都会采取微信联系、入户走访等方式，全面做好包保对象的管控工作，精准掌握重点人员情况，确保"内防"不留死角。

资料来源：贵州省退役军人事务厅；撰稿：杨秀珍

沂蒙精神沂蒙兵　战"疫"我们是先锋

沂蒙山区，是著名的革命老区，自新中国成立以来，累计有 50 多万人参军入伍，每年退役回乡的人数逾 5000 人。革命战争年代，沂蒙人民以其"最后一粒米做军粮、最后一尺布做军装，最后一个儿子送战场"的壮举，谱写了一曲曲可歌可泣的感人篇章，涌现出一大批战斗英雄和拥军模范，爱党拥军、参军报国在沂蒙大地蔚然成风。2013年，习近平总书记在视察临沂时强调：军民水乳交融、生死与共铸就的沂蒙精神要大力弘扬。一代代沂蒙兵忠诚使命、岗位建功，塑造出享誉全军的"沂蒙兵"品牌。人民有需，国家召唤，急难险重，沂蒙兵总在一线。

穿军装时讲奉献，脱了军装还是兵，社会各界人士纷纷为战"疫"出力，沂蒙退役军人亦不甘于人后。

面对疫情，有一个沂蒙兵站了出来，他的名字就是苏晓涛。

苏晓涛，沂南县人，沂南县沂蒙儒将红色教育培训中心党支部书记、临沂儒将创业大学校长。1月26日，大年初二，苏晓涛以"儒将"教职员工中的退役军人和党员为主，迅速成立了一支"沂蒙青年退役军人战'疫'应急队"，投身全市抗"疫"一线。

2月3日，他们向全市发出了《关于成立沂蒙青年退役军人战"疫"应急队暨向全市退役军人及军属抗击新型冠状病毒的战"疫"倡议书》。倡议大家要让每一名退役军人成为一面抗"疫"战线上的旗帜，按照党中央部署和政府要求，在做好自身防护的同时，做好家人和周边群众的引导，为疫情的控制作出贡献，以实际行动再树新时期沂蒙兵的光辉形象。短短一周时间，这封倡议书就吸引了100多名退役军人及爱心青年加入到应急队中来。

《倡议书》这样写道：

一、一日为兵、一生向党，顾大局、比奉献。军装虽脱、军心不改，一名党员一面旗。作为退役军人、共产党员，在大疫面前，在国家和人民最需要我们的时刻，应该强化我们的责任担当、使命意识，带头贯彻执行中央、省、市、县各级政府关于防控疫情的指示精神，以实际行动服务防疫工作大局，充分做好各项应急准备，随时接受组织的调遣，积极投身防疫志愿队伍，坚决做到讲政治、讲大局、讲奉献、跟我上、看我的。

二、从我做起、从小入手，守规矩、不添乱。加强自我卫生防护，学习公共卫生知识，以科学的态度看待疫情。要按照政府要求做好自身及家人的疫情防范工作，多通风、少聚会、戴口罩、勤洗手，一旦发现有发热、咳嗽等症状，尽快就近到定点医院接受检查、治疗。

三、正向引领、正面激励，听官宣、不传谣。做到一个退役军人就是一面旗帜，引领好群众以积极的态度面对疫情，科学预防、理性应对，保持心态健康，坚决不信谣、不传谣，以官方发布的通报为准，不转发未经证实的信息，对造谣人员进行劝阻教育，不给战"疫"添乱。

2015 年，苏晓涛从原南京军区某部退役，从军 16 年。他在部队就是爱军习武的典型、学习成才的标兵、见义勇为的模范，是沂蒙兵群体中的杰出代表。退役后，他放弃了安置机会，带领十几名青年退役军人共同创业，创办了国内首家以弘扬沂蒙精神为主题的沂蒙儒将红色教育培训中心，在进行红色资源产业化的实践中，探索出一条集退役军人高品质就业、红色基因传承、青少年素质教育、乡村振兴、公益服务、群众脱贫增收六大时代课题有机融合的新路子。

2018 年，苏晓涛晋级第三届"中国创翼"创业创新大赛全国总决赛并获奖，是该届赛事唯一获奖的退役士兵。为了系统专业地帮扶更多退役军人实现高品质就业创业，2018 年 11 月，他发起创立"临沂儒将创业大学"，现已与多家大型企业签订了年推荐 5000 名退役军人的就业合同，到目前为止，已为 1 万余名退役军人进行就业创业培训、岗位咨询及对接服务。

苏晓涛本人先后获得"全国向上向善好青年"，第三届"中国创翼"创业创新大赛全国总决赛"创翼之星"奖，"山东省五四青年奖章""新时代齐鲁最美青年""山东省退役士兵就业创业标兵""沂蒙首届最美退役军人"等荣誉称号，两次受到中共山东省委书记刘家义同志，中共山东省委副书记、省长龚正同志的接见。

此次疫情期间，以儒将创业大学退役军人为主要成员的 10 支小分队，按照就近原则，活跃在市县区各小区、重要交通路口协助基层组织值勤义务服务，他们不惧危险，勇做抗病毒宣传的"逆行"者。

这 10 支小分队巡逻的身影出现在兰山银河湾社区、澜泊湾小区、后园小区、昆仑花园小区、河东区银丰佳园小区、沂南县永兴小区、金盾小区、临沭县幸福小区、沂南县宝石峪社区、团山庄社区，他们利用"儒将"在安全防护方面的专业优势，组织师资为基层干部和社区值班人员，就如何做好自我防护、规范检查，如何引导群众配合防护等相关工作进行培训。应急队还自费印刷了抗病毒宣传单，分发给居民和群众，普及新冠肺炎病毒的防护知识。

苏晓涛则利用市社会阶层人士联合会副秘书长、省退役军人创业联盟发起人等身份，广泛发动社会力量，积极号召为疫情重灾区开展捐助活动。在他的影响推动下，沂南县社会阶层人士联合会、沂南县青年创客联合会、山东省青年退役军人创业联盟等公益组织纷纷响应，截至 2 月底，已经累计捐款捐物达到 20 余万元，相关捐赠活动还在进行中。

"大疫面前，子弟兵首当其冲，退役军人群体讲政治、敢担当、甘奉献的优秀特质也得到了充分印证。"苏晓涛说，面对新冠肺炎疫情这场没有硝烟的战争，海内外中华儿女再一次被动员起来，有钱出钱、有力出力，人人在一线、人人做贡献的人民战争，再现了战争年代"最后一口粮做军粮、最后一尺布做军装、最后一个儿子送战场"的沂蒙精神。此次疫情防控阻击战中涌现出了数以万计的感人事迹和先进典型，让我们坚信中国特色社会主义制度优势的同时，更加坚定了实现中华民族伟大复兴中国梦的信心。

资料来源：临沂市退役军人事务局；整理：王丽丽、戈广宇

英勇的"防疫战士"倒在了抗"疫"一线

2020年2月5日深夜，浙江省衢州市柯城区石梁镇退役军人姚刚林生命永远定格在了疫情防控一线岗位上，经医院诊断，系呼吸心搏骤停死亡。当晚9点多，他还坚守在疫线阵地——村卡口执勤。

心系百姓安危，他主动请缨参加战"疫"

在石梁镇人民政府从事综治和驻村工作期间，姚刚林总是保持在部队早起的习惯，每天6点半之前就到办公室，打好整栋楼的开水。

疫情发生之时，他的妻子刚好怀孕3个月，可是他想也没想，主动请"战"，到疫线工作。他说，"我是一名军人，哪里需要我就应该冲锋在哪里！"

他的同事透露，自2月1日姚刚林轮班住夜以后，就再也没有回过家。姚刚林对办公室同事蒋荣良说，"村里防疫事情比较多，住在单位工作起来更方便，顺带也避免和家人之间的交叉感染。"

其实，从大年三十开始，姚刚林就已经上班了。他每天早上6点半就到单位，和柴家坊村网格

姚刚林

员冯霞一起，一户一户传递疫情消息、宣传防疫知识、排查外来人员。"防疫巡查开始，我们就一直是搭档，最近我见他比见家人还多。"冯霞说，"防疫工作开始后，姚刚林一直'赖'在工作岗位上，连换洗的衣服都是在镇上临时买的。"

第一时间得知噩耗的石梁镇主要负责同志十分痛心，一个劲地懊恼。他说，此前姚刚林一直没回家休息，在干部食堂遇见他时，我们都曾经委婉地劝导他可以在家短期办公。因为姚刚林妻子正怀有身孕，家中还有 70 多岁的老母亲和一个一级残疾的弟弟需要人照顾。

兢兢业业，他认真排查疫情防控各个环节

"大家都在岗位上，都很辛苦，我再多陪你们一会儿。"这是姚刚林留给冯霞的最后一句话。

2 月 4 日晚，本该回镇政府休息的姚刚林主动跟一群网格员值守在临时岗亭里，直到晚上 9 点半。仗着身体壮实，他几乎每天都这样。柴家坊村有 330 户共 800 多人，设立三个岗亭，姚刚林担负设在主要村道上的最重要一个岗亭，村民全部从此处进出。疫情防控初始，他和伙伴们就全身心扎在岗亭上，做好人员排查工作，每一个人他都挨个测体温、做登记。随着疫情持续深入，村民们的防控意识越来越强，出门的人少了，一天也就十来辆车进出，但他始终保持军人的警觉，丝毫没有松懈下来。他总是这样说，"大家守得紧点，群众就多一分安全"。

尽己所能，他捐出了5盒口罩。"前些天，他拿着5盒口罩，很高兴地过来。"这些天和姚刚林一起守岗亭的柴家坊村村民柴卸富看着5盒放在岗亭备用的口罩，哽咽着说："以后，再也等不到他来岗亭送口罩了。"

"当时，姚刚林在防控一线看到物资紧张的情况后，马上就想方设法联系，这5盒口罩是他想尽办法弄到手的。其实，他们家更需要这些口罩，可是，他第一时间想到的却是我们！"说到这里，柴卸富的眼圈一下子就红了。稍稍整理了下心情，柴卸富用微微颤抖的手，从口袋里摸出了一袋吃了一半的"金嗓子"喉宝。"他对我们这些村民是真用心，这也是他给我准备的。"他说，看到志愿者们因为不停地劝导，嗓子喊哑了，他默默地从镇里买了"金嗓子"给他们送来……

柴家坊村党支部书记林国忠，提起不幸发生前一天和姚刚林见面的情形："昨晚9点我看见他还在岗亭上。"林国忠停顿了很久，接着说："我应该劝他早点回去，多催他几次……"

英雄虽已逝去，但抗"疫"没有停止；英雄虽已逝去，活着的人不会忘记！

"我们要帮助姚刚林的家属撑起这个家。"姚刚林殉职后，衢州市向全市通报了他的事迹，各相关部门马上进行了工伤认定，并迅速落实工伤抚恤金和各类慰问金，还解决其赡养老人、养育子女的实际困难，第一时间把各项关爱防疫一线党员干部的"暖心"举措落实到位。

为更好地关爱和激励一线防疫"战士"，衢州市推出《进一步激励关爱基层党员干部和医务工作者在疫情防控一线担当作为的二十条措施》，在政治、组织、工作、精神4个层面关爱和激励防疫一线的工作人员。注重在一线考察、识别、评价、使用干部，对在防疫工作中表现突出的公务员，可适当简化程序晋升职级。按照"面向一线、激励担当，分类施策、体现关爱，市县联动、统筹协调"等原则，通过强制超负荷工作的人员休息等20条具体措施，关爱、激励基层党员干部和一线医务工作者勇于奉献、敢于担当。

资料来源：衢州市退役军人事务局

战"疫"车辆，救援一律免费

"多亏这家救援公司帮了大忙，为防护服及时出厂赢得了时间！"3月8日，得知工厂又一批防护服发往抗"疫"一线时，大货车司机邢丕东说道。

原来，2月13日晚，邢丕东驾车从江苏省取货后返回辽宁省大石桥市，没想到货车在京沈高速石山段抛了锚。前不着村后不着店，还赶上疫情，眼瞅着雪越下越大，他急得团团转。

就在邢丕东愁眉不展之际，高速交警发现了他，并迅速联系到了救援车。很快，辽宁省盘锦市某交通救援公司5名民兵党员及时赶到，将抛锚车辆拖到50公里外的服务区，紧急抢修完毕。

邢丕东是个老驾驶员，对于货车抛锚后救援公司借机漫天要价的现象见怪不怪。然而，让他没想到的是，这家救援公司竟然分文不收！现场救援的民兵告诉邢丕东，按正常价抢修费2000元，但因为车里装载的是做防护服的原材料，所以不收费！

风雪夜，在救援民兵的帮助下，邢丕东将医疗物资及时运回。事后，当他得知这家公司的总经理徐恩惠是"全国模范退役军人""辽宁好人·最美退役军人"时，心中更是充满敬佩。

"打战'疫'大仗，不能算公司小账！"据徐恩惠介绍，市交通救援民兵分队就编在他们公司，新冠肺炎疫情发生后，他们依托公司

自身交通救援方面的车辆、技术、设备和人才优势，组建了"党员突击队"，自己担任队长。

他们还决定，凡是参与疫情防控的车辆，一律提供免费服务。

说到做到，落地砸坑。"跑了10多年长途，第一次享受免费救援服务，这可是雪中送炭啊！"说这话的是黑龙江省龙运快递公司司机王平。王平回忆，3月3日，他接到从齐齐哈尔往天津运送49吨防护物资的任务。没想到，途经辽宁时，他的车在京沈高速公路510公里处"趴窝"了。

王平当时非常着急。"我知道现在运送防护物资的任务多艰巨、时间多紧张，可是车坏半道了，能不急嘛！"王平说，他努力让自己冷静下来，并通过路政部门联系到了这家公司。抢修完毕后，王平要给钱，却被告知，因为他的车是运送防护物资的，所以不收费。

据统计，1月下旬以来，这支党员突击队先后为30多台运送抗击疫情物资的车辆实施免费救援，因救援及时还为12家水果蔬菜个体户避免了30余万元的运期延误、寒冻损失。徐恩惠告诉记者，简单估算，公司损失近10万元，但为了抗疫，值！

资料来源：辽宁省退役军人事务厅

英山县 980 名退役军人投身抗疫一线

　　2020 年 2 月 28 日，湖北省黄冈市英山县退役军人事务局透露，疫情防控战打响以来，英山县已有 1500 名退役军人积极报名参与战役，其中 980 名军人奋战在一线。

大爱无疆的捐赠者

　　疫情出现后，英山县广大退役军人纷纷慷慨解囊，积极捐款捐物。据统计，28 名下岗伤残军人共计捐款 13200 元；下岗志愿兵 51 人共捐款 5540 元；28 名在吉林省工作的英山籍退役军人共捐款 19000 元；柳林河村王长流、伍江锋、胡涤尘等 10 名退役军人，自发组织捐款共计 4100 元。

　　退役军人、湖北三座山饮品有限公司总经理胡伟捐赠现金 5000 元，捐赠价值 60000 元的物资（桶装水等）服务前线；三荣工贸科技发展有限公司总经理、8 级伤残军人刘柏林，捐款 2500 元现金；退役军人黄全安、黄萌父子，向黄柏山村、上马坳村捐款 10000 元、大衣 14 件；英山牛背脊骨旅游开发有限公司总经理胡顺捐赠物资口罩 50000 个、防护服 1000 套、防护镜 1000 个。

奔波社区一线的勤务员

温泉镇东门社区党委书记段军是一名退役军人，疫情发生后一直奋战在社区最前线。按照分片包干原则，段军带头完成了辖区 6750 户 1.2 万余人的摸排登记任务，发放宣传疫情防控资料 3000 余份，悬挂横幅 20 多条。东门社区共有 49 个卡口，段军带领 8 名退役军人在 6 个最重要卡口 24 小时值班。

元宵夜，段军接到"12345"打来的电话，辖区内有一位独居老人突然倒地大小便失禁，老人在昏迷之前拨通了"12345"热线。得到消息后，段军立即放下碗筷奔到老人家，同时拨通 120 急救，迅速将老人送到县医院安顿好，离开医院到家时已是凌晨 3 点。

坚守卡口的守门员

"真没想到在疫情防控这么关键的时刻，县人武部、县退役军人事务局还牵挂着我这个普通战士的家庭。"2 月 27 日，正在方家咀乡千斤坪村值班的艾晨，拿到了 1500 元慰问金。

据了解，艾晨现服役西藏军区某队，初级士官。他的爸爸得了脑动脉瘤，做过开颅手术，手术后一直没恢复好，妈妈一直在家照顾，年迈的爷爷也是体弱多病。疫情发生后，休假在家的艾晨主动请缨作战，负责村疫情防控卡口执勤工作，连续 20 多天坚守在卡口。

不计报酬克难攻坚的消毒员

方家咀乡白羊山村的王成祥退役后在家务农。疫情期间他主动请缨作战，积极报名当志愿者，用自己的车辆配合村两委进行宣传和消毒工作，为村里解决燃眉之急。

20多天来，王成祥每天坚持守着路卡，对来往行人进行宣传及消毒；每日早出晚归，自己开车将村里的各个角落进行消毒处理，对村里垃圾场、垃圾桶进行全方位清扫，并在车上安装喇叭，在各个村组进行防疫宣传。

资料来源：湖北省退役军人事务厅

雪衣红袖齐出征　并肩作战迎春归

面对突如其来的新冠肺炎疫情，青海西宁市城西区的广大退役军人争先请战、主动出击，他们穿上白大褂、戴上红袖标，或入户宣传排查，或参加消杀病毒，或在小区门口登记劝返，或捐款捐物，以实际行动诠释着退役不褪色、退伍不退志的本色和担当。

勇挑重担的"排头兵"

季鹏，现任虎台街道党工委苏家河湾村书记、主任。2005 年退伍回乡后，他依然冲在前、干在先，成了村里脱贫致富的"领头雁"。新冠疫情暴发后，他当仁不让做起了防疫战中的"排头兵"。作为支部书记，他既当指挥员又当战斗员，白天巡查网格卡点，查看防控措施落实情况，关注隔离人员动态，晚上总结梳理、研判形势、安排工作，夜以继日在"疫"线践行着第一责任人的使命。

苏家河湾村有食品、五金、理发店等商铺 17 家，流动人口超过 2000 人。虽然村里设有 6 名网格员、11 名志愿者 24 小时轮班值守，但季鹏生怕有遗漏，每天亲自为村民的健康和安全"站岗"。对于打好疫情防控阻击战，季鹏充满信心："守护好每位村民的健康与安全是我的职责。我坚信在党和政府的坚强领导下，只要干群一心，就没有跨不过的坎。"

坚守不退的"守护者"

李洪是 2018 年自主择业军转干部，也是兴海路街道低保评审员。2019 年他被城西区监察委员会聘为特约监察员，疫情发生后，他又主动加入疫情防控志愿者的行列。

"请组织放心，我坚决站好每一班岗，守护好每位居民的健康。"党委会上李洪这样说。疫情发生以来，他没休息过一天，他说"虽然不穿军装了，但我永远是钢铁战士，疫情不退我不撤"。从协助社区工作人员入户登记、发放宣传单（册）、组织外来人员登记、消杀等，到帮助解决辖区居家隔离人员每天的生活物资及药品保障、值守劝返点等，哪里需要，哪里就有他的身影。他用担当彰显初心，用行动诠释党员和老兵的坚守。

闫达强，也是一名自主择业军转干部，2017 年退役，2019 年当选西交通巷社区党委委员。"我出门，是为了大家能回家。"这是闫达强回答妻子为什么自己去当志愿者的话语。能道出的是叮咛，道不出的是无声的职责和牵挂。闫达强披上了白大褂，戴上了红袖标，消毒、排查、张贴，为隔离者送生活必需品，哪里需要，他便出现在哪里。每天不管工作到多晚，第二天总是按时到位。他说："因为有离不开的岗位，才有回得去的家。"

勤俭节约的"捐赠者"

杨家寨村的老党员，老退伍军人张先弟，1958 年出生，1980 年退伍，认识他的人都说："老张一年四季两套衣服，一套单衣一套棉衣。""老张家吃饭，除了面条咸菜就是土豆白菜。"但只要邻里村民有困难，他就毫不吝啬，倾囊相助。"这点钱不多，为一线的攻防人员买点防护用品吧。"5000 元对他来说是一个巨大的数字，但他朴实憨厚的话语背后忘却的是那一分一毫、一丝一缕所渗透的辛勤汗水。

90 后青年马太伟，2014 年退伍。疫情发生后，他第一时间参加志愿服务，因社区工作人员就餐困难，他走街串巷，从几十个小商铺中购买到总价6000元的80箱方便面、20箱饼干，送给虎台街道办事处，为疫情防控献出一份爱心。

丈量街道的"徒步者"

2016年自主择业的军转干部袁克平，曾6次荣立个人三等功，多次受各级嘉奖，多次被评为机关优秀干部。大年初五，他到城西区退役军人事务局递交请战书，第一时间到桃李路社区参加疫情防控。一个多月来，他奔走辗转在楼前巷后，进出在各商铺超市，手机上每日3万步的行走记录，丈量着抗击疫情的脚步。他在自己包干的5个小区悬挂条幅18条，发放"新型冠状病毒防控宣传手册"百余册，张贴疫情防控明白纸128张，劝回外出人员1200余人（次）。休息间隙，袁克平还专程来到学院巷社区，交纳了1000元特殊党费。

原62201部队高级工程师王宏诗，2017年自主择业，技术七级，大校军衔。在部队荣立三等功、被评为自学成才先进个人、优秀机关干部，荣获军队科技进步二等奖等。疫情面前王宏诗不忘从军入党初心，2月5日积极响应号召，第一时间到新宁路西社区报名，成为一名疫情防控志愿者，积极协助社区做好疫情防控，担负来宁人员信息的登记和数据录入、出租房屋人员的排查核实和数据录入、为不能来社区登记人员提供上门登记服务、检索收集回宁转业退役军人信息等任务，并发挥个人特长为社区提供计算机方面的技术服务、为周边人宣传提供疫情和疫情防护方面的知识等。

1993年退伍的退役军人高兴海，现居海晏路43号。孩子今年在湟川中学就读高三，海晏路社区主任对他说："今年孩子就要参加高考了，孩子这段时间都在上网课，学习这么紧张，你为什么不在家陪孩子？"高兴海说："现在是非常时期，我是一名党员、冲锋在前是我的职责，社区工作人员从年初一没有休息过一天，我作为一名退役老兵、作为一名共产党员也想为社区防疫工作做点力所能及的事情。"每天早上8点半，他准时到小区党支部报到，受领任务，下楼院做好外来人员排查工作，张贴小区温馨提示，给辖区老年人、贫困居民发放消毒液，送上"爱心口罩"。

党旗引领风帆劲，不待扬鞭自奋蹄。他们都是退役军人，他们也都是党员，更是这场战"疫"的突击队员，他们一直在为抗"疫"积攒力量和温度，用老兵们的担当、用党员的精神为群众生命守护，为居民健康站岗，我们共同期许：同胞同袍，同迎春暖花开，共享岁月静好！

资料来源：青海省退役军人事务厅

兵团退役军人在"疫"线

——第一师阿拉尔市社区书记的"逆行"日记

"家里有什么困难没有？需不需要帮忙买菜？需不需要帮忙倒垃圾？"幸福路社区书记吴福金对一家居家隔离人员问道，得到答复后又马不停蹄的赶往另一家隔离户。

他是六团幸福路社区党支部书记，一名退役军人，也是这次幸福路社区新冠肺炎疫情防控工作领导小组的组长。从小区回社区的路上，他不时地交代片区"两委"："要确保疆外回小区的车辆及人员在第一时间监控到位，我们不能放过每个可疑点、每辆可疑车，就是为了让居民更加安全。"

每天早上天还没亮，他就冒着寒意到办公室，认真梳理昨晚防疫会议内容，待人员到齐便开始部署今天的疫情防控工作。简短的会议后又开始忙碌。

走家入户，烦琐需要耐心，一转眼就到了中午，没时间回家的吴福金刚泡了一包快餐面，手机又响起来。接到群众反映，浙苑小区超市旁聚集了一些群众在聊天、下棋。快餐面还没有吃完，他又带上喇叭赶到小区。这就是一个社区书记每日的午餐时刻，已持续近十天。

夜幕降临，社区"两委"工作人员结束一天的防疫工作，吴福金书记准时主持防疫工作小结会，向工作人员逐一询问当日疫情防控情况。当得知一切正常后，才松一口气。接着，又叮嘱"两委"："大家在走访、宣传中，一定要注意保护自己，戴好口罩，戴好手套，晚上回去，和家里人通个电话，视个频，报个平安！"会后，他又开上车，到浙苑、幸福小区门口和派出所协警、小区保安了解当日小区进出人员情况。

吴福金的家就在1连，距离团部幸福路社区不到2公里。他已经连续5天没有回家了，爱人和母亲为他做好的饭，不知道等了他多少次，不知道为他热了多少次。他总是说"你们先吃吧，我这边忙完再回去……"爱人盼丈夫回家喝口水，母亲盼儿子回家吃口饭，在他心中，这一切都没有社区居民的健康重要。

社区"两委"告诉笔者，"每次听到手机传来'滴滴'的声音，一看就是书记在联户长微信群里转发关于防疫的信息。没过几分钟，手机又振动了，是书记的电话又来了，都晚上12点也不忘工作。"

"我是一名党员，也是社区书记，守住每一道防线，只为守护这一片家园。社区的居民们都非常热心，主动向我们反映情况，为防控工作提供方便，居民们不但主动配合，还叮嘱我们要注意安全，有了居民群众的支持，更加坚定了我们早日战胜疫情的信心。"吴福金说道。

在六团，像吴福金书记这样在寒风中"逆行"的基层工作者还有很多。自新冠肺炎疫情发生以来，广大团镇工作者和志愿者投入到疫情防控工作第一线，成为基层工作中的"最美逆行者"，筑牢了团镇疫病防控基层基础，为团镇疫情防控工作作出了积极贡献。

资料来源：新疆生产建设兵团退役军人事务局

杨正亮：用生命诠释初心使命

"爸妈，我走了，你们好好在家里待着，这阵子我可能回不来了，你们别忘记吃药，等我回家……"

"手套和口罩物资紧张，先紧着楼栋长和居民们，等社区其他干部都有了再给我换……"

"大家已经很久没有好好吃顿饭了，今天是元宵节，我给你们买了元宵……"

谁也没想到，正月十六凌晨，这顿"超时"的"团圆工作餐"后，年仅37岁的六师芳草湖农场退役军人、振兴南路社区党支部书记、居委会主任杨正亮，他憨厚朴实的笑容，定格在了所有人的记忆里。

生命，定格在元宵节后的那个夜里

2月8日，在所有人居家团圆吃元宵的日子里，杨正亮和同事们一直忙碌着。直到2月9日凌晨，他才匆匆赶回社区办公室，用电饭锅煮了一锅元宵。连续十几天奋战在防疫一线，他和其他三位社区成员难得聚在一起吃顿热乎饭，由于电话铃声不断响起，为尽快解决居民们的问题，社区"两委"

成员几次三番外出又回来，好不容易凑齐了人，元宵也成了"糊糊"。

"来，为了打赢这场战'疫'我们干了这碗'元宵糊糊'！"一阵欢声笑语后，杨正亮和社区居委会副主任魏宏波，社区党支部委员张振宇、居委会委员刘璇一起喝下了团圆的"糊糊"。

伴随着一阵咳嗽声，大家突然意识到杨正亮的感冒似乎又加重了。

"年前杨书记就开始感冒了，我们都劝他请假休息，有事儿别老自己扛，让我们替他分担分担，可他总是事必躬亲，他说居民的事儿每件都是大事儿，还是要亲自处理的好。"说到这里，刘璇的眼泪止不住地滴落下来。

"直到现在我都不敢相信杨大哥是走了。"回忆起那晚的场景，张振宇记忆犹新。晚饭后，杨正亮正与他们谈论着下一步小区管控的工作安排，可说着说着，他一向洪亮的声音变得有些飘忽，接着他捂住胸口靠在椅子上，一言不发地"睡"了过去。

"一开始，我们以为杨书记是累的，因为他已经几天几夜没怎么合眼了，直到后面看见他面色发紫，我们才感觉情况不对，立即拨打了120急救电话，给他做了心脏复苏，可最终还是没能留住他……"魏宏波说着说着哽咽地说不出话来，只是满眼的泪水。

自从师市疫情防控工作开展以来，杨正亮作为芳草湖农场振兴南路社区的基层一级指挥长，带领社区两委将全部的精力都放在疫情防控工作中，紧抓辖区内各小区联防联控、群防群治，对辖区内1521户居民进行地毯式的排查，对发热患者、近期与疆外来农场人员有过接触的人员信息等全部登记上报。

登记、入户排查、发宣传单、劝导居民……他用脚步反复丈量所管辖 7 个小区的每个角落，把各项防控措施宣传、落实到每一栋、每一个单元、每一户居民身边。手机铃声不断响起，这个身高一米八几的汉子，接到居民打来的电话总是轻声细语，很有耐心，此时他对居民们关切的劝导与叮咛声还言犹在耳。可就在 2 月 9 日凌晨 3 时 18 分，却再也看不见他的身影……

使命，还有我们来扛

"我不哭，我就不哭！我就要气气他！我不相信他会丢下我一个人！"看到医院里躺着的杨正亮，妻子陈静心中有愤怒、有不舍、有哀痛……她不相信曾经那个承诺她，战胜疫情后就会回家好好陪她的丈夫会食言。

结婚 12 年了，丈夫杨正亮说的话从来都是一言九鼎。虽然杨正亮不是个浪漫的人，可他踏实、体贴、责任感强，对陈静呵护备至。

"我婆婆公公身体都不好，我爱人的哥哥又有语听障碍，他们三个体质都弱，平时断不了药。一家人的大小事情都是我爱人操持，可我们一大家子非常和睦，家庭氛围特别好，我们相处的也很融洽。"谈起杨正亮的家人，陈静心里荡起了一阵暖流。

虽然知道杨正亮的家庭情况，可陈静还是义无反顾地嫁给了他，从杨正亮对家人的态度上，陈静看得出杨正亮的孝顺与担当。

陈静还记得自己孤单害怕时，杨正亮对他说的那句："别怕，有我呢！"还记得自己委屈难过时，杨正亮对她说的那句："等我，我这就回来！"

然而，这一天，杨正亮是真的回不来了，一家的顶梁柱倒了，陈静的天塌了……

望着杨正亮"沉睡"的面容，陈静喃喃自语地说："说话不算话，我们大半年没好好聚了，你总说自己忙，说社区需要你，可我呢？"说到这里，陈静又顿了下，接着说："哎，我知道你累了，太累了，睡吧！你走了，以后这个家，我来顶……"

杨正亮离开那天夜里，魏宏波、张振宇、刘璇一直围坐在办公桌前，谁也不出声，谁也没有哭，整个办公室是那么的安静。以前杨正亮就是他们的主心骨，如今的他们，按刘璇说的话："像极了没了家长的孩子。"

一时间，对杨正亮的追忆在他们三人的脑海中蔓延开来。

张振宇回忆说，记得 2018 年 9 月，杨正亮与该社区低保户蒋小兵结为联系户。低保户蒋小兵是一名残疾人，没有劳动能力，家里年迈的母亲也是一名残疾人，一家人就靠着母亲微薄的退休工资和政府的救助生活。

作为联系人，杨正亮每个月都会去看望蒋小兵，时时刻刻真心以待，给他讲最新的惠民政策，教他如何使用手机，嘱咐他好好照顾母亲，有困难就打电话。蒋小兵都一一记在了心里。2018 年 11 月 4 日下午，蒋小兵母亲突然出现全身肿大的症状，无法行动，情急之下蒋小兵找到了杨正亮。

"杨书记得知蒋小兵的妈妈杨芳德重病卧床几天的消息后，立刻到他家中进行看望。第二天一早他叫上我和魏宏波，一起开车把杨芳德送往芳草湖农场医院，由于病情严重，医院要求转往五家渠医院，杨书记又想方设法联系了一辆救护车，把他们送到五家渠医院就医，办理好手续才返回。"张振宇说。

往事历历在目，说起那天的情景魏宏波的思绪回到了那年冬天。

"我还记得在治病期间，蒋小兵为高昂的医药费发愁，杨书记就让他放心看病，先别担心钱的事，转身即刻去找民政科询问解决办法。"魏宏波回忆，后来杨正亮了解到国家对于低保户有一项救助政策，可以先看病，申请救助后，费用可以报销。于是，他就跑前跑后办理好手续后，才放心离开。

魏宏波和张振宇还记得这件事情办完之后，蒋小兵来社区找到了杨正亮，笑得像孩子一般，而那段时间愁眉不展的杨正亮也终于露出了灿烂的笑容。

"杨书记，我们知道你最放心不下社区的居民们，我们也会牢记您的嘱托，把社区当成家，把居民当成亲人的誓言，肩负起您的使命，幸福路上不让任何一个居民掉队！"张振宇仰望星空，喃喃地说。

英雄　一路走好！

"大家一直在关注各地奋战在疫情战役和牺牲在疫情战役上的英雄，其实英雄就在我们身边，我们芳草湖农场振兴南路社区书记杨正亮坚守在岗位十多天，因突发疾病走了，一路走好……"

当这则信息发送到社区居民微信群后，居民们悲痛不已。由于疫情防疫期间大伙儿不能亲自前去表达心意，居民们在微信群中向书记送去了鲜花表情与祝福。杨正亮担任社区党支部书记、居委会主任以来，冲锋在前，担当作为，始终把居民的事当成第一要务，社区居民非常喜欢他。

得知他的离世，家住该社区幸福花园小区的住户刘雪洋感到惊讶与伤心，她在群中说道："怎么会？7日早上书记还送我去了医院，临别时还好好的，怎么突然就走了？"

刘雪洋还记得，那天自己身体不适，洗完澡后发现自己身上生出很多疹子，由于出门疫情防控期间自己不能随便外出，他们想起了社区联系卡上杨正亮的名字。

"我记得打了电话后20分钟的时间，杨书记就到了，他开着车过来接我，路上不断地问我身体情况，还让我不要担心，说有啥事就给他打电话，他24小时都在岗。"刘雪洋还记得，下车时，杨正亮不断叮嘱她，不管什么结果都要告诉他；她还记得杨正亮告诉她，说她病好些后会来医院接她。

可她万万没想到这个挥手告别的瞬间，竟成了自己看到杨正亮的最后一幕。

"这个娃娃看上去身体壮得很，人也年轻有能力，说话特和气，对我们这些居民一点架子没有，这么好的人咋就走了呢?!"家住该社区时代新城小区的居民杨培凤说，她8日的下午还见了杨正亮，那时的杨正亮正风风火火地走着，一边走一边打电话协调事情。

看到杨正亮这么忙，自己本不想打搅他，可杨正亮却主动问起:"杨大姐你咋出来了? 外面这么冷，现在是疫情防控关键期，你有啥事告诉我我替你办，你别自己出来冒险。"杨正亮说。

"我弟在平房区，他脚伤着了，我想给他送点吃的过去。"杨培凤答。

"来，我替你送!"看见杨培凤从家里急急匆匆拿出来的方便面，杨正亮撇了撇嘴说:"这吃着有啥营养，回头我买点好的给你弟送去!"说着便急匆匆地走了。

"杨书记，我家做好晚饭你来吃好不?"杨培凤对着杨正亮的背影大声喊道。

"不了，我没时间，也不合规定，办公室有我买好的方便面呢! 谢谢你啦大姐!"杨正亮说着，来不及回头，而他的背影却深深印在了杨培凤的脑海里。

现在想起那日的情景，杨培凤忍不住哽咽地说道:"这样的好书记，到哪里去找啊! 杨书记，您太累了，就这样匆匆地走，好好睡个觉，休息一下吧。"

致敬，我的战友

杨正亮走了，但是他每天和同事们战斗在防疫一线的情景还在大家的脑海中记忆犹新。

芳草湖农场作为兵团的大型团场之一，而杨正亮所在的社区又是农场大型社区，流动人口最多，平房区大，管控工作难度任务重。杨正亮带领其他工作人员，每天都要严控流动人口动向，细致地查漏补缺，不放过一名可疑人员，及时堵塞盲点不漏掉一人，他的"一线工作法"和"志愿服务助力"，作为经验在其他社区推广。

"杨正亮给我印象特别得深刻，他为人憨厚、话不多，语气很直，乍一听不是很好接受，可是通过这一年多的工作，让我对他有了重新的认识，工作很是认真负责，敬业、要强的人。"芳草湖湖农场副政委郭新荣说。

初心不忘，使命不移

杨正亮一心扑在工作中，视社区为家，视社区居民为亲人，没有太多的话语，只有一份责任扛在肩上，在当前疫情防控工作中，芳草湖农场广大党员干部用担当筑起疫情防线！

"我们虽然失去了一名好同志、好战友，但他创新的工作法一直在我们中间。作为一名党员，他是我们学习的榜样。作为一名同事，他的离去将更加坚定我们战胜此次疫情的决心。我会和农场其他党员一起学习他永葆初心、信念坚定的政治品格，学习他无私奉献、勇于担当的敬业精神。"郭新荣说。

"疫情就是命令，防控就是责任。"在疫情防控工作中，无数党员干部挺身而出，以身作则，将杨正亮的精神转化为强大正能量，凝心聚力、众志成城，全力以赴、共克时艰，坚决打赢当前疫情防控阻击战。得知了杨正亮离世的消息后，他们悲痛之余，又多了几分坚毅。

"我和杨正亮是发小，也是战友，这个春节我们都在战斗一线，我了解他的个性，为了居民们的美好生活和安全，再苦再累他都不会退缩，也不会叫苦叫累。"该场芳新东街社区党支部书记吴凯说。

和杨正亮一样，自从从事了社区的工作后，吴凯就再没有一个清闲的假期。这个春节前夕，面对突如其来的新冠肺炎疫情，他连续加班加点，紧紧盯在疫情防控一线，带领工作人员逐楼张贴宣传资料、悬挂横幅标语、开展入户排查、隔离重点人员、发放防控物资、督导各小区劝返点防控工作……

吴凯还记得，自己最后一次见到杨正亮还是在 8 日的晚上。他看得出，由于每天早出晚归，连续多日的加班加点，已经使杨正亮感到身体不适，他劝杨正亮回家休息，但是杨正亮坚定地说："疫情防控，分秒必争，过了这阵子再说吧。"说罢，便从兜里掏出几片药吃下，又开始走访宣传，为居家隔离居民送去生活物资。

"他离开后，我和几个社区书记都很难过，觉得自己肩上的责任又多了一分，战友牺牲在防'疫'一线，可我们还在，我们一定要和这场战'疫'斗争到底！"吴凯坚定地说。

在社区治安员徐红萍的印象里，杨正亮做的大盘鸡特别好吃，臊子面也堪称一绝。社区工作琐碎，不能按时下班是常事，他们就准备锅碗瓢勺。有时候稍有空闲，杨正亮会买来食材给大家做一顿美食，叫社区工作人员们一起"撮一顿"，算作是"慰劳"。

"这段时间太忙了，大家都没时间吃早餐，中午晚上也都是吃泡面，你看这抽屉里的小零食，也都是他花钱给大家买的。他总说让我们照顾好自己的身体，却常常忘了自己！"徐红萍哀叹道。

自从杨正亮离世以后，徐红萍主动挑起了"后厨"的角色。虽然可以买到的蔬菜品种有限，可她每天都要变着花样做家常菜给社区的工作人员吃。

"这些娃娃们都跟我孩子差不多大，每天连轴转，忙起来饭都吃不上，我也帮不上别的什么忙，我现在的任务就是保证他们能吃顿热乎饭，不能再让任何一个人倒下！"徐红萍说。

想起杨正亮的倒下，徐红萍心中有些懊恼，她想，如果自己可以多关心下杨正亮，或者早一些回到社区上班可能会好起来。

"我知道社区里好多干部大年初一就回来上班了，我是在家等杨书记电话，他可能考虑到我快退休了，就一直没给我打电话。大年初四的时候，我实在等不及，就自己来了。"徐红萍回忆说："我虽然年纪大了，但身体还行，我不休息了！我要和大家一起战斗！"

杨正亮身上散发出的凝聚力，时时感染着身边的人。得知他去世的消息后，在兴南路社区的下沉干部刘冬梅坚定地说："杨书记，啥时候都是把居民的事儿放在第一位，严于律己，宽以待人，所有的事情都是先人后己。我们也要学习他这种精神，严格要求自己，做一个像他一样的好同志，好干部!"

天山悲痛，大地呜咽。杨正亮永远地离开了他热爱的工作岗位，离开了他似亲人的社区居民。但是，杨正亮的音容笑貌将成为永恒：朴实的话语、和蔼的笑容、执着的目光、干练的身影……

资料来源：新疆生产建设兵团退役军人事务局

爱心捐赠　情暖人间

　　一方有难，八方支援。在打赢疫情防控阻击战过程中这不是一句简单的呐喊，而是一笔笔善款、一车车蔬菜、一份份感动……虽不能够直接前往疫情防控的现场，但成千上万的退役军人以捐款捐物的方式积极参与疫情防控工作，为战胜疫情奉献自己的力量。他们送出的不仅是一份爱心，更是一份担当，比捐款更可贵的，是他们"保家卫国"的情怀。

　　在 2020 年 2 月 23 日的会议上，习近平总书记对党员干部提出了"四心"的要求，即必胜之心、责任之心、仁爱之心、谨慎之心。2 月 26 日，中央常委会召开会议，习近平总书记率领中央政治局常委同志，一同为抗击疫情捐款。为积极响应党中央号召，在全国退役军人事务系统网站上，不间断的捐赠信息持续更新，全国各地的退役军人把自己的战"疫"力量送到现场……

　　他们中有陆军工程大学院士钱七虎，向武汉捐款 650 万。作为我国著名的防护工程专家和现代工程理论奠基人，他常说，只有把个人理想与国家的需要、民族的前途紧密联系在一起，才能有所成就、彰显价值。他们中有全国模范退役军人罗永田，积极响应号召、捐款 20 万元。一日为军人，终身有军魂，九旬残疾退役军人史君高，被称为半手老人，是山东省栖霞市唐家泊镇肖家夼村一名退役军人，面对全国抗击新冠肺炎疫情的战斗，老人用自己这只"战斗"的手，向村里递上了带着体温的 1000 元捐款。

她们中有"最美退役军人"女兵，以积极捐款的方式让"加油"变得更有力量和温度。在得知鄠邑区医疗机构物资紧缺情况后，陕西省退伍军人吴芳急鄠邑区防疫所急，组织企业员工加班加点，应急配置75%酒精消毒液，向鄠邑区疫情防控指挥部和相关单位"雪中送炭"，共计捐赠酒精消毒液3300余公斤。她用实际行动践行着她说过的话："一天是军人，一辈子都是军人。这个身份在我的心里，永远在激励着我，把企业经营好，为社会作出更大的贡献。"

他们是"后勤保障队"，为让社区居民及时吃到爱心蔬菜，日夜奔波。四川省成都市金堂县退役军人刘兴武，向抗疫一线捐15000斤蔬菜，从金堂最北到最南、从最东到最西，都必须一一跑到。刘兴武从中午12点到下午6点，行程200多公里，中间连喝一口水的时间都没有。"今天要赠送的乡镇卫生院较多，比较分散，必须早点出发，中午饭我们就买点面包牛奶在路上吃吧！"

他们是用捐款捐物的方式与祖国并肩战"疫"的退役军人……

万水千山，阻隔不了大家同心战"疫"的必胜之心、责任之心、仁爱之心，每一个为战"疫"加油的退役军人，既是战士，也表达着自己对"疫"线战士的敬意，传递着守望相助、共战疫情的正能量……

湛湛长江去　拳拳丹心留

——追记湖北省军区咸宁军分区原副司令员唐光友

　　他的党龄和共和国同龄，他从战火与硝烟中走来，为党和人民的革命事业奋斗了一生。离休后，他连一双像样的鞋子也舍不得买，临终前还穿着自己编制的草鞋。可他却捐出了所有的家底，连自己的遗体也没有留，只留下一片丹心。

　　他叫唐光友，今年 94 岁，是湖北省军区咸宁军分区原副司令员。

　　2020 年 2 月 23 日，这位老人走完了他的一生。去世前，他为抗击疫情捐出了最后一笔 11800 元存款。为了支持抗"疫"，他把医疗资源留给更需要的人，坚决不去医院住院……

　　这是一次不同寻常的采访。受领任务时，唐光友已去世半个月。他生前所在的湖北咸宁仍被新冠肺炎笼罩，城市封闭，交通不便。采访只能通过远程视频进行。

　　于是，透过视频镜头，记者看到了唐光友老人的家：黑白照片一样的屋子，废品收购店也难以见到的家具，打着补丁的被子，五花大绑的老花镜……

最后一笔捐款

　　视频中的咸宁干休所政治协理员李磊，1.86 米的个头，威武的军装，一股军人风范。提起唐光友最后捐出的那笔钱，他的眼圈立即红了。

"两个月前，唐老出现急性心衰、脑梗死、全身浮肿等状况，春节后病情不断加重，一直处于半昏迷半清醒状态。都这样了，他还是牵挂着新冠肺炎疫情，执拗地要为抗'疫'一线的白衣天使捐钱。

"2月16日晚上，唐老清醒了一下，就想当天夜里把钱拿到干休所来，让我们第二天捐出去。老伴梁宏玉阿姨拦下了，她说大家都休息了，明天一早再捐吧。第二天中午，我把11800元捐款转账的截图打开，递到唐老面前，趴在他耳边说，'唐副司令，你的捐款已经成功了！'唐老欠了欠身子，脸上露出久违的笑容。

"7天后的23日晚上，唐老安详地走了。按照老人生前遗愿，遗体当晚就捐给咸宁红十字会。就这样，连一根草也没有给家里留下……"

李磊将干休所一份特别档案录下来，发给记者，里面记载着唐光友的捐款情况：

1981年，听说国家出现财政赤字，他拿出全部积蓄和给女儿办婚事的钱凑成1000元捐献，不料钱被退回，他就认购了1000元国库券，是当年咸宁个人认购国库券的第一人、第一多。

2008年汶川地震，捐3000元，交特殊党费3000元；2012年，交特殊党费10万元；2017年，捐款10万元，同时出资30万元成立"唐光友关爱救助基金"，帮助孤寡老人和困难儿童；2018年10月，捐款10万元；2019年国庆节，捐款30万元……

"这仅仅是我们干休所掌握的一部分，算起来有110多万元。更多时候，唐老悄悄地捐给了个人，捐给了学校、福利院，我们不知道。有些是因为人家找上门来，向干休所反映，我们才了解情况。"

记者请李磊提供一个准确的数字，他连连摇头，再三声明："这些年，唐老捐出了自己所能捐的一切，这个数字只是组织掌握的一部分，代表不了唐老捐献的所有。"

把床位留给更需要的人

唐光友老伴梁宏玉今年 89 岁，在屋里还穿着厚厚的粗布棉衣。视频中，她一头银色白发，雪染一样。

起初，梁宏玉坚决不接受采访。记者找了很多人，都未能说服她。最终，她只答应通过手机视频，让记者看看唐老留下的东西。

最想见到的是 100 元钱，梁宏玉果然没有舍得花——这是老伴留下的唯一念想。

"老唐 1 万元的工资，2000 元的慰问金，因为过年，他给了我和在家照顾他的女儿每人 100 元，剩下的 11800 元全部捐出去了。"夫妻相伴 69 年，唐光友作出的任何抉择，在她看来都是那么司空见惯。

两个月前，唐光友住进中部战区总医院。病情有所好转，老人迫不及待想出院。"医生不允许，但他硬是让女儿女婿送回家。"梁宏玉平静地说。

春节过后，唐光友的病情仍不断加重，多次出现器官衰竭，抢救了很多次，干休所的医护人员建议他住院。为了不给防控工作增加麻烦，他果断拒绝："不要抢救，也不要去医院！"

1 月 21 日上午，咸宁市委书记孟祥伟看望慰问唐光友，得知他不愿住院治疗后，很着急。当天下午，中共咸宁市委和咸宁军分区又去做唐老的工作，唐老还是没同意，他说："现在新冠肺炎患者这么多，不能浪费一线的医疗资源，要把床位留给更需要的人。"

知道他一生最听党的话，孟书记便通过组织的形式，以中共咸宁市委和咸宁军分区的名义联合下发《关于要求唐光友同志服从命令配合治疗的决定》，但他第一次也是最后一次违背了组织决定。

2 月 23 日晚上，他在家中溘然长逝。床前是他生前自己编织的草鞋。

唐光友，一位在物质生活上把自己压榨到最低点，却把奉献的能量释放到最高位的老党员。他用平凡而光辉的一生，诠释了一名共产党员的人性光辉和党性修养！

阳台升起五星红旗

唐光友家的阳台上，有一面鲜艳的五星红旗，在春风中猎猎飘扬。

从四年前搬到这里开始，这面国旗升升降降，从未停歇。每个清晨，伴随着咸宁干休所嘹亮的军号响起，在这个阳台上，五星红旗迎着朝阳冉冉升起，成为整个干休所一道亮丽的风景。

每当五星红旗升起，唐光友站直身子，庄严敬礼，激昂歌唱。很多老人听到后，也肃立于各自家中，表达敬意。

如今，斯人已去，只有一面国旗独自守候。

唐老 63 岁的女儿唐建辉，已经白发染鬓。她告诉记者，父亲最后一次升起国旗，是今年春节。那时候，他已经病得很重，阳台上风很大，母亲怕他着凉，不让他去。但他说："我这一生是党和人民给的，一辈子报答不完恩情。现在我已经不能为党贡献力量了，只有看着国旗，心里才安宁。"

梁宏玉不再阻挡。她明白，这是他的初心。

1926 年，唐光友出生于丹江口市一户佃农家庭。家中 9 口人，父亲和两个兄长惨遭兵匪杀害，母亲带着孩子们在生死线上苦熬。他 7 岁干农活，受尽人间苦难。1948 年，他参加解放军，从此获得新生。

剿匪，与死亡擦肩而过；襄阳发生水灾，他冲进咆哮的洪水抢救群众；生产队仓库失火，他带头冲进火海，倒塌的屋梁险些要了他的命……

一名年轻战士的精神内核，悄然发生改变。从襄阳到郧阳，从阳新到咸宁，唐光友工作多次调动，他走一路，好事做一路。每到一地，他都把驻地五保老人当亲人照顾。几十年来，先后资助过近百户贫困群众，为 7 位孤寡老人养老送终。

咸宁市社会福利院院长张开平在干休所当了四年司机班班长，令他意外的是，他没有给唐光友出过一次车。"按照他的级别，完全可以派车，但他怕费油，坚持'能给国家省一分是一分'，出门都是步行。"

"我当福利院院长不久，唐老拉着一大车印花被子来了，福利院 30 多位老人，一人一床。您知道吗？唐老自己睡觉的被子，还打着补丁……"电话里，35 岁的男人泣不成声。

1985 年，唐光友因病离休。他担心自己时日不多，暗暗下定决心：有一分光发一分热，一辈子走正道，一步也不能歪！

他和老干部发起成立"关心教育下一代委员会"，先后担任市实验小学、温泉中学等 8 所中小学校外辅导员，作革命传统报告数百场。

他组织学生开展"读好书、做好事、帮他人"活动，为学生购买健康书籍。

他带领十几个学雷锋小组，长期利用节假日无私奉献，上街打扫卫生，到车站义务值勤，为灾区人民和残疾人募捐……

把遗体献给医学事业

唐光友家的阳台不大，却别具一格。除了国旗，还有一个单杠，下面垂着秋千，既可以锻炼臂力，也可以借势压腿，还可以坐下来休闲。爱国、锻炼，唐老最上心的两件事，都可以在这里完成。

这些年，他练气功、长跑、冬泳……还获得了市直长跑比赛老年组冠军。

1985 年，是唐光友的人生转折点。他被确诊为食道癌，医生断定活不过 3 年。唐光友不信这个邪，用意志和癌症斗争，到 2020 年已经整整 35 年，病魔被他打败。专家说，他创造了同类病例生存的奇迹。

这段生命经历之后，唐光友萌生了捐献遗体的想法。"请医学专家将来把我解剖进行研究，看对病症患者有没有作用。""如果癌症患者都能多活十年八年，那该多好呀！"

2013 年，唐光友提出申请，并在红十字会人体器官捐献志愿书上签字，成为咸宁最年长捐遗志愿者。他在留言中写道："我这一生，是党和人民给的。活着，为党和人民做得还太少，心里很不安；死了，要把遗体献给医学事业。"

记者问唐建辉："爸爸疼你吗？"

"疼！"她说，"那种疼，别人感知不到，只有做女儿的能够体会。"

唐光友很怕浪费医疗资源，他住过最长时间的医院，是 21 天。病重时，唐建辉要把他抱起来，他一把将女儿推开："你腰不好，累坏了是一辈子的事。"

"可是他没有帮一点忙，甚至没有给你和哥哥弟弟留下一分钱财产。"记者说。

"我们全家都支持他的做法。"唐建辉说，查出癌症后，他担心身体影响工作，决定提前从军分区副司令员岗位上退下来。有人劝他："在职和不在职差别大得很，你孩子还没有就业呢！"他说："我身体不好，不退下来会影响工作。子女的前途要靠他们自己。"

子女们都不在身边，省军区准备让唐光友到武汉休养，把女儿调到他身边。他又谢绝了："不能因为我是模范就搞特殊。武汉不进，女儿不调。"他给家人约法三章：私事不准用公家车；用药不准超标准；生活上不准向组织提任何要求。

最终，唐建辉生活在武汉，两个儿子生活在宜昌，只有唐光友和老伴生活在咸宁。

朴素的家，浓烈的爱

邓哲旭是唐光友的重外孙，7 岁，小学二年级，顽皮，却给记者帮了大忙——他拿着手机满屋乱跑，四处录像。

老式书桌上放着一架老花镜，已经用了 20 年，镜腿坏了，用布缠起来，层层叠叠像只螃蟹；皮革沙发的正中间裂成一个大大的"八"字，梁宏玉缝了缝，还是露着白白的海绵；窄小的床，磨光了漆面的木头裸露在外面，斑驳一片；电扇在前年罢了工，女儿看不过去，给家里装了空调；饭桌是 1968 年单位分的一棵桦树，唐光友自己打造的，表面像被羊啃过，只好加了一个罩；冰箱，是 20 世纪 80 年代初买的，看不出牌子，也无人能想起时间；搬新家后，老夫妻俩去买电视，张嘴就要 21 寸的，服务员惊讶地说："老人家呀，你们这个年龄，这么小的电视看不清啊。"……

有一天，受唐光友资助的 3 名贫困生都考上重点大学，他们和父母专程赶到咸宁报喜。看到唐光友身上穿着洗得发白的旧军装，看到家里连一件像样的电器也没有，看到老人中午吃剩的一点饭菜还要留着晚上吃，他们都落泪了。

家是朴素的，爱却是浓烈的。

唐光友的工资，全部捐献。全家的开支，就靠老伴每月 2700 元退休金。他们从不在外面吃饭，一日三餐全由梁宏玉主厨。知道他最爱吃瘦肉饼子，梁宏玉三天两头做，但只做一块。唐光友舍不得全吃下，用筷子夹开，一人一半。

唐光友在学习笔记中写道："党和人民给了我一切，我又把一切献给了党和人民。虽然奋斗一生，没有万贯家产，可我并不感到遗憾，反而觉得精神充实，无上荣光！"

这是唐光友的心声，也是一位老军人的情怀和追求，更是一位共产党人的毕生信仰和高尚情操。

唐光友先后 20 多次立功受奖，在职期间多次被评为学雷锋先进个人，是全省、全军著名的老模范之一。1984 年，唐光友被国家民政部、解放军原总政治部授予"人民公仆、老兵楷模"荣誉称号；2019 年国庆前夕，荣获庆祝中华人民共和国成立 70 周年纪念章。

资料来源：退役军人事务部

万众一心，河北退役军人在行动

为抗击新冠肺炎疫情突发事件，河北退役军人群体涌现出一批奉献爱心的优秀代表，他们不忘军人本色，处处争当先锋。

唐山市——

2月2日，来自唐山乐亭的20万斤大白菜，满载着乐亭退役军人的爱心与关心首批抵达湖北，与此同时，第二批20万斤蔬菜也在赶往湖北的路上日夜兼程，第三批收购装车正在紧张进行中……这批捐赠的蔬菜来自位于乐亭退役军人创业基地的一家农业公司，总经理刘瑞今年42岁，2017年，他从部队退役后，在上级主管部门的指导扶持下，依托家乡丰富的果菜资源，以自主创业的形式办起了河北洪荒农业开发有限公司，为退役军人及家

属就业开辟了绿色通道，带动父老乡亲们勤劳致富。这位有着22年党龄和兵龄的老党员、老战士，不但有着深厚的家乡情怀，还心怀着一份对社会的责任与担当。日前，他在基地战友们的协助下，一面联系湖北省各地的相关部门，一面在县内从菜农手中集中收购白菜、黄瓜、甘蓝、豆角等耐储运的新鲜蔬菜100万斤。2月3日起，相继抵达的价值150万元的蔬菜，将由当地相关部门进行调配，免费发放到急需这些生活物资的群众手中。

2月1日，唐山市红十字会收到了来自路北区退役军人高建忠的20万元爱心捐款。高建忠是一名已经退役45年的老兵。1971年1月入伍的高建忠因在部队表现优秀，先后受到5次嘉奖。2016年，高建忠荣获"河北省五一劳动奖章"。高建忠心怀着一份对社会的责任与担当，曾捐资

150万元在唐山妇联建立了"翔云春蕾爱心基金"，在十几年中已有2200余名农村失学女童受助上学，多名贫困女大学生接受援助。他还出资开办国学教育《弟子规》讲堂，12年来每周六上午免费为3—8岁儿童讲授《弟子规》等传统文化。高建忠曾先后获得全国春蕾计划优秀个人、唐山市"春蕾计划20周年爱心大使"荣誉称号，荣登"河北好人榜""中国好人榜"。新冠肺炎疫情暴发后，高建忠为武汉疫区捐赠10万元，为唐山市疫情防控工作捐款10万元。

迁西县——

新冠肺炎疫情发生后，"全国模范退役军人""河北省最美退伍兵"河北瑞兆激光再制造技术股份有限公司党总支书记、董事长、总经理韩宏

升，通过迁西县红十字会捐款 200 万元，助力新型冠状病毒感染的肺炎联防联控工作。几年来，该企业始终牢记初心和使命，践行"铭记党恩、报效国家、奉献社会"的庄严承诺，累计投入社会公益资金达 1060 万元。

邢台县——

跟随白求恩国际和平医院赴鄂医疗队出征的三位志愿者

2月1日下午，邢台县退役军人李国军夫妇向邢台桥西区捐赠医用手套 6000 副、84 消毒液 5000 毫升 28 桶、医用酒精 2500 毫升 12 桶、N95 口罩 110 个、医用口罩 2235 个、红外线额温枪 5 个、体温计 200 个等价值 6 万余元的抗疫急需物资。"疫情牵动着所有国人的心，作为退役军人更不能例外。"李国军说。

2月3日下午，李国军和爱人田红玲再次带着价值 8 万余元的口罩、手套、消毒液、体温计等紧缺防疫物资来到邢台县太子井乡，无偿捐献给防疫急需地。李国军表示，退役后依靠国家的好政策创办了保利国氏生态农业，爱人在电子商务方面也有自己的事业，现在疫情蔓延，作为一名退役军人，退伍不褪色，为抗击疫情尽一份绵薄之力，是退役军人企业家应该做的。

资料来源：河北省退役军人事务厅；整理：王丽丽、戈广宇

重庆军队离退休干部：慷慨解囊献爱心
支持抗"疫"显本色

新冠肺炎疫情发生后，重庆市江北区军休干部积极组织捐赠助力抗"疫"，该区军休干部们共捐款 27.9 万余元，并通过江北区慈善会，定向捐赠至湖北省大悟县，用于疫情防控工作。

这是移交重庆市安置的军队离退休干部、退休士官积极奉献、支持抗"疫"的实践和缩影。

疫情发生后，渝中区蔡家石堡军休所 91 岁老党员余炳祥，因疫情期间银行暂停营业，几经周折才将 1 万元存款取出，全部用于支持疫情防控工作；该区大坪军休所党总支 394 名军休老党员及在职党员干部积极响应号召，迅速行动，踊跃捐款、捐物，合计近 39 万元。渝北区 87 岁的军休干部巴保竹捐款 5000 元，他说："居家不外出，也时刻关注着疫情防控工作，希望能为党和国家贡献出自己的一分力量。"据统计，该区军休中心的 160 名军休干部及退休工作人员，共计捐款 12.4 万余元。在九龙坡区，军休干部刘志玉、唐汉英平日里省吃俭用，各捐出 2000 元；87 岁、94 岁的军休干部凌培基、陈昌荣，均捐出 1000 元，他们说："虽然捐的钱不多，但也是自己回报祖国的赤诚之心。"该区军休中心的军休干部及在职党员，累计捐款 7.8 万余元。

一日戎装，一生忠诚。连日来，在万州、北碚、长寿、丰都等区县军休中心，广大军休干部也迅速行动，慷慨解囊，捐资捐物。万州区军休中心党支部在短短一天的时间里，就收到部分军休干部的 7300 元捐款。北碚区参加过解放战争的军休干部吴师亮、王传远，年过九旬，依然心系祖国，带头捐款，支持抗"疫"，该区军休中心收到军休干部捐款近2.5万元。长寿区军休中心18名军休干部为疫情防控捐款1万余元。丰都县12名军休干部捐款7000元，通过微信转账至湖北省慈善机构。

除了捐款捐物，全市部分军休干部还自愿参与疫情防控工作。渝北区军休干部胡鹏，2019年退休后返聘在陆军军医大学附属西南医院的外科门诊继续发挥余热。疫情发生后，他依然坚守在医院疫情防控第一线，接诊病人，严格排查把关，妥善治疗处置，在接诊1例确诊病人后主动与区军休中心联系、报备，自觉隔离，未感染新冠肺炎病毒。梁平区军休中心二等功臣、退休士官陈保元主动请缨，加入到万州区分水镇志愿者队伍，每天坚守在疫情防控临时检测点，对过往车辆驾乘人员测量体温、登记信息，宣传防疫知识。

慷慨解囊献爱心，支持抗"疫"显本色。重庆军休干部用实际行动诠释了退役老兵"退役不褪志、退伍不褪色"的责任担当和奉献精神。

资料来源：重庆市退役军人事务局

陆军工程大学钱七虎院士向武汉捐款 650 万元

2020 年 2 月 6 日，武汉慈善总会发布防控捐赠款物公告，陆军工程大学钱七虎院士一人捐赠了 650 万元。

昆山籍院士钱七虎，是我国著名的防护工程专家和现代工程理论奠基人，对中国防护工程各个时期的建设发展作出突出贡献。2019 年，钱老获得 2018 年度国家最高科学技术奖后，迅速将 800 万元奖金悉数捐于昆山慈善总会，助力昆山慈善事业发展。

"我这个人知足常乐，帮助别人，我自己很高兴，也健康长寿。"钱七虎院士除了关心慈善，对昆山的双拥工作也关注颇多。2019 年，昆山创建全国双拥模范城，钱老第一时间发来视频，对昆山双拥工作给予肯定，并为此次创建加油助威。

作为我国现代防护工程理论奠基人，钱七虎院士已经为祖国的安全防护和现代化建设默默奉献了一个甲子的时光。

1937 年，钱七虎出生在江苏昆山一个普通人家。因为家中排行老七，父母给他取名"七虎"。

1954 年，钱七虎中学毕业后，经组织保送，进入哈尔滨军事工程学院，攻读防护工程专业。7 年后，他前往莫斯科古比雪夫军事工程学院深造。

1965 年，钱七虎学成回国，先后担任西安工程兵工程学院、南京工程兵工程学院教员。

钱七虎照片

社会捐款一览表

捐赠人	捐赠款（万元）
中国人寿慈善基金会	1500
海南雅居乐房房地产开发有限公司	1000
苏州华丽家族置业投资有限公司	500
陆军工程大学钱七虎院士	400
苏州工业园区慈善总会	400
韩亚银行（中国）有限公司	250
陆军工程大学钱七虎院士	250
上银科技（中国）有限公司	212
友利银行（中国）有限公司	200
宜兴市慈善会	200

钱七虎捐赠款，共计 650 万元

随着对现代防护工作的了解不断深入，钱七虎越发感到自己当初专业选择的重大意义。如果说核弹是对付敌对力量锐利的"矛"，那么防护工程就是一面坚固的"盾"。防护工程是国家的地下钢铁长城，"矛"升级了，我们的"盾"也必须与时俱进。

在一次次探索实践中，钱七虎逐步建立起我国现代防护工程理论体系，解决了我军核武器空中、触地、钻地爆炸以及新型钻地弹侵彻爆炸等若干工程防护关键技术难题。

在半个多世纪的科研岁月中，钱七虎为我国多项大型工程立下汗马功劳。1975 年，钱七虎设计出当时国内抗力最高、跨度最大的飞机洞库门；1992 年，钱七虎主持被誉为"亚洲第一爆"的珠海国际机场项目爆破工程，开辟了中国爆破技术新的应用领域；在港珠澳大桥的海底隧道项目建设上，钱七虎综合考虑洋流、浪涌、沉降等各方面因素，提出关键性建议方案；作为多个国家重大工程的专家组成员，钱七虎还对南水北调工程、西气东输工程、能源地下储备等方面提出切实可行的决策建议，并多次赴现场提出关键性难题的解决方案。

进入 21 世纪，随着城市规模越来越大，人口越来越多，人们的生活空间越来越小。钱七虎前瞻性地提出，未来城市的发展必须要充分开发利用地下空间，给城市减肥瘦身。

他常说："只有把个人理想与国家的需要、民族的前途紧密联系在一起，才能有所成就、彰显价值。"

资料来源：昆山市退役军人事务局

辽宁鞍山自主择业军转干部
为"最美逆行者"送去温暖

2月25日，由辽宁省鞍山市800余名自主择业军转干部捐赠的18.6万元，经鞍山市红十字会授权分配，全额补助给鞍山市93名驰援武汉的医护人员家庭。

新冠肺炎疫情发生后，曾担任陆军某团副政委的崔建国微信战友群里信息不断，大家在群里纷纷表态，作为退役军人和党员，要为抗"疫"尽一分力，一些曾从事医护工作的战友还表示想赴武汉参加一线"战斗"。崔建国立即联系鞍山市防疫指挥部，指挥部给出建议：听从政府安排，发挥专业特长，可以到附近社区做志愿者。随后，崔建国与战友们组建了多支老兵志愿服务队，投入到社区疫情防控和物资保障等工作中。

得知鞍山市分6批次派出共计93名医护人员驰援武汉的消息后，崔建国与战友们商议，决定向93名医护人员的家庭直接捐赠慰问金，以表达对家乡这些"最美逆行者"的支持与感谢。两天时间里，这些年龄在50岁至63岁之间的800余名自主择业军转干部捐款18.6万元，汇入了鞍山市红十字会的账户。

资料来源：辽宁省退役军人事务厅

94 岁抗日老英雄初心依然　捐款武汉"疫"情

　　一方有难，八方支援。2 月 11 日下午，北京市西城区 94 岁的抗日老英雄白彦杰与老伴一起将 5000 元现金通过西城区红十字会捐给了武汉疫区。

　　白彦杰，1945 年入党，曾参加过抗日战争、抗美援朝战争，2015 年 9 月 2 日获得中国人民抗日战争胜利 70 周年纪念章，现在是西城区天桥街道永安路社区的居民。

　　作为一名抗日老英雄，白彦杰老人始终有一颗爱党爱国的心，家中的墙上挂着一幅周恩来总理的油画，多次向青少年讲述抗战的历史故事。他喜爱书法，通过创作书法作品传承红色记忆，用实际行动为广大党员干部和青少年树立了榜样。

　　白彦杰老人和 81 岁的老伴，以前都在宣武中医院工作，和医务人员有着特殊感情。春节期间，得知新冠肺炎疫情肆虐后，他们心里很着急，特意委托保姆跑到居委会咨询捐款武汉抗"疫"的事儿，社区书记刘玉红了解情况后，考虑到老人来回不方便，联系区红十字会，为老人安排捐款事宜。

在老人的家中，白老满头白发，穿一件军绿色的衬衣，步履蹒跚，需要有人搀扶，说话有些吃力。作为一个有75年党龄的老兵，他表示很想再上"战场"，但岁月不饶人，只有通过捐款来表达心意。当他把5000元现金递到工作人员手里时，脸上露出了笑容。他说：自己一直很想为抗击疫情做点贡献，现在愿望实现了。

资料来源：北京市西城区退役军人服务中心；采访联系人：徐辉

退役女兵为"一线女兵"送温暖送"苹"安

　　3月如期而至，春风吹晓万物。雷鸣疫远，春回大地，仿佛告诉我们胜利已经不远了。人们常说"妇女能顶半边天""巾帼不让须眉"，在即将到来的"三八妇女节"，为了表达对辖区"防疫一线"女同志的亲切问候和崇高敬意，北京通州区西集镇退役军人服务站组织辖区内退役女兵开展疫情期间为一线防控卡口女性执勤人员送"温暖"、送"苹安"活动。

　　西集镇疫情防控阻击战仍在持续进行中。西集镇退役军人服务站工作人员与辖区内退役女兵侯继新来到车屯村疫情防控卡口，刚一下车，便看见三位女同志在凛冽的寒风中对来往的车辆和人员进行仔细排查和登记工作。侯继新和工作人员立即主动上前与她们打招呼，并递上手中的苹果说道："阿姨，你们守在一线，不畏严寒和艰辛，为村民守住平安和健康的家园，你们辛苦了。三八妇女节即将来临，我们提前为你们送上节日的祝福。"退

役女兵侯继新心系执勤站岗的三位女同志，不停地关心询问她们"冷不冷、累不累"，还特别叮嘱她们在做好疫情防护工作的同时，要注意防寒保暖、做好自我防护，确保自身安全和身体健康。三位执勤人员接过苹果，听到这

一句句贴心的话语，激动万分，纷纷表示由衷的感谢。

随后，侯继新又去往侯东仪村和侯各庄村防控执勤卡口，同样为其他正在卡口执勤的女同志也送去了"苹安"。侯继新说："疫情期间大家都投身于防控执勤工作，都舍小家顾大家守护着我们的家园，我身为退役女兵，更要挺身而出，发挥女兵的余热，为值守在岗位的工作人员补充些正能量。"

同样身为退役女兵的张海云，因工作原因，虽未参与此次活动，但是她仍然发挥着退役女兵党员的先锋模范精神，利用下班的时间购买了苹果，前往社区内的疫情防控卡口，为卡口兢兢业业工作的站岗执勤女同志送去了"苹安"和"温暖"。张海云用自己的实际行动做表率、为党旗增光添彩，充分诠释了退伍女兵的本色与担当，用实际行动践行了一名共产党员的初心和使命。

疫情期间退役女兵们的暖心付出，为坚守在执勤岗位的女同志送去三八节的问候与祝福，更为她们增添了打赢这场"疫情防控战"的信心和勇气。一份"苹安"十份祝福，温暖了起早贪黑驻守在卡口执勤的女同志的心，展现了退役女兵戎装在身，使命在肩，脱下军装，大爱不减的优秀本质。

资料来源：北京市通州区退役军人服务中心；采访联系人：孟婧

全国模范退役军人罗永田捐款 20 万元
助力抗击疫情

2020 年 2 月 7 日，四川省眉山市彭山区红十字会和天府新区眉山总工会工作人员分别收到一笔 10 万元转账。转账人名叫罗永田，他想委托工作人员捐给彭山和眉山天府新区抗击疫情的一线。

退伍不褪色，换装不换心。疫情发生后，罗永田深刻意识到疫情防控的重要性和紧迫性，作为一名全国模范退役军人，一名企业家，积极响应号召、走在前列，在危难时刻挺身而出，积极回馈社会、主动作为，尽自己一份微薄之力，与当地党委政府一起抗击疫情。

据了解，罗永田是四川省亨达实业商贸有限公司、四川省莲花福寿有限公司董事长，因退伍军人诚信创业 30 载，致富不忘回报社会，入选中国好人榜，2019 年，他被评为全国模范退役军人。从 1998 年至今，他在社会公益慈善等方面的捐赠总额达到 3726 万余元，其中，现金 1868 万元，物资折价 1858 万元；志愿服务时间 500 余小时，志愿

罗永田捐款票据

服务200余人次,受益人数达5000余人。他曾获得"全国优秀复员退伍军人""中华慈善奖慈善楷模""中国好人""民建全国优秀会员""四川省社会服务工作先进个人""优秀市人大代表""彭山区新乡贤""最美彭山人"等荣誉称号。

而本次,罗永田为一线捐款20万元,再一次用实际行动诠释了"若有战、召必回、战必胜"的军人担当,彰显出退役不褪色的军人品格,用实际行动号召广大退役军人冲锋在前、齐心协力、共克时艰,积极投入抗击疫情战役。

资料来源:眉山市退役军人事务局

老兵任传凤：
我当不了战士，但是我可以出力

　　2020 年 2 月 10 日，88 岁的任传凤早早起床，认真洗漱之后，穿上了一身特殊的军装。这是老人家参加新中国成立 70 周年国庆大会时的黄色军装，一枚枚勋章、奖章闪耀在胸前。任传凤 1947 年入伍，以卫生员和护士长的身份参加过辽沈战役、解放华中南战役等。1949 年，党中央从西柏坡进入北京时，他随部队担任警卫任务，并在北京西苑机场接受毛泽东主席的检阅。1950 年因保障有力、工作突出得到全军嘉奖，并荣立大功。1963 年，老人因病转业，先后在凤城市石城镇医院、赛马镇医院工作。2019 年 10 月 1 日，任传凤作为辽宁省唯一一名新中国成立前参加革命工作的老战士代表参加庆祝大会。

　　10 日上午 9 点，在儿子、孙女的陪同下，任传凤来到辽宁省凤城市退役军人事务局。

　　"我看着着急，就想能不能做点什么。"任传凤说，我是一名党员，是一名解放军战士。最近这些天，新冠肺炎疫情给党和国家带来了巨大损失。今天，我要为这场防疫战出一份力，为军旗添光彩，为党旗添光彩。

　　任传凤来到铁北社区捐献爱心款 5000 元。任传凤说，你们在一线工作，责任大，任务重，这是我的一点心意，希望能够为你们解决一点问题。社区领

任传凤用行动诠释爱国情怀

导感动地说，谢谢您，我代表我们社区
全体工作人员向您致敬。

随后，任传凤来到防疫任务最重的
阳光社区。这里是凤城市第一例确诊病
例的地方，当时已经实行封闭管理，市
政法委副书记、凤凰城街道主任于福刚
正在值班。任传凤向正在值班的全体工

任传凤与防疫工作人员合影

作人员敬礼。他说，我是一名有 30 多年从医经历的军人，当过防化兵，这
点疫情不算什么，相信我们党、相信我们政府，我们一定能够胜利。任传凤
把爱心捐款 5000 元送到街道工作人员手中。他还特意嘱咐，要和全体值班
人员合影。

任传凤说，现在防疫是我们党和国家的一等大事，只要我们齐心协力，
就没有战胜不了的困难。

一位 88 岁的老军人、老党员，用自己的行动诠释了他爱党、爱国、爱
人民的情怀。

资料来源：辽宁省退役军人事务厅；整理：戈广宇

90 后退伍小伙捐款 30 万元助力疫情防控

随着新冠肺炎疫情形势的加剧，越来越多社会企业、个人行动起来，主动加入到支援疫情防控的队伍中，点滴善心之举，逐渐汇聚成为社会公益的爱心长河，在寒冷的冬日尽显温暖。

1 月 28 日下午 3 点左右，在广东省惠州市惠东县巽寮湾，一位小伙子带着巨大的包裹来到巽寮防疫指挥中心，表示自己要爱心捐款，以支援当地新冠肺炎疫情的防控工作。

让工作人员震惊的是，当小伙子打开包裹，一摞摞捆扎好的现金出现在人们眼前，有 30 万元人民币。

原来，这名小伙子是巽寮渔业村的普通村民，名叫苏培宾，今年 27 岁，是一名 90 后青年。2012 年至 2014 年间，他曾在重庆某部队服役，退役后，回到惠东自主创业，从事土建工程工作。这次善举，苏培宾表示，并没有想太多，这就是他想做的事。

苏培宾捐款 30 万元助力疫情防控

"之前有联系当地政府表达过捐款的想法，但看到他们非常忙，今天我就直接把钱带过来了。"苏培宾说，大约年三十前后，从新闻获知武汉因为疫情而封城，"虽然我们不是核心防疫区，但本地政府部门也需要做好防控工作。"

苏培宾还细心地考虑到，如果疫情加重必然需要大量流动资金，但春节期间银行放假，紧急提款很难，调动现金肯定会遇到困难。

"我自己要先存点钱在家，当村里、区里需要的时候，就要拿出来方便他们开展工作。"于是，1月23日（年二十九）下午，苏培宾便提早在银行取款30万元，以备随时支援。

"爸妈知晓后很支持我，他们说在有能力的情况下，回报社会是应该的。"苏培宾说，这是他第一次做捐款的善事，让他收获满满，"不需要太多报道，社会应当充满正能量！"

"感谢小苏！我们在组织抗'疫'工作中，需要大量口罩、消毒液，还需要购置一批温度计、额温枪等都需要现金，他的善款帮了很大的忙！"巽寮当地政府工作人员接受采访时表示，"能够得到群众的关怀和支持，令我们动力十足，这笔善款将全部用于抗'疫'服务工作，定不负群众期望。"

据了解，巽寮湾是广东省内热门的滨海旅游景点之一，每年春节都有大量外地游客前来过冬。在这次疫情中，一批湖北籍旅客滞留在景区，为该群体提供好服务，是巽寮政府部门的工作重点。截至2月底，巽寮已发动各级党员干部400余人，每天忙碌在防疫前线，帮助旅客安稳度过隔离期。

资料来源：广东省退役军人事务厅

"陇原最美退役军人"助力战"疫"

　　"和你们比起来我做得还不够，相信在党中央的坚强领导下，一定能够打赢这场疫情防控阻击战。"2020年2月5日，甘肃省定西市临洮县辛店镇政府收到了退役军人、甘肃康勤薯业有限公司董事长康勤的爱心捐款6000元，用于为临洮县辛店镇政府疫情防控一线工作人员购置防护用品。

　　康勤，临洮县辛店镇人，甘肃省首届"陇原最美退役军人"称号获得者，1980年应征入伍，1986年光荣退伍。退伍后，康勤组建成立了临洮县马铃薯产业协会和临洮县马铃薯产业协会联合会。多年来，为退役军人免费提供马铃薯种子配方肥料、拌种专用剂、种植技术，每年带动近15000名农民群众增加收入3000多万元。

　　自疫情暴发以来，康勤和他的甘肃康勤薯业有限公司员工就走在疫情防控的最前沿，他第一时间组织公司退役军人，成立退役军人志愿者服务队，主动配合当地党委政府，积极投身到基层疫情防控第一线，开展防疫宣传，配合排查过往车辆，承担后勤服务，共同构筑抗击疫情的坚强防线。当他发现辛店镇辖区内各个防控卡点防疫物资极为短缺的情况后，他立即拿出公司组培实验室备用物资，为辛店镇康家崖村、石郭家村、桑南家村、上杜家村等十余处重要防控关卡值班人员发放口罩500个、酒精25000毫升，受到防疫一线工作人员的好评。他说："国家有困难，作为退役军人和当地企业负责人绝不能袖手旁观，一定要做点贡献，为抗击疫情出一份力。"

最美退役军人，美的是强烈的家国情怀和责任担当，美的是传承人民军队光荣传统和优良作风。在抗击疫情一线，康勤用自己的实际行动，充分体现了新时代退役军人心系国家、无私奉献的优秀品格，更加坚定了我们打赢疫情防控阻击战的信心。

资料来源：甘肃省退役军人事务厅

成都退役军人刘兴武：
向抗疫一线捐1.5万斤蔬菜

2020年2月3日上午一大早，四川省成都市金堂县退役军人刘兴武就和工人在自家租的菜地里忙活起来，他们要采摘5000斤新鲜花菜，送给奋战在抗击疫情一线的医务人员。

"今天要赠送的乡镇卫生院较多，比较分散，必须早点出发，中午饭我们就买点面包牛奶在路上吃吧！"中午12点，5000斤蔬菜打包装车完毕，刘兴武联合两位兄弟，登上货车，马不停蹄地为基层医院送去蔬菜。

在金堂县退役军人事务局工作人员的陪同带领下，他们先后到金堂县三星镇卫生院、淮口镇社区卫生院、金堂县第二人民医院、隆盛镇卫生院、转龙镇卫生院、土桥卫生院、平桥卫生院。由于每个乡镇卫生院医务人员数量不等，赠送给每个单位的数量也不相同，加之位置分散，中间路途较远，从金堂最北到最南、从最东到最西，都必须一一跑到。刘兴武从中午12点到下午6点，行程200多公里，中间甚至连喝一口水的时间都没有。

一位老兵用军礼向战友刘兴武（图右）致以崇高敬意

　　这样的捐赠，刘兴武并不是第一次。1 月 31 日，刘兴武向金堂县妇幼保健院赠送 5000 斤蔬菜。每到一处，刘兴武的善举都得到了医务人员的赞扬和众人真挚的感谢。

　　他们纷纷表示，退役军人刘兴武的举动就像寒冬里的一股暖流，真正的雪中送炭，让大家心里感觉暖暖的，进一步增强了大家战胜疫情的信心。每当听到有医务人员向他们表达感谢之意时，刘兴武总是谦虚回答："抗击疫情，医务人员冲锋在一线，是最辛苦的。作为退役军人，我只能尽点绵薄之力，表达对你们的支持和感谢！"

　　退役老兵刘兴武用实际行动践行着对祖国和人民的承诺。当天晚上 6 点，在平桥卫生院送完最后一批蔬菜，卫生院李院长紧紧握住刘兴武的手说："在我们这个偏远乡镇，现在确实不好买到蔬菜，你今天送来的蔬菜帮了我们一个大忙，辛苦你们了！"刘兴武表示："在抗击疫情最严峻时刻，虽然不能直接冲锋在前，但必须给予广大医务人员最坚定的支持！"

　　据悉，自抗击疫情以来，退役老兵刘兴武先后向医务人员赠送蔬菜 3 卡车，累计 1.5 万斤，用实际行动体现了一名退役军人心系国家和社会，在祖国需要时，主动挺身而出的使命与担当。

资料来源：四川省退役军人事务厅

让大爱铸就疫情防控钢铁长城

——运城市"最美退役军人"张会民捐款50万元

1月30日，正月初六。山西省河津市红十字会启动接收新冠肺炎疫情防控专项爱心捐款的第一天，就接到了一笔50万元的大额捐款。捐助情况刚一公示，在社会上引起广泛关注，迅速汇聚起了社会各界踊跃捐助和参与疫情防控的巨大力量。网上捐助公示显示，这笔50万元款项的捐助者，就是运城市最美退役军人、山西宏达集团董事长张会民。

2020年春节，因为一场突发的疫情而变得紧张。

此前，张会民刚刚举办了第七届周边九村迎春敬老团拜会，向300多名70岁以上老人每人发放了500元春节慰问金。

1月25日，农历大年初一，宏达钢铁集团有限公司机关后勤人员刚刚放假一天，作为一个有着3000余名员工的大型民营企业的掌舵人，张会民首先警觉起来，立刻召集集团骨干，成立疫情防控组织机构，全面落实防控物资和措施。

针对正值春节的特殊时期和部分物资脱销的实际，他要求集团相关部门打破传统采购模式，迅速利用网上、线上等渠道进

张会民用行动助力疫情防控

行采购，初一下午第一批10000多个口罩到位，初二第二批20000多个口罩、300箱84消毒液、50多个大小喷雾器、20多个红外线测温仪相继到位，迅速分发到各厂、车间、班组、部室，宏达集团的防控工作全部部署到位。

在做好企业自身防控的同时，张会民始终焦急地关注着全市和全国疫情发展及防控形势。几天之内，先后向周边村闫家洞、琵琶垣、北张吴等各村送去了口罩、消毒液、饮料等慰问品，全力帮助各村搞好疫情防控。

1月30日，他率先向红十字会捐款50万元，一石激起千层浪，广大爱心人士和企业家纷纷捐款捐物，迅速在河津市掀起了凝人心、聚力量、战疫情的热潮。

2月2日，当了解到僧楼镇防疫物资紧缺、党员干部坚守一线的情况后，张会民赶赴僧楼镇政府，向他们赠送了1万元现金和一批口罩、消毒液、饮料等防疫物品。从部队退役回乡30多年，张会民投身实业、创办宏达钢铁集团近30年，始终不改军人本色，宏达集团是远近闻名的退役军人就业基地，是退役军人们心目中的又一个家。

今年已经63岁的他，虽然年过花甲，却依然腰板挺直、行动敏捷、满腔热忱，军人铁一般的纪律、军人的顽强作风、军人的家国情怀、军人的大爱与奉献，早已成为他生命中最重要、最本质的部分。他最看重的经历，是他曾经是一名军人；而他最自豪的荣誉，就是"最美退役军人"。

资料来源：运城市退役军人事务局

85名军休干部和工作人员
主动交纳特殊党费9万余元

"看到公众号上的爱心呼唤，我坚决响应，现上交特殊党费，请查收。为武汉加油！为中国加油！"2020年2月5日，河北省秦皇岛市军休三所海后支部书记段二何以微信转账方式，向市军休三所党总支交纳了3000元特殊党费。

新冠肺炎疫情时刻牵动着秦皇岛市军休三所干部职工的心，为汇聚打赢疫情防控阻击战的合力，2月5日，市军休三所专门在微信公众号发出了"我们在一起打赢这一仗——伸出援手，共渡难关"的倡议，呼吁党员干部在国家危难之际、人民需要之时，不忘初心、牢记使命，回馈社会、主动作为，向疫区捐款、奉献爱心，尽自己的微薄之力，一起抗击疫情。

老党员交纳特殊党费

广大军休干部迅速响应，踊跃自发捐款献爱心。军休干部李有和、酒秀梅夫妻俩专程来到所里，交纳了2000元特殊党费。酒秀梅哽咽着说："关键时刻，军人都是义不容辞的，如果年轻些，我是应该去一线的！……"

"如果所里有志愿服务，我第一个报名参加！"在交纳了1000元特殊党费后，军休干部王爱江在微信里这样表态。

"一方有难八方支援，疫情面前没有局外人。只要我们拧成一股绳，一定可以战胜这次疫情。""尽自己微薄之力，与党和政府一起抗击疫情！""坚决履行：若有战，召必回，战必胜！"……广大军休干部在微信群里一条条铿锵有力的誓言，充分彰显了军休干部退役不褪色、退休不退志的军人本色和责任担当。

在不到 3 天的时间里，85 名党员休干和工作人员就交纳特殊党费 92119 元，其中 76

工作人员在整理收款收据

人交纳 1000 元以上大额党费共计 89919 元。2 月 7 日上午，这笔特殊党费已通过银行加班开通的绿色通道，上交给中共秦皇岛市退役军人事务局直属机关委员会，将由市局机关党委上交，用于武汉和秦皇岛的疫情防控。

目前，捐款献爱心活动仍在持续进行中，军休干部还在陆续自发交纳特殊党费。广大军休干部的爱心善举，必将激励全市人民同舟共济、众志成城，汇聚起打赢疫情防控阻击战海一般的磅礴伟力！

资料来源：秦皇岛市退役军人事务局

这是我此生最后一次捐款了

躺在病床上，桂林 69 岁党员童应强坚持让老伴当着自己的面，在党支部微信群为抗击新冠肺炎疫情捐款的倡议下郑重写道："童应强：捐款1000 元。"

心愿已了，第二天，童应强永远地闭上了眼睛。

3 月 1 日，桂林市退役军人事务局军休中心，从童应强妻女、同事和他所在党支部书记的口中，探寻这"最后一次捐款"背后的感人故事，还原童应强对党的赤胆忠心和他的军人本色、医者仁心。

"这是此生最后一次捐款了"

刘燕是桂林市离退休干部管理服务中心第 181 医院党支部书记，童应强的捐款记录，她一直保存在手机里。

她回忆说，2 月 13 日，桂林市军休中心发出支援抗"疫"捐款的倡议书。当天，她把倡议书发到了支部微信群里，并很快看到了童应强的老伴张爱清（夫妻俩在同一党支部）发出的捐款 1000 元的信息。

支部里也有其他退役军人夫妻，刘燕起初以为，这笔捐款和大家一样，是童应强一家的。

但让她意外的是，2 月 14 日上午 11 点，微信群里又单独出现了童应强的名字，"是张爱清发出来的，写着'童应强捐款 1000 元'"。

"我很意外，很感动。"刘燕知道，童应强的身体状态很糟糕，他身患癌症，经历了胃切除、右上肺切除等多次大手术，2019 年 4 月，医生说手术已经没有意义了，建议回家休养。"年前支部本来要去他家慰问，他坚持不让去，说不给支部添麻烦。"

但刘燕还不知道的是，坚持自己捐款的童应强，那时已进入弥留之际。

回忆老伴童应强坚持捐款的情形，仍沉浸在巨大悲痛中的张爱清泣不成声。她说，2 月 13 日支部倡议捐款那天，童爱强的身体情况又恶化了，连拿手机的力气都没有，自己登记了第一笔 1000 元的捐款后，就忙着给老伴联系住院，没告诉他支部的事。

可没想到，2 月 14 日，躺在病床上、挂着氧气瓶的童应强还是知道了。

"为抗击疫情捐款的事，你为什么没告诉我？我是共产党员，怎么能不捐？你要知道，这也许是我最后一笔捐款了！"张爱清清楚地记得，在那一刻，老伴的埋怨语气虚弱，但很着急。

张爱清说，老伴说完，强撑着要坐起来，要她当面在支部微信群里发出"童应强捐款 1000 元的信息"。

张爱清说，看着信息发送成功，童应强的语气才缓和下来。"他对我说：'我是共产党员，我要报答党和人民对我多年的培养和恩情。国家疫情严重，我曾经是个医生，但现在不能冲锋到前线去救死扶伤，所以我更要献上绵薄之力，献上我对祖国的祝愿和对祖国必胜的决心！这是我的信念和决心，不会因为我的生命停止而停止。'"

张爱清说，自己当时含泪点点头，又扶着老伴缓缓躺下。

第二天，也就是 2 月 15 日，童应强与世长辞。

"你不要抢购口罩，去做志愿者吧"

父亲永远地离开了，童应强的女儿童媛媛在 2 月 15 日得知消息后，立即从韩国赶回来，见父亲最后一面。

童媛媛在桂林旅游学院工作，每到寒暑假则去韩国攻读博士。童媛媛说，疫情发生后，父亲的身体也已经每况愈下。尽管饱受病痛的折磨，父亲还是坚持着，每天收看新闻，关心抗击疫情的进展。

童媛媛在国外，每天都和父母视频通话："爸爸总说，'不要担心我们，我们不出门，不给国家添麻烦。'"

但随着疫情的严重，童媛媛坐不住了，她虽然不能回家，但想从韩国买一些口罩寄给父母。"可爸爸坚决反对。"童媛媛说，"爸爸对我说：'你不要寄口罩，也不要去抢购，要把这些口罩留给最需要的人。'"

童应强对女儿要求不仅于此。童媛媛说，"后来，我参加了韩国学联组织的防疫物资募集捐赠公益活动，作为志愿者联系对口捐赠途经。这都是爸爸鼓励我去做的。"

回忆见到父亲最后一面的情形，童媛媛抽泣着说，"爸爸穿着军装，整个人干干净净，很安详。"

童媛媛说，自己回到桂林从家人口中得知，在生命的最后一刻，父亲依然心系大家。"他嘱咐家人，疫情没有消除，如果他病危了，不要插管，不给医护人员添麻烦，也不会造成传染；离世后，丧事一切从简，不要办仪式和安置灵堂，不要亲朋好友来祭拜和送行。"

"再也听不到童老师的教导了"

虽然童应强有这样的嘱咐，但得知消息的同事、战友和学生还是自发从各方赶来，要送他一程。送别那天，大家戴着口罩，远远地看着童应强的遗体被抬上车，直至离开。

童应强退休前是中国人民解放军联勤保障部队第 924 医院（原 181 医院）皮肤科医生。齐鸣是他 20 多年的老同事，她红着眼睛说起了童应强生前的事。

"老童心里从来只装着别人，不考虑自己。他身体不好，但总不让我们去看他，我们只能从他爱人那里零星打听到一点他的身体情况。"齐鸣说，童应强退休前岗位上就是这样，"正常上班时间，他接诊；下班时间过了，又有病人找来，他从不推辞。"

齐鸣回忆，童应强在坐诊之余，还发表过专业论文 27 篇，其中核心论文 13 篇，多次受到表彰，并荣获过两次三等功、科技进步三等、四等奖，为医院科室建设做了很大贡献。

童媛媛说，父亲出生贫苦，十分感激党和国家以及部队的培养，一直将勤勉尽责、治病救人作为毕生理念。父亲在职期间，经常自己下村下部队，去偏远贫困、医疗条件差的地方扶贫送医送药。

童应强不仅是患者心目中的好医生，还是一位好老师。

"我们再也听不到童老师的教导了。"童应强去世后，在一个他自己建立的业务交流群中，有位在科室进修的学生这样留言。

童应强退休后，仍然抽出时间和同事、学生交流，大家有问题就会来问"童主任"、问"童老师"，简单描述不清楚的，童应强就让他们拍照片和视频来，耐心指导。

即使是在专业之外，童应强也是有力出力，能帮就帮。支部书记刘燕说，只要身体条件允许，每次党支部的活动，他都积极参加。对于支部的学习活动，他也经常给自己支招。

童媛媛还记得，父亲长年资助贫困山区儿童，帮助单位生活困难的同事。

这几天，童媛媛在为父亲整理遗物时，意外发现父亲退休多年来整理的医学笔记，足足有厚厚的两本，里面详尽地总结和记载了他在皮肤医学的研究和成果，"真的很难想象，爸爸已经病成那样了，还在坚持学术研究"。

童媛媛说，父亲生前是党员、是军人，是医者，他到生命最后一刻都遵守党的纪律，保持军人本色，心怀医者仁心。"爸爸是我一生的榜样，直到生命最后一刻，他也在用言传身教告诉我，要做一个对社会有用的人，要做一个乐于助人的人。"

资料来源：广西壮族自治区退役军人事务厅

退役老兵为火神山医院提来"菜篮子"

"1000斤胡萝卜、10箱土鸡蛋、100斤大白菜、50斤小白菜。欣姐，你点一下。""不用点，你的爱心够兄弟们吃好一阵子了。"这一幕发生在中建三局总承包公司武汉火神山医院项目驻地。

2020年2月5日下午，经过两个多小时的飞驰，31岁的退伍老兵许起飞带头捐赠的1000多斤新鲜食材交到火神山医院项目食堂管理员冯欣手中。

"你们能多吃一口新鲜蔬菜，就有更多体力干活。"许起飞朴实的脸上绽放出开心的笑容。

这已经不是许起飞第一次为抗"疫"一线提来"菜篮子"了。自疫情发生以来，许起飞已相继为湖北省应城市中医院、黄滩镇政府捐献新鲜蔬菜千余斤。

"武汉发生疫情，我想也为武汉前线的同志做点贡献。"许起飞坚定地说。

几天前，许起飞在电视上看到了火神山医院热火朝天的建设场面，他难以抑制内心激动的心情："他们是一线的抗'疫'英雄，我一定要

退役老兵许起飞带头捐赠1000多斤新鲜食材

为他们做点什么!"说干就干,许起飞马上与中建三局总承包公司建设者取得联系,希望能为建设者捐赠一批新鲜食材,为火神山医院项目贡献一分力量。得知他的好意,项目现场指挥部马上为他开具了通往武汉的通行证。"火神山医院建设过程中,我们得到了很多社会力量的无私帮助,这让我们信心倍增。"公司党委副书记、工会主席徐平感慨道。

拿到通行证后,许起飞动员乡亲们捐蔬菜,没想到大家一呼百应。

"我捐胡萝卜、我捐小白菜、我捐土鸡蛋……"数十位村民自发参与到捐赠中来,成捆的蔬菜、整箱的土鸡蛋被大家整整齐齐地摞放在货车车厢。

虽然年纪不大,但许起飞是一名退役军人。他18岁参军入伍,曾荣立三等功。2019年,家乡孝感应城黄滩镇干河村干旱少雨,老乡自家种植的蔬菜销路成了问题。许起飞自告奋勇,成立"老兵筑梦合作社",专门帮助老乡找销路,因表现出色,被选为干河村两委村干部。

"当了5年人民子弟兵,自己一辈子都是人民的兵。"提起许起飞这个小伙子,黄滩镇镇长陈述珍对他评价很高。

资料来源:应城市退役军人事务局;整理:戈广宇

退役军人黄普坚爱心捐赠

2020年2月5日，退役军人黄普坚用实际行动为他当年退役的铮铮誓言作出了别样的解读。当天，这位退役老兵带着110件价值8000元的"黄班长豆腐菜和饸饹面"捐赠给河南省平顶山市郏县广阔天地乡疫情防控服务点。

守望相助，同舟共济。当前，新冠肺炎疫情防控工作处于关键时期，牵动着无数人的心，黄普坚时刻关注着本地疫情动态。看到乡里疫情防控服务点的工作人员和志愿者在防护物资短缺的情况下仍旧奋战在抗击疫情的一线，有着本土企业负责人和退役军人双重身份的他坐不住了。"企业应当发挥自己的社会责任，黄班长食品在郏县的发展离不开广阔天地乡的支持，我应该做些事情回馈社会。"黄普坚表示，"更何况我还是一名退役军人，虽然退役了，我要牢记初心和军人本色，能尽到一己之力，助力抗击疫情是我应该做的，也必须做的。"

黄普坚将捐赠物资送至疫情防控服务点

有了这样的念头后，黄普坚立即联系了广阔天地乡邱庄村、石庙村、赵花园村、大李庄村等疫情防控服务点，为战"疫"一线工作人员捐赠汤鲜味美、绿色健康的"黄班长豆腐菜和饸饹面"，助力抗击疫情，为打赢抗"疫"这场没有硝烟的战争提供物资保障。

"谢谢黄班长，你的爱心捐赠给这场没有硝烟的战役增添了许多温暖和感动，让疫情防控一线的工作人员真切地感受到爱心企业对我们工作人员的大力支持。"邱庄村党支部书记孙国群说。"加油！让我们共克时艰，众志成城，早日打赢这场疫情防控阻击战。"

自疫情发生以来，在郏县还有许多像黄普坚这样的退役军人，他们在防控疫情宣传、卫生清理消毒、值班站岗、物资保障等工作中，积极主动作为，踊跃冲锋在前，充分体现了退役不褪色的优秀品质，彰显了新时代退役军人的价值。

资料来源：平顶山市退役军人事务局

呼和浩特市退役军人事务系统
紧急捐助首批 108 万元抗疫物资发往武汉

疫情有界、大爱无疆。军民共建，心手相连。

2020 年 2 月 26 日下午，装满 8 辆大车的医务和生活物资从呼和浩特警备区开往火车站，将通过中铁快运由内蒙古自治区呼和浩特市紧急发往武汉。

这批价值 108 万元的医务和生活物资，是在内蒙古呼和浩特市退役军人事务局的组织协调下，在 48 小时内组织筹集的。此次发往武汉的相关物资，主要来自内蒙古自治区退役军人事务厅和呼和浩特市退役军人事务局两级系统干部职工、呼和浩特地区军队离退休干部、广大退役军人工作者的个人捐赠，相关旗县区政府划拨捐助，以及红太阳公司和金葫芦退役军人就业创业园等社会拥军爱心企业的捐赠捐助。

本次捐赠慰问对象，重点是解放军第 969 医院驰援武汉的医护人员，为他们购置了 30 箱生活物资和 20 箱急需的医用物资；还有 6 吨消毒液、1800 余套防护服、24000 余

携手驰援武汉抗疫物资捐助启动仪式

双手套、1500余箱牛奶、1000件火锅料和150余箱牛肉干、奶制品等医务和生活物资，将由湖北军区和武汉市退役军人事务局负责接收和发放，全部用于一线抗疫人员。

内蒙古军区、自治区退役军人事务厅、呼和浩特警备区、呼和浩

特市退役军人事务局联合举行了"呼和浩特地区军地携手驰援武汉支前抗疫物资捐助启动仪式"。内蒙古军区李少军副政委和自治区退役军人事务厅郝秀川厅长代表军地单位向中国人民解放军第969医院潘裕亮院长、丁福辉政委捐赠了慰问品。

启动仪式由呼和浩特市退役军人事务局党组书记、局长、双拥办主任冯志宏主持。冯局长指出，"捐助捐赠活动还在继续进行中，我们将根据一线抗"疫"人员的实际需求，组织第二批次、第三批次物资驰援武汉。没有哪个冬天不会过去，没有哪个春天不会到来。我们相信军地携手，战'疫'传捷报的那一天必将早日到来。"

此次捐赠捐助活动，是全面落实全国双拥办《关于发挥双拥工作优势，大力支持疫情防控工作》通知精神的具体行动，是积极发挥呼和浩特地区双拥支前的具体体现，是慰问支持呼和浩特地区赴武汉军队一线医护人员以及武汉市抗"疫"一线人员特有的关心关爱。

此次捐赠捐助行动，充分体现了内蒙古草原人民大爱无私的奉献精神，充分体现了呼和浩特市军政军民团结、携手共抗疫情的双拥情怀，充分体现了呼和浩特市作为"全国双拥模范城"的示范表率作用。

资料来源：呼和浩特市退役军人事务局

233名退役军人捐赠现金25.28万元

这是一场抗击新冠肺炎的战争，在军人眼里，只能打赢；这是一场与病魔抢人的战"疫"，在军人心中，理应无畏！军装虽脱，但军魂仍在，大敌当前，我仍向前。

自疫情防控阻击战打响以来，湖北省十堰市竹山县1300多名退役军人积极响应中央号召，纷纷请战到抗击一线。

"捐赠"——无私情怀

2020年2月15日，竹坪乡安河口村9组68岁的退伍军人潘良成因疫情阻挡回家的路，未能抢占防疫第一线，毅然决定，通过微信向安河口村捐款1000元，用捐款的方式表达爱心，贡献自己的力量，支援家乡抗击疫情。

竹山县退役老兵抗"疫"突击队志愿运送物资

潘良成的善举，只是竹山县广大退役军人凝心聚力抗击疫情的一个缩影。早在1月30日，竹山县退役军人事务局将方便面、牛奶等价值5000元的物资送到县人民医院医护人员手中，以此表达对奋战一线抗击疫情工作者的关怀；2月15日，城关镇二道坊村退役军人贺亮为该村值勤人员送去板蓝根、N95口罩

20 个，后又为抗"疫"工作捐赠 2000 元；新年伊始，擂鼓镇擂鼓村退役军人郑宝磊看到乡亲们急需口罩，他紧急托人想法从北京采购 4700 只口罩，免费发放给村民。

翻开爱心捐赠榜单，更多退役军人名字赫然闪耀。城关镇退役军人陈全坤 10000 元，麻家渡镇退役军人陈虎 10000 元，宝丰镇退役军人吴刚 5000 元，深河乡"最美退役军人"杨锐 5000 元，擂鼓籍退役军人张大庆大米 2.5 吨、动员儿子向省红十字会捐款 5 万元……

一笔笔捐款，一项项捐赠，生动诠释了退役军人无私奉献的家国情怀，凝聚了众志成城、抗击疫情的强大正能量。据不完全统计，疫情阻击战打响后，全县有 233 名退役军人捐钱捐物，捐赠现金 25.28 万元，捐赠消毒液、酒精、口罩和方便面等物资价值约 4 万余元。

卸下戎装，初心依旧；逆流而战，与国同行。在这场没有硝烟的战斗中，竹山县广大退役军人英勇奋战，共筑起坚不可摧的防疫长城，书写了一个个感人至深的战"疫"故事！

"冲锋"——军人姿态

"您好，请停车检查，测量一下体温……"在十堰路西头劝导站，退役军人刘晓明戴着执勤袖章正有序对往来车辆人员进行检查登记和体温检测，确保人员进出管控安全。

这已不是刘晓明第一次奋战在战斗岗位上，作为 87 届铁道兵代表，他积极投身抢险救灾、帮老助残、助学兴教、关爱功臣等活动中，时时处处展现着退役军人的本色。防疫战争打响，他挺身而出，积极参加"疫"线志愿服务。

楼台乡三台村退役军人黄东，

退役军人自发为劝导站值勤人员送上口罩

在接到武汉务工的老乡说雷神山医院建设急需援建人员时，耐心做好家人工作，通过多方努力，组建了 39 人的竹山县首批赴汉援建雷神山医院的"勇士"队。

自疫情防控工作开展以来，广大退役军人，永远走在前，冲在前，干在前。如楼台乡退役军人张明、官渡镇退役军人焦志刚、文峰乡退役军人郝远彩、城关镇退役军人陈飞、溢水镇退役军人肖慈海等，积极参与到乡村和社区，自愿担任宣传员、服务员。

沧海横流显本色，危急关头见初心。据不完全统计，目前竹山县 17 个乡镇已有 1000 余名退役军人投身抗击疫情第一线，正全力以赴为人民生命安全编织起一道带有"军字号"防护网。

资料来源：湖北省退役军人事务厅

伤残退役军人主动申请当志愿者
自购万双医用手套捐赠

"我是一名军人，过去是、现在是、将来还是，疫情当前，军人就应该冲在最前方，哪里有需要，我就去哪里。"京西医药内勤人员、伤残军人王党利说。

在人们居家之时，他毅然联系陕西省西安市鄠邑区退役军人事务局，请缨到高铁站当疫情防控志愿者。

全家人都非常赞同，特别是他的父亲，因为他的父亲也是一名退役军人，"苟利国家生死以，岂因祸福避趋之。"这是他父亲在他参加一线执勤前对他说的。他深受父亲的影响，虽已退伍，军魂犹在，时刻把人民群众的生命安全放到第一位。

突如其来的疫情暴发，口罩防护服等物资的缺乏是抗"疫"的难题，他便积极联系生产医用外科口罩的工厂，立刻订购两万多只，由于后续管控政策工厂产能及快递问题等原因，口罩未能发货。他很失望，当自己迫切要为祖国和人民做一些事情的时候，却力不从心，但那炽热的心仍不能平静……

鄠邑区退役军人志愿队

他暗下决心，不但要坚持高铁站的执勤，还要继续发挥自己的余热。一连好几天他都坚守在高铁站

退役军人志愿队在行动

执勤的一线，他发现检查点执勤人员每天接触来往人员较多，信息登记体温监测，一直在室外无法做到勤洗手。怎样才能让一线工作人员多一分安全保障呢？

"手套"。对！一线工作人员最缺的就是"隔离手套"，很多执勤人员用的是一般的劳保手套，特别是执勤民警。还有很多人用的手套反复使用，都磨出洞了。他想把医用外科手套戴到劳保手套外面既能隔离病毒也能减少磨损，这样就能让一线工作人员多一分安全。于是他立刻购买一万余双医用手套，并亲自驾车将手套送往指挥中心、高铁站及各疫情防控检查点。

因为王党利所在的京西双鹤药业有限公司的药品直供武汉，在疫情暴发的关键时刻，作为退役军人，他主动申请一直在厂里值班，利用休息时间防控执勤、捐赠手套。当收到复工复产命令时，他又勇敢地冲在前面，抗击疫情、复工复产两不误。

1月28日，工厂收到一封来自湖北武汉新冠肺炎疫情防控指挥部应急保障组药品器械采购专班的紧急物资采购函，厂里立即清点库存，利用中国邮政在火车站开设的绿色通道，于1月29日将5万瓶药剂成功送至武汉火神山医院。

紧接着，厂里开足马力、加班加点，王党利积极复工，每天药品的产量从过去全员在岗的1.3万瓶，增加到目前只有半数员工复工的9万瓶。在保证武汉疫区用药的同时，还向云南、甘肃、宁夏等外省地区平价供货。

资料来源：鄠邑区退役军人事务局

奋战疫情防控第一线
陈继国用生命诠释使命担当

  他，对党忠诚，把党和人民的利益放在最高位置；他，爱岗敬业，在平凡岗位上创造不平凡的业绩；他，满腔热忱为群众做好事、办实事、解难事，是群众的知心人、贴心人、暖心人……

  53 岁的陈继国是一名有着 34 年党龄的老党员，也是一名退役军人。1999 年 1 月，陈继国担任玉林市玉东新区茂林镇湘汉社区的社区干部，2011 年 10 月至今已经连续三任高票当选该社区的居委会副主任。2020 年 2 月 26 日凌晨，连续工作 31 天的陈继国突发疾病不治离世，他忙碌的身影，定格在了新冠肺炎疫情防控阻击战的第一线。

不辞辛劳　坚持奋战在抗"疫"一线

  2 月 25 日下午，同事发现陈继国精神不佳，于是劝他回家休息。因手头工作尚未完成，陈继国选择继续坚持在社区办公，"你们先回去吧，我把这点材料弄完再走。"大家怎

陈继国（前）生前工作照

陈继国（左）生前工作照

么也没想到，这竟是他跟同事说的最后一句话。

湘汉社区的党总支书记陈品告诉记者，疫情发生后，陈继国充分发挥党员先锋模范作用，从 1 月 26 日起，一直战斗在疫情防控工作一线，开展摸排返乡人员、宣传防疫措施、消毒物资发放、卡点值班值守等工作。他经常最后一个离开值班点，为社区筑牢疫情防控墙，哪里有需要，哪里就有他的身影。

此外，陈继国还全力配合做好社区辖区范围内复工复产的相关工作，经严格部署，目前该辖区复工复产率达 93.3%。在整个抗"疫"过程中，作为社区干部的他还不忘把党建工作按规范做好。

尽忠职守　热心尽职的好干部

陈品介绍，听闻陈继国倒在抗"疫"一线的噩耗后，他曾经的同事、社区居民们纷纷自发在朋友圈里表达哀悼之情。而由于处于特殊时期，他的家人采取了最简朴的方式办理了陈继国的后事，没有追悼会，不设告别仪式。

如今，湘汉社区的疫情防控和复工复产推进工作有条不紊地忙碌着，在工作队伍中，却再也没有了党总支部组织委员、居委会副主任陈继国的身影。

"他这个人很好，而且精神也特别值得我们学习。"陈继国是一位随和敬业的干部，社区志愿者林小非说，在疫情发生之后，她也积极地参与到社区工作当中，和陈继国并肩作战，每天从 8 时至 18 时在位于湘汉社区和车垌社区接壤地水车小组的监测卡点值守，开展进出人员登记工作。有时候遇到不愿意戴口罩的人，陈继国总是反复又耐心地劝说，直到他们肯戴上口罩为止。而遇到有需要外出的村民没有口罩时，陈继国还从自己的口袋里掏出新口罩给他们。

玉林市委组织部联合玉东新区工委、管委组成慰问组到陈继国家中慰问其家属

"每次到饭点了，他总是让我们先回去吃了饭再来接他的班。"林小非回忆，从2月7日至21日，她没见过陈继国有一顿饭是能按时吃上的。"虽然他离去了，但他的宽容、勤劳、敬业，将成为我学习的典范，成为我成长的动力。我会化悲痛为力量，以他为榜样。"

"虽然陈继国同志离开了我们，但是他的奉献精神仍然激励着奋战在抗'疫'一线的工作人员，他的行动、事迹鼓舞着我们湘汉社区党员干部，激励着我们继续做好社区内的疫情防控、复工复产、乡村振兴和扶贫攻坚等各项工作。"陈品告诉记者。

无私奉献　为党员干部树立了一面光辉旗帜

据了解，3月2日，根据有关规定，玉林市玉东新区工委作出决定，追授陈继国同志"玉东新区优秀共产党员"称号，并在该区开展向陈继国同志学习活动。

陈继国同志的先进事迹和崇高精神，彰显了退役军人的价值追求和使命担当，展现了社区干部忠于职守、无私奉献的精神风貌，体现了新时期共产党人的质朴品格，是用生命践行"不忘初心、牢记使命"的新时代楷模，为党员干部树立了一面光辉旗帜。

　　如今，新冠肺炎疫情防控阻击战仍在继续，与陈继国共同奋战过日日夜夜的同志们依然还在坚守着湘汉社区，疫情防控毫不放松，复工复产也在有序进行中。

资料来源：广西壮族自治区退役军人事务厅

泪目！九旬烈属卢进忠的最后一次"尽忠"

2020年2月27日早晨，90多岁的卢进忠老人离开了人世，按照他生前的意愿，家人联系了县红十字会，决定将老人的遗体捐赠。卢进忠生前不仅是一位离休干部，还是一位烈士后代。他一生都在为国家做贡献，曾经一起共事的同事都对他赞不绝口，街坊邻居也是连连称赞。他为人和善，处处为他人考虑，生前还帮助过许多困难群众。

在老人家中，有一张年代已久的烈士证明书。老人的孙子说："这张证明书是我爷爷叔父的，他年轻时加入共产党，因为参加革命牺牲了，也没有留下后人。后来，国家为他颁发了这个证明。"卢老先生的叔父在世时经常告诫卢老，要努力读书，为国家多做贡献。由于从小受到叔父的影响，作为烈士的后代，卢老先生始终以烈士为荣，生怕自己的不当行为，让叔父的烈士称号蒙上灰尘。一直把党和国家放在心中最重要的地位，在单位工作时，严于律己，处处带头，讲奉献，不索取，一生艰苦朴素，去世的时候也没留

下任何财产给后代，都捐赠给了最需要的人。

2010 年，卢进忠老人给红十字会写了一封长信，信中提到死后自愿将遗体捐赠给红十字会，同时希望媒体能呼吁更多的人参与这项志愿活动。家人们得知老人的想法都表示尊重。

"我知道自己的身体，还是把医疗物资留给其他更需要救助的病人吧，不要浪费了。等我死后，一定要把我的遗体捐赠出去。"卢进忠老人生前与县红十字会工作人员聊天说道。2 月 27 日早晨，90 多岁的卢进忠老人离开了人世。家人按照老人生前的意愿，联系了县红十字会的工作人员。接到电话后，红十字会立即安排了工作人员去卢老先生家中，把遗体送到南昌大学医学院。

在遗体捐赠确认书上签好字后，亲人们为卢老先生举办了简单的告别仪式。在这个疫情发生的特殊时期，许多老人的朋友都不能到现场来送别，陪在身边的只有他的亲人。街坊邻居们也只能站在阳台和窗边，对着老先生喊道："卢老，不能送您，一路走好！"

在送别现场，亲人们难掩悲痛，纵有千般不舍，还是目送老人被推进运送车，一点点地离开了视野……

亲人们把卢老生前最喜欢的一张照片冲洗出来挂在了家中。这张照片拍摄于 2019 年。老人脖子上挂着中华人民共和国成立 70 周年的纪念奖章，照片中老人显得十分自豪。卢进忠的孙子告诉记者："爷爷走得很安详，他的遗愿我们帮他完成了，他在另一个世界也能安心。以前爷爷总是用实践告诫我们，要知恩图报，为国家奉献自己的力量，直到生命的尽头。他一直都是以身作则，是我们的榜样！"

老人生前最喜欢的一张相片

"十年前，他就主动来签定遗体捐赠书，并且还在家族群里号召大家参与。在小县城能有这样想法的老人真的不多，让我们非常敬佩。"红十字会会长邱文英说。

红十字会工作人员告诉记者，老人的遗体将被送往南昌大学医学院做医学研究，在三到五年之后，会分批次进行火化，骨灰将会撒入南昌市的西山纪念园。每年清明的时候，省红十字会都会组织相关的纪念活动，捐赠遗体者的亲人也可以去那里祭拜。

资料来源：江西省退役军人事务厅；撰稿：黄雨睿

附　　录

2020 年 2 月 23 日下午，退役军人事务部召开会议，对贯彻落实习近平总书记在统筹推进新冠肺炎疫情防控和经济社会发展工作部署会议上的重要讲话精神，统筹做好部疫情防控和退役军人工作作出安排部署。部党组书记、部长、部疫情防控工作领导小组组长孙绍骋主持会议并讲话。

会议认为，习近平总书记的重要讲话，全面总结了新冠肺炎疫情防控工作，深刻分析了当前疫情形势和对经济社会发展影响，提出了加强党的领导、统筹推进疫情防控和经济社会发展工作的重点任务和重大举措，具有很强的思想性、指导性、针对性，为我们提供了科学指南和根本遵循。要深入学习领会习近平总书记重要讲话精神，把思想和行动统一到党中央决策部署上来，坚持两手抓，一手抓疫情防控工作，一手抓退役军人工作，为全面打赢疫情防控的人民战争、总体战、阻击战，确保全面建成小康社会和完成"十三五"规划，作出应有贡献。

会议强调，当前疫情形势依然严峻复杂，防控正处在最吃劲的关键阶段，要坚定必胜信念，咬紧牙关，继续毫不放松抓紧抓实抓细各项防控工作。要在坚持已有防控做法的基础上，以更细的措施、更严的标准、更实的作风，做好部内疫情精准防控，坚决杜绝麻痹思想、厌战情绪、侥幸心理、松劲心态。要积极主动作为，结合退役军人工作实际，继续推进支援湖北省荣军医院医疗队相关工作，积极稳妥做好新冠肺炎疫情防控牺牲人员烈士褒扬工作，落实好烈士抚恤优待政策，关心关爱广大退役军人，进一步加大对疫情防控工作中涌现出的退役军人和退役军人工作者先进事迹的宣传力度。

　　会议指出，疫情对退役军人工作的影响是总体可控的，今年确定的工作目标不能变，标准不能降，必须科学应对疫情影响，有序推进退役军人各项工作。要全面分析疫情带来的困难问题，有针对性地制定措施；加强工作统筹规划，按时有序推进；改进方式方法，创造性地开展工作。通过统筹推进部疫情防控工作和退役军人工作，向党中央、国务院，向全国广大退役军人交出合格答卷。

资料来源：退役军人事务部网站（2020 年 2 月 23 日）

后　记

　　面对突如其来的新冠肺炎疫情，党中央国务院号召全国人民团结一致，众志成城，坚决打赢抗击新冠肺炎疫情人民战争、总体战、阻击战。为宣传在这场战"疫"中涌现出的模范群体，人民出版社策划了系列图书。本书围绕退役军人这个群体在这场战"疫"中的先进事迹，由退役军人事务部思想政治和权益维护司指导、以各地退役军人事务厅、局资料为蓝本，临沂儒将创业大学组织专人整理或组织采写形成。

　　本书只是退役军人在这次抗击"疫"情中一个小小的缩影，他们不畏生死、敢于担当、勇于"逆行"、无私奉献，展现的是人民子弟兵的初心本色，是"先有国才有家"的军旅情怀，更是"若有战、召必回"的责任担当。这场战斗没有硝烟，敌人却在身边；这场战役没有后方，老兵都在前线。

　　在这里，特别感谢退役军人事务部思想政治和权益维护司的指导，感谢临沂儒将创业大学、临沂财金大数据公司、临沂日报报业集团单位领导和同志们的辛劳和付出。接到任务后，编委会第一时间组织人员，召开紧急会议部署工作，在疫情严峻的形势下，不分昼夜、加班加点、点灯鏖战，为本书的出版收集了资料、校对了书稿、争取了时间。感谢邓强、苏晓涛、王丽丽、陈冠艳、郑韦、王如强、杭叶飞、戈广宇、黄训华、徐旺、张雷、贾延鹏、荣立峰、左君安等同志的辛勤付出。

编　者

2020 年 5 月

责任编辑：宫　共

封面设计：徐　晖

图书在版编目（CIP）数据

若有战,召必回:退役军人抗"疫"纪实/《若有战,召必回:退役军人
　抗"疫"纪实》编写组 编. —北京:人民出版社,2020.6

ISBN 978-7-01-022077-2

Ⅰ.①若… Ⅱ.①若… Ⅲ.①纪实文学-中国-当代 Ⅳ.①I25

中国版本图书馆 CIP 数据核字(2020)第 086717 号

若有战，召必回

RUOYOUZHAN ZHAOBIHUI

——退役军人抗"疫"纪实

《若有战,召必回》编写组　编

人民出版社 出版发行

（100706　北京市东城区隆福寺街 99 号）

北京佳未印刷科技有限公司印刷　新华书店经销

2020 年 6 月第 1 版　2020 年 6 月北京第 1 次印刷

开本:710 毫米×1000 毫米 1/16　印张:25.75　字数:380 千字

ISBN 978-7-01-022077-2　定价:98.00 元

邮购地址 100706　北京市东城区隆福寺街 99 号

人民东方图书销售中心　电话 (010)65250042　65289539